Nadine Buranaseda

Seelenschrei

Auf einer einsamen Landstraße geschieht ein tragischer Unfall. Ein Jahr später verschwindet eine Prostituierte und wird mit schwersten Verletzungen am Autobahnkreuz Bonn-Nord aufgefunden. Zwischen diesen beiden – auf den ersten Blick zusammenhanglosen – Ereignissen scheint eine Verbindung zu bestehen, nur welche?

Bald darauf gehen im KK 11 des Bonner Polizeipräsidiums mehrere anonyme Briefe ein: Der Absender schildert unvorstellbare Gewaltfantasien, die er droht, in die Tat umzusetzen. Kriminalhauptkommissar Lutz Hirschfeld nimmt mit seinem Partner Peter Kirchhoff die Ermittlungen auf. Als der Täter schließlich in einem seiner Briefe einen grausamen Mord ankündigt und kurz darauf eine Studentin als vermisst gemeldet wird, zählt jede Sekunde ...

Nadine Buranaseda, Jahrgang 1976, ist gebürtige Kölnerin mit thailändischen Wurzeln und lebt in Bonn. Seit 2005 veröffentlichte sie mehr als ein Dutzend Kriminalromane, die bisher in zwei Sprachen übersetzt wurden. Sie wurde bereits für den Agatha-Christie-Krimipreis nominiert und gehörte 2011 zu den vier Stipendiaten des Tatort-Töwerland-Krimistipendiums.
Mit *Seelengrab* erschien 2010 ihr erster erfolgreicher Bonn-Krimi.

Mehr zur Autorin unter: *www.nadineburanaseda.de*

Nadine Buranaseda

Seelenschrei

Kriminalroman

Droste Verlag

Die Autorin versichert, dass die dargestellte Geschichte und die handelnden Figuren frei erfunden sind. Eventuelle Ähnlichkeiten mit real existierenden Personen sind zufällig und nicht beabsichtigt.

Bibliografische Informationen der Deutschen Nationalbibliothek
Die Deutsche Nationalbibliothek verzeichnet diese Publikation in der Deutschen Nationalbibliografie; detaillierte bibliografische Daten sind im Internet über http://dnb.d-nb.de abrufbar.

Umschlaggestaltung: Guido Klütsch, Köln
Druck und Bindung: CPI – Clausen & Bosse, Leck
ISBN 978-3-7700-1483-5

www.drosteverlag.de

Für Ingo
without you I'm nothing

Eine schlechte Handlungsweise kann man sein lassen,
man kann sie bereuen,
aber böse Gedanken gebären fortgesetzt böse Taten.
Leo N. Tolstoi, Auferstehung

Prolog

Karge Felder zogen sich wie ein großer Flickenteppich in braunen und gelben Ockertönen über die Ebene. Dichter Nebel war in der Nacht aufgestiegen und verlieh den umgepflügten Erdschollen und Äckern weiche Konturen. Am Wegesrand standen vertrocknete Grasbüschel, die sich in einer sanften Brise wiegten. Die Bauern hatten die Ernte längst eingefahren und warteten auf den Frühling, um neue Saat auszusäen. Irgendwo flog ein Schwarm schwarzer Vögel auf und schoss pfeilschnell in den wolkenlosen Herbsthimmel. In immer neuen Formationen schraubten sich die gefiederten Körper in die Höhe, um im nächsten Moment jäh die Richtung zu wechseln.

Er beobachtete den Vogelschwarm eine Zeit lang, während er dem Lauf der Landstraße in gemäßigtem Tempo folgte. Er fragte sich, was es bedeutete, ein Teil dieses Verbandes zu sein, der nach eigenen Gesetzmäßigkeiten funktionierte. Dann dachte er an die Menschen in seiner Stadt, die sich längst mit der Eintönigkeit ihres Lebens abgefunden hatten und diese Freiheit niemals erleben würden. Nachdem er die letzten Häuser am Stadtrand hinter sich gelassen hatte, war er keiner Menschenseele mehr begegnet. Seit er denken konnte, schätzte er die Einsamkeit dieser frühen Morgenstunden, in denen die Welt allein ihm gehörte. Er mochte die Vorstellung, der letzte Mensch auf Erden zu sein.

Nach einer Weile stieg die Straße an. Er sah auf die Uhr in der Mittelkonsole und ließ das Seitenfenster ein Stück hinunter. Kühle Luft, die den nahenden Frost erahnen ließ, schlug ihm entgegen und raubte ihm für einen Moment den Atem. In wenigen Augenblicken würde die Sonne aufgehen. Als er den Blick wieder auf die Fahrbahn richtete, erstarrte er. Gerade noch rechtzeitig trat er aufs Bremspedal und brachte den Wagen mit einem heftigen Ruck zum Stehen.

Unverwandt starrte er auf den Autoreifen, der mitten auf der Fahrbahn lag. Das Dröhnen des Motors, das das Kreischen der Bremsen verschluckt hatte, erschien ihm unerträglich laut. Er zwang sich zur Ruhe, seine Hände lösten sich nur langsam vom Lenkrad. Nervös schaltete er das Warnblinklicht ein und drehte den Zündschlüssel um. Dann öffnete er den Sicherheitsgurt und stieg aus. Die Tür ließ er offen. Seine Schritte knirschten auf dem Asphalt. Auf Höhe des Reifens, dessen Felge sich stark verzogen hatte, blieb er stehen. Aus dem Rad ragte ein Teil der Achse, um die sich zwei abgerissene Bremsschläuche gewickelt hatten. Für den Bruchteil einer Sekunde war er versucht umzukehren, doch irgendetwas hielt ihn davon ab. Als er schließlich den Kamm der Anhöhe erreicht hatte, erblickte er in einiger Entfernung eine hochgewachsene Linde, die ihre kahlen Äste einsam in die Höhe reckte. Der Baum war alt und hatte sich mit den Jahren dem Wind gebeugt, der über die Felder fegte. Der gekrümmte Stamm maß mindestens eine Armspanne. Dahinter türmte sich ein dunkelrotes Stück Blech auf, das er für die Kühlerhaube des Wagens hielt. Rechts und links davon spreizten sich die vorderen Autotüren ab, die aus der Verankerung gerissen waren und wie die gebrochenen Flügel eines riesigen Metallvogels aussahen.

Er beschleunigte seinen Schritt und näherte sich atemlos dem Wrack, das mit der Fahrerseite in einen Graben abgesackt war. Mit jedem Meter verstärkte sich der Geruch von Benzin und verbranntem Gummi. Den Fahrzeugtyp konnte er nicht mehr bestimmen und nicht einmal sagen, ob es sich um einen Kleinwagen oder eine

Limousine handelte. Dort, wo der Wagen gegen den Baum geprallt war, hatte sich Rinde über dem Wurzelwerk abgelöst und eine Fläche hellen Holzes freigelegt. Weitere Details des Zusammenstoßes drängten sich in sein Blickfeld:

Die komplette Wagenfront hatte sich auf einen halben Meter zusammengestaucht. Die Windschutzscheibe war eingedrückt. An den Stellen, an denen das Glas nicht auf den Boden gesplittert war, zog sich ein Netz an Rissen darüber. Zwischen verbogenen Karosserieteilen und der kastenförmigen Autobatterie lag ein einzelner weißer Turnschuh. Etwas weiter entfernt konnte er den Kühlergrill ausmachen.

Das Fahrzeug musste aus der entgegengesetzten Richtung gekommen sein, dachte er und berührte vorsichtig die Beifahrertür. Bereits im Näherkommen hatte er festgestellt, dass sich auf der Fahrbahn keine Bremsspuren befanden. Aus irgendeinem Grund musste der Fahrer die Kontrolle über den Wagen verloren haben. Als er in das Innere des Fahrzeugs blickte, schlug ihm das Herz bis zum Hals. Zwischen den Vordersitzen und dem Armaturenbrett war keine Handbreit Platz. Der Körper der Frau war eingekeilt und hing verdreht im Gurt. Ihr rechtes Bein klemmte zwischen dem Autositz und einer lindgrünen Kühlbox mit einem weißen Tragegriff. Er schätzte die Beifahrerin auf Ende 40. Sie war korpulent und trug einen weißen Synthetikpullover. Ihre dünne hellblaue Stoffhose war an den Oberschenkeln zerrissen. Sie hatte kurzes hellblondes Haar, das sich in ihrem Nacken kräuselte. Der Kopf war auf die Brust gefallen und nach links gekippt. Das Gesicht war geschwollen, die Augen halb geöffnet. Blut war aus ihrem Mund gesickert und hatte kirschrote Flecken auf dem Pullover hinterlassen. Es kostete ihn Überwindung, den leblosen Körper zu berühren. Schließlich tastete er mit Zeige- und Mittelfinger seiner Rechten nach der Halsschlagader. Die Haut war kalt und weich und ließ ihn erschaudern. Nach einem kurzen Augenblick zog er die Hand wieder zurück: Die Frau war tot.

Ein Blick in den hinteren Teil des Fahrzeugs überzeugte ihn, dass niemand auf dem Rücksitz gesessen hatte. Obwohl sich der Airbag, der jetzt schlaff vom Lenkrad herabhing, auf der Fahrerseite geöffnet hatte, zweifelte er daran, dass es Überlebende gab.

Er zog den Kopf zurück und umrundete den Wagen. Im Gegensatz zur Frontscheibe war die Heckscheibe vollständig aus dem Rahmen gesplittert. Bereits von Weitem entdeckte er den zweiten Körper. Er lag auf dem Acker, in Rückenlage. Die Füße zeigten in seine Richtung. Wahrscheinlich war der Fahrer nicht angeschnallt gewesen, als sich der Unfall ereignet hatte.

Er drehte sich zur Seite und setzte behutsam Fuß neben Fuß, um die Böschung hinunterzusteigen. Einzelne Steine und Erdbrocken lösten sich und sprangen den Abhang hinab. Bevor er auf das Feld trat, passierte er den Motorblock, der aus dem Wagen katapultiert worden war und sich tief in das Erdreich eingegraben hatte. Daneben lag ein Schraubenzieher, der aus einem Werkzeugkoffer stammen musste.

Bevor er zu dem zweiten Unfallopfer aufgeschlossen hatte, hörte er plötzlich ein dumpfes Röcheln. Er rannte los, dass ihm nach wenigen Metern die Lunge schmerzte. Der unebene Boden unter ihm beschwerte seine Schritte wie Blei. Nach Sekunden, die sich zu Stunden dehnten, kniete er sich keuchend neben den leblosen Körper. Die Frau war deutlich jünger als die tote Beifahrerin. Sie war von mittlerer Statur und zierlich. Unter ihrer grauen Sweatshirtjacke, in der jetzt nur noch ein Arm steckte, trug sie ein enges grünes T-Shirt. Durch einen Riss in ihrer Jeans ragte aus ihrem linken Bein ein blutiger Knochen. Am Fuß steckte der zweite weiße Turnschuh. Der linke Arm war gebrochen und unnatürlich verdreht. In ihren langen blonden Haaren hatten sich kleine Zweige und ein paar Laubblätter verfangen. Auf ihrer rechten Gesichtshälfte klaffte eine blutige Fleischwunde. Die andere Seite war mit dunklen Hämatomen übersät.

Reflexartig griff er nach ihrer Hand und beobachtete, wie sie unter größter Anstrengung versuchte, die Augen zu öffnen. Da das Blut auf ihrem Gesicht klebte, gelang es ihr nur, ein Auge aufzuschlagen. Unendlich langsam drehte sie den Kopf in seine Richtung. Ihre Lippen formten sich zu einem Wort, aber er konnte sie nicht verstehen. Ohne ihre Hand loszulassen beugte er sich dicht über sie.

„Mama“, flüsterte sie kaum hörbar.

Er richtete sich wieder auf und schüttelte unmerklich den Kopf. Als sich eine Träne löste und ihre Wange hinablief, schwieg er immer noch. Dann ging er erneut in die Knie und betrachtete sie aufmerksam. Ihre Brustwarzen zeichneten sich deutlich unter dem T-Shirt ab. Sie wollte noch etwas sagen, als ihr Busen sich noch einmal heftig hob. Dann erstarrte ihr Blick.

Im selben Moment schob sich die Sonne wie ein gleißender Feuerball über den Horizont. Er ließ ihre Hand los und beschattete seine Augen mit der Linken. Die Sonnenstrahlen tauchten den Acker in goldenes Licht. Er atmete auf und sog den Duft der feuchten Erde ein. Eine Viertelstunde später wandte er sich ab und ging langsam zurück zu seinem Wagen.

Er lächelte.

Noch nie in seinem Leben hatte er sich so leicht gefühlt.

01

STRESS
I. Alarm

Fight or flight. Kampf oder Flucht.

Seitdem sie das weitläufige Grundstück betreten hatten, war alles zu einfach gewesen: kein Zaun, den sie hatten überwinden müssen, kein Wachhund, der ihnen bellend und zähnefletschend entgegengelaufen war. Nicht einmal die Haustür war verschlossen.

Jedes einzelne Detail für sich betrachtet stellte für Hirschfeld keine Bedrohung dar. Doch die wochenlangen Ermittlungen, die ihn und Kirchhoff schließlich in dieser kalten Oktobernacht hierher geführt hatten, und die unerwartete Leichtigkeit, mit der sie ihrem Ziel jetzt näher zu kommen schienen, signalisierten dem Kriminalhauptkommissar nur eines: Gefahr!

Hirschfeld, die Hand am Knauf, stieß die nur angelehnte Tür aus gebürstetem Edelstahl auf. Als er den Fuß in das hell erleuchtete Haus aus Beton und Glas setzte, feuerte sein Hypothalamus bereits gewitterartig Nervenimpulse ab. In Sekundenbruchteilen rasten elektrische Signale seine Wirbelsäule hinab und erreichten die Nebenniere, die Adrenalin in seine Blutbahn pumpte. Sofort schlug Hirschfelds Herz schneller. Während sich seine Atemfrequenz steigerte, tastete sein Blick systematisch den Eingangsbereich des Hauses ab:

Gegenüber der Haustür stand ein hochglänzendes weißes Sideboard. Auf dem Fußboden aus hellgrauem Kunstharz lag ein Schlüsselbund. Als Hirschfeld den Kopf nach rechts wandte, rückte auf Augenhöhe ein rechteckiger flacher Kasten in sein Blickfeld.

„Die Alarmanlage", sagte Hirschfeld leise über die Schulter und erntete ein stummes Nicken von Kirchhoff, der dicht hinter ihm geblieben war.

Die silberfarbene Klappe, die das Bedienfeld schützte, stand offen. Die Tasten strahlten durch eine Hintergrundbeleuchtung warmes Licht ab. Über der Tastatur befand sich ein mehrzeiliges Display. Hirschfeld kniff die Augen zusammen. Obwohl sie aus der Dunkelheit ins Helle getreten waren, hatten sich seine Pupillen erweitert, sodass die Lettern in der Mitte der Anzeige für einen Moment vor seinen Augen verschwammen: *UVM 01 SUP Fehler,* entzifferte er.

Hirschfelds Puls galoppierte und versorgte sein Gehirn mit größeren Mengen Sauerstoff. Ein Gedanke jagte den nächsten: Wer hatte sich an der Alarmanlage zu schaffen gemacht? War noch jemand im Haus, mit dem sie nicht gerechnet hatten? Und viel entscheidender: Kamen sie bereits zu spät?

Sicher war nur, dass der Alarm ausgeschaltet war.

Fight or flight.

Sein Körper war jetzt bis in die Haarspitzen bereit, anzugreifen oder zu flüchten. Doch Hirschfeld hatte keine Wahl:

Er wechselte die MagLite in die Linke. Dann löste er in einer einzigen Bewegung die beiden Sicherungen des Holsters und zog seine Walther P99. Die Waffe war geladen und sofort schussbereit. Kirchhoff folgte seinem Beispiel.

Mit Pistole und Taschenlampe im Anschlag durchquerten sie den Vorraum, bis sie in einen Gang gelangten, der ins Innere des Hauses führte und so schmal war, dass Kirchhoff Hirschfeld den Vortritt lassen musste. In die Decke waren mehrere Halogenspots eingebaut. Ein dreitüriger Schiebetürenschrank aus Ahorn nahm die gesamte rechte Seite ein. Die linke Wand war dagegen vollständig verspiegelt und ließ den Flur optisch größer wirken.

Während sie lautlos einen Schritt vor den anderen setzten, registrierte Hirschfeld aus dem Augenwinkel ihre Bewegungen im Spiegel. Obwohl er wusste, dass Kirchhoff seine Dienstwaffe nicht auf ihn richtete, verstärkte sich das Gefühl, geradewegs in eine Falle zu laufen.

„Stopp!", zischte Hirschfeld.

Er war neben einer Tür stehen geblieben, die in die Spiegelwand eingelassen war. Hirschfeld löste seine Linke mit der MagLite von den Fingerknöcheln der rechten Hand, mit der er die P99 hielt, und drückte vorsichtig die Klinke hinunter. Der Raum dahinter lag im Dunkeln. Hirschfeld leuchtete kurz hinein. Der Strahl der Taschenlampe streifte ein Waschbecken und eine Toilette. Das Gäste-WC.

Verlassen.

Hirschfeld ließ die Tür offen stehen und setzte seinen Weg fort. Nachdem sie den großzügig geschnittenen Wohnraum erreicht hatten, sahen sie, dass linker Hand eine Treppe aus Edelstahl und Glas ins Ober- und Untergeschoss führte. Kirchhoff gab seinem Partner ein Zeichen und nahm die Treppe nach oben.

Hirschfeld durchmaß den spärlich möblierten Raum, der eine Esstischgruppe und im hinteren Teil eine Küchenzeile mit Tresen beherbergte.

Immer noch keine Menschenseele.

Der Kriminalhauptkommissar trat an die breite Fensterfront, warf einen Blick nach unten und stellte fest, dass das Haus an einen Hang gebaut worden war. Der Garten wurde von einem in den Boden versenkten Pool dominiert, der mindestens 10 mal 15 Meter maß. Das bläulich schimmernde Wasser, das von mehreren Lichtstrahlen durchschnitten wurde, war spiegelglatt.

Hirschfeld wandte sich ab und ging zurück zur Treppe. Die Stille, die über dem Haus lag, war fast greifbar. Mit jeder Stufe, die er in das Untergeschoss herabstieg, schien sich sein Pulsschlag zu erhöhen. Als er die Treppe verließ und hinter dem Wandvorsprung hervortrat, erstarrte er. Auf den Anblick, der sich ihm bot, war er nicht vorbereitet gewesen.

„Polizei!", sagte er so ruhig wie möglich, steckte die MagLite zurück in die Jacketttasche und hob beschwichtigend die Linke, ohne den Lauf seiner Waffe zu senken.

„Sie … Sie hätten längst hier sein können", erwiderte der Mann gepresst.

Er saß vor einer roten Ledercouch auf dem Boden. Neben ihm stand eine fast leere Wodkaflasche. Hirschfeld schätzte ihn auf Anfang 40. Das Haar klebte ihm nass am Kopf. Er musste vor nicht allzu langer Zeit den Swimmingpool benutzt haben. Er trug einen karierten Morgenmantel. Der Gürtel hatte sich gelöst und gab den Blick frei auf einen leicht gebräunten, durchtrainierten Körper. Sein rechtes Bein war ausgestreckt, das linke unnatürlich angewinkelt. Dazwischen breitete sich eine rote Blutlache auf dem hellen Boden aus.

Hirschfeld spürte, wie sein Mund trocken wurde:

„Weg mit dem Messer!"

Der Mann verzog schmerzverzerrt das Gesicht und umklammerte den blutverschmierten Griff noch fester.

„Hören Sie, Sie brauchen dringend einen Arzt!", fuhr Hirschfeld fort.

„Nein ... verdammt, lassen Sie mich einfach sterben!"

In diesem Moment waren Schritte aus dem oberen Stockwerk zu hören.

„Sie sind nicht allein", brachte der Mann mühsam hervor. „Immerhin ..."

Hirschfeld konnte nur hoffen, dass Kirchhoff sie gehört und die Verstärkung informiert hatte, die bereits auf dem Weg war. Denn er wusste nicht, wie lange er die Situation noch unter Kontrolle haben würde.

„Lassen Sie das Messer fallen – sofort!", ignorierte Hirschfeld den Kommentar und ließ den Mann keine Sekunde aus den Augen.

„Es gibt kein Zurück", lachte der Mann kehlig. „Verschwinden Sie!"

„Wo ist Rebecca?", erwiderte Hirschfeld und ging langsam auf ihn zu. „Sie können noch das Richtige tun!"

„Noch einen Schritt", unterbrach ihn der Mann und griff mit der freien Hand unvermittelt neben sich, „und ich drück ab!"

Der Lauf eines Revolvers war direkt auf Hirschfeld gerichtet.

In dieser Sekunde tauchte Kirchhoff draußen auf der Terrasse auf. Offenbar gab es noch einen anderen Zugang zum Garten. Als Kirchhoff den Mann am Boden erblickte, verlor sein Gesicht jegliche Farbe. Hirschfeld schüttelte kaum merklich den Kopf.

Seit sie das Haus betreten hatten, erhielt Hirschfelds Hypothalamus Signale aus dem Angstzentrum. Sein Körper veränderte jede seiner 70 Billionen Zellen und machte ihn für die absolute Notsituation bereit, in der er sich jetzt befand. Doch in seinem Hirn hämmerten nur die Worte:

Du musst ihn aufhalten!

II. Widerstand

Hirschfeld brach der Schweiß aus. Der Mann ist zu allem entschlossen, schoss es ihm durch den Kopf. Allerdings war nicht klar, ob er nur sich selbst richten oder noch jemanden mit in den Tod reißen wollte. Es war nur eine Frage der Zeit, bis er Kirchhoff vor dem Fenster bemerken würde.

„Wollen Sie wirklich, dass Ihr Leben so endet?", versuchte Hirschfeld den Mann am Reden zu halten.

Solange er mit ihm sprach, würde er nicht auf ihn schießen.

Darauf hoffte Hirschfeld zumindest.

„Das spielt jetzt keine Rolle mehr", gab der Mann kaum hörbar zurück.

„Für Sie vielleicht", entgegnete Hirschfeld. Er durfte ihn nicht sterben lassen. Nur er wusste, wo das Mädchen war. „Aber denken Sie an die junge Frau, Sie dürfen sie nicht im Stich lassen!"

Das Gesicht des Mannes nahm einen seltsamen Gesichtsausdruck an. Er legte den Kopf schräg und lächelte:

„Sie hätten mich aufhalten können. Wollen *Sie* mir jetzt Vorwürfe machen?"

Die Worte trafen Hirschfeld mit der Wucht eines Faustschlags. Er spürte, wie sein Oberkörper zu beben begann. Er atmete tief ein, damit das Zittern nicht den Zeigefinger am Abzug seiner Dienstwaffe erreichte.

„Ich weiß, dass Sie es nicht so weit kommen lassen wollten", entgegnete Hirschfeld und verlagerte das Gewicht auf das andere Bein.

Die Zeit lief ihm davon. Rebecca konnte in dieser Sekunde sterben. Sie mussten die junge Frau unter allen Umständen retten, jetzt, wo sie fast am Ziel waren.

„Sie haben nichts verstanden!", brach es aus dem Mann hervor.

Seine Augen glänzten fiebrig. Nicht mehr lange und er würde durch den Blutverlust das Bewusstsein verlieren. Oder verbluten.

„Sie haben nicht mehr viel Zeit. Hören Sie, ich rufe …"

„Denken Sie nicht mal dran!"

Hirschfeld rang nach Luft. Seine Knie waren weich, doch er musste sich zusammenreißen. Zu viel stand auf dem Spiel.

„Noch ist es nicht zu spät!", ließ Hirschfeld nicht locker und registrierte gleichzeitig, dass Kirchhoffs kantiges Gesicht vor dem Fenster verschwunden war.

Der Mann richtete den Blick für einen Moment ins Leere und sah aus, als habe er Raum und Zeit vergessen. Welten trennten sie. Hirschfeld wusste, dass er ihn auf ihre Seite ziehen musste.

III. Erschöpfung

Er konnte dieses Schwein auch verrecken lassen! Hirschfeld erfasste plötzlich eine Welle der Wut. Er hatte mit eigenen Augen gesehen, wozu der Mann in der Lage war. Noch immer graute Hirschfeld bei dem Gedanken an die unbeschreiblichen Qualen, die der Kerl Svetlana zugefügt hatte. Ein solches Maß an Mitleidlosigkeit und Gewalt war Hirschfeld nie zuvor begegnet. Der Mann empfand regelrechte Lust an seiner Grausamkeit. Wie musste es erst Rebecca ergangen sein?

Nach allem, was Kirchhoff und er erlebt hatten, verspürte Hirschfeld kein Mitleid mehr mit diesem pathologischen Narzissten. Die ganze Zeit über hatte er nur mit ihnen gespielt. Selbst jetzt, da ihn nur wenige Atemzüge vom Tod trennten, inszenierte er sein Ende und versuchte, bis zuletzt die Fäden in der Hand zu behalten.

Niemand würde den Ablauf der Ereignisse infrage stellen, wenn

Hirschfeld ihn mit einem gezielten Schuss zwischen die Augen hinrichtete.

Nicht einmal Kirchhoff.

Hirschfeld nahm eine Bewegung vor der roten Ledercouch wahr. Der Mann hatte den Revolver blitzschnell neben sich gelegt. Das blutige Messer in beiden Händen war er im Begriff, es sich in die Brust zu stoßen. Hirschfeld drückte den Finger am Abzug durch.

„Was ist passiert?", schrie Kirchhoff, der plötzlich im Zimmer stand.

Hirschfeld blickte ihn an, als sehe er einen Geist. Er ließ die Waffe sinken und stürzte zu dem Mann, der auf dem Boden zusammengesackt war und leise stöhnte.

„Wir brauchen sofort einen Krankenwagen", brüllte Hirschfeld.

Er kniete bereits über dem Mann und presste beide Hände auf dessen Brustkorb, der sich kaum noch hob und senkte. Warmes Blut quoll zwischen Hirschfelds Fingern hervor. Mit jeder Sekunde wich das Leben aus dem Körper dieses Mistkerls.

Wo ist Rebecca?, dröhnte es in Hirschfelds Kopf.

Die Augen des Mannes flatterten.

Dann brach sein Organismus endgültig zusammen.

02

Einen Monat zuvor

Hirschfeld saß barfuß vor dem geöffneten zweiflügeligen Bogenfenster in seiner neuen Wohnung. Er hatte die ausgestreckten Beine übereinandergeschlagen und rauchte, den Rücken an die weiß verputzte Wand gelehnt. Der Erker war so breit und tief gebaut, dass Hirschfeld einen dünnen japanischen Futon auf den Vorsprung gelegt hatte. Fast jeden Abend zog er sich dorthin zurück und hörte den Tauben zu, die über ihm auf dem Dach gurrten. Als er sich die zweite Zigarette anzündete, verschwanden die letzten Sonnenstrahlen und verwandelten das scharf umrissene Lichtdreieck auf seinen Füßen in eine weiche Fläche, die nach und nach verblasste. Hirschfeld ließ die Augen über die verwinkelten Hinterhöfe schweifen. Wie so oft blieb sein Blick auf der verwaisten Dachterrasse schräg gegenüber hängen, die wie der Bug eines antiken Kriegsschiffs über das Häusermeer hinausragte. Eine Marmorstatue reckte als Galionsfigur die steinerne Hand in den rötlichen Abendhimmel und wies den Kurs.

Es würde nicht mehr lange dauern, bis sich die ersten Nachtschwärmer bemerkbar machten, die nicht nur am Wochenende die Innenstadt bevölkerten. Hirschfelds Apartment befand sich in einem vierstöckigen Haus auf der Sternstraße mitten in der Bonner Fußgängerzone. Anfänglich hatte ihn die Beschaulichkeit der Gassen befremdet, in denen sich nüchterne Nachkriegsbauten neben opulent ornamentierte Jugendstilhäuser drängten, doch mit der Zeit hatte er sich an den Rhythmus der Stadt gewöhnt. Im Erdgeschoss war die Filiale einer Modekette untergebracht, die in zweifelhafter Anlehnung an die Neunzigerjahre in ihrem Schaufenster mit neonbunter Kleidung warb. Das Stockwerk darüber bewohnte eine WG mit vier Studentinnen, die ihm jedes Mal vielsagende Blicke zuwarfen, wenn er ihnen im Treppenhaus begegnete. Im zweiten Stock lebte ein pensionierter Studienrat, der die meiste Zeit im Jahr auf Reisen war. Hirschfeld hatte seit seinem Einzug vor ein paar Monaten höchstens zwei, drei Worte mit ihm gewechselt, bevor der ergraute Herr zu seiner nächsten Exkursion aufgebrochen war.

Hirschfeld hatte die Wohnung im dritten Stock angemietet, zu der ein Zimmer unterm Dach gehörte. Dieser Raum war nicht über das Apartment, sondern über eine knarzende Holzstiege zu erreichen. Außerdem gab es eine separate Dachterrasse, die auch von den anderen Hausbewohnern genutzt wurde. Hirschfeld zog jedoch den kleinen Balkon auf der Nordseite vor, auf dem er mit Kirchhoff bereits einige Sommerabende verbracht und schweigend ein paar Feierabendbiere getrunken hatte.

Hirschfeld dachte an seinen Vater, der ihn vor ein paar Wochen zum ersten Mal in seiner neuen Wohnung besucht hatte. Heinrich Hirschfeld hatte sich keine Mühe gegeben, seinen Unmut darüber zu verhehlen, dass sein Sohn sich eine eigene Bleibe gesucht hatte, statt in das elterliche Haus in Lengsdorf zu ziehen. Obwohl der frei stehende Bungalow einigen Komfort bot, wie sechs großzügig geschnittene Zimmer und ein Schwimmbad im Hanggeschoss, hatte Hirschfeld es seit seiner Ankunft in Bonn nie in Erwägung gezogen, dort zu wohnen. Zu viele schmerzhafte Erinnerungen hingen daran. Das Haus war für die dreiköpfige Familie, die vor 13 Jahren ohne den ältesten Sohn von Berlin nach Bonn umgesiedelt war, von Anfang an zu groß gewesen. Seit seine Mutter Luise gestorben und seine jüngere Schwester Johanna ausgezogen war, war die Leere, die das Haus ausstrahlte, noch spürbarer geworden. Hinzu kam, dass Hirschfeld sich beim besten Willen nicht vorstellen konnte, zukünftig wieder mit seinem Vater unter einem Dach zu leben. Er wusste, dass sie beide ihre Freiräume brauchten. Ein gemeinsames Haus würde ihr zwiespältiges Verhältnis nur noch mehr verkomplizieren.

03

Im Rückspiegel überprüfte er den Sitz seiner Krawatte. Für sein Alter hatte er sich gut gehalten. Er war braun gebrannt, durchtrainiert und hatte ein umwerfendes Lächeln. Das Rasierwasser, das er aufgelegt hatte, war teuer und verriet seinen ausgesuchten Geschmack. Die meisten Menschen in seiner Umgebung hielten ihn für gebildet und distinguiert, für den netten Nachbarn von nebenan, der es weit gebracht hatte. Niemand kannte sein anderes Ich.

In den letzten Wochen war er fast jede Nacht durch die Straßen der Stadt gefahren. Rastlos, ruhelos, wie ein Raubtier in seinem Käfig. Immer wieder kehrte er vollkommen ausgebrannt nach Hause zurück. Er stellte sich unter die Dusche und wusch sich den Ekel ab. Die herablaufenden Wassertropfen zeichneten sein verzerrtes Spiegelbild auf die gläserne Duschwand. Die Welt war schlecht. Das war ein Naturgesetz. Es war an der Zeit, auszubrechen und alles hinter sich zu lassen:

die Scham und die Schuldgefühle.

Er kam sich vor wie ein Drogenabhängiger, der auf seinen nächsten Schuss wartete. Am Anfang durchstreifte er nur die nächtlichen Straßen. Ohne Plan. Ohne Ziel. Und mit einem Mal war alles ganz einfach. Er erinnerte sich noch genau an das Gefühl, als er der verbotenen Meile näher kam. Mit jedem Meter, den er in den Rotlichtbezirk vordrang, erhöhte sich sein Herzschlag. Das Blut pulsierte durch seine Adern und verursachte ein wellenartiges Rauschen in seinen Ohren.

Irgendwann würde alles vorbei sein, redete er sich ein. Wieder und wieder. Aber das war eine Illusion. Es würde niemals vorbei sein. Nicht, solange er *es* nicht getan hatte.

Und vor zwei Nächten war es passiert: Er hatte sie gesehen und wusste sofort, dass seine Suche ein Ende hatte.

Vorerst.

Diese Nacht hatte er nur ein Ziel: Er musste sie um jeden Preis wiederfinden. Sie war wie geschaffen für die Aufgabe, die er für sie vorgesehen hatte: sich seinem Willen vollkommen zu unterwerfen. Sie hatte es nicht anders verdient.

Ihrem Äußeren nach zu urteilen war sie noch nicht lange im Geschäft. Sie war jung, verdammt jung, und sicher von zu Hause ausgerissen. Ein abenteuerlustiges Mädchen, das vom großen Geld träumte. Sie sah unverbraucht aus. Das Leben auf der Straße hatte noch nicht die Oberhand gewonnen. Sie würde nicht Nein sagen, wenn er sie in seiner Mercedes S-Klasse mitnahm. Sie würde sich geschmeichelt fühlen. Wie so viele Frauen vor ihr.

Er setzte den Blinker und bog in die Kantstraße ein. Sofort drängten sich die rot erleuchteten Fenster des Eros Centers in sein Blickfeld und ließen die schwarzen Schornsteine der Müllverbrennungsanlage am dunklen Horizont verblassen. Die Laternen und die kitschige Neonreklame in Herzform ließen keinen Zweifel aufkommen, welchem Gewerbe in diesem Haus nachgegangen wurde.

Er fühlte sich wie Jack the Ripper zu seinen besten Zeiten.

Es war ein Spiel, dessen Regeln er bestimmte: Er bezahlte nicht für Sex, das hatte er nicht nötig. Aber er bezahlte für die Erniedrigung. Bisher hatte er die Grenze nicht überschritten, aber es war an der Zeit.

Er verlangsamte das Tempo, um auf die Immenburgstraße zu wechseln. Mit Schrittgeschwindigkeit fuhr er den Straßenstrich entlang und ließ dabei den Bürgersteig nicht aus den Augen. Die Frauen in ihren Miniröcken und Strapsen, die sich nach vorne beugten, um ihn zum Anhalten zu bewegen, interessierten ihn nicht. Nach 400 Metern erreichte er das Ende des Strichs.

Keine Spur von ihr.

Er wendete enttäuscht und fuhr dieselbe Strecke zurück. Fast wollte er sein Vorhaben aufgeben, als er sie plötzlich sah. Sie winkte dem Wagen ihres letzten Freiers hinterher, mit dem sie in einer der Verrichtungsboxen verschwunden war, die die Stadt für die Huren aufgestellt hatte. Dann zog sie ihren Rock zurecht und stöckelte zurück zu ihrem Stammplatz.

Man hätte sie für ein Mädchen halten können, das sich nachts in diese üble Gegend verirrt hatte. Einzig der grelle Lippenstift verriet sie.

Er trat auf die Bremse und ließ das Seitenfenster hinunter.

„Wie wär's mit uns beiden, Süßer?", hauchte sie und warf ihm eine Kusshand zu.

Mit einem Kopfnicken bedeutete er ihr einzusteigen. Lachend zog sie die Beifahrertür auf und setzte sich. Ihr schlanker Körper schmiegte sich in den Ledersitz. Sie trug ein champagnerfarbenes Kleid, darunter schwarze Nylonstrümpfe. Ihr seidig glänzendes dunkelblondes Haar war schulterlang und fiel in leichten Wellen auf die Bolerojacke aus Pelz.

„Wie kann ich dich glücklich machen?"

Ihr Augenaufschlag war atemberaubend. Sie wusste genau, welche Wirkung sie auf Männer hatte.

„Du redest nicht gerne", stellte sie fest.

Er schwieg und trat aufs Gaspedal.

Sie fuhr mit ihrer Hand über seinen Oberschenkel und verharrte kurz vor seinem Schritt. Sie hatte schnell gelernt, das Geschäftliche ganz beiläufig abzuwickeln.

„Ein paar Meter weiter können wir es uns gemütlich machen. Ich kann es kaum erwarten."

„Das ist nicht mein Stil."

Sie mit nach Hause zu nehmen war zu riskant. Er konnte weder neugierige Nachbarn noch ein Mädchen gebrauchen, das sich später genau an ihn oder sein Haus erinnerte.

„Wie wär's mit einer kleinen Spazierfahrt?", fragte er und setzte den Blinker.

„Ich nehme 200 Euro die Stunde, alles andere extra", antwortete sie und schenkte ihm ein zuckersüßes Lächeln.

Sie pokerte hoch, dafür dass sie ihre Liebesdienste auf der Straße anbot. Anfängerfehler, dachte er. Aber er würde ihr eine Lektion erteilen, die sie nicht so schnell vergessen würde.

„Geld ist kein Problem. Ich leg dir die Welt zu Füßen, mein Engel."

Sie zog überrascht die Augenbrauen hoch und lachte erneut.

„So wie in *Pretty Woman*?"

„Ja, genau so. Wir könnten nach Paris fahren und wären morgen Abend wieder zurück."

„Du nimmst mich auf den Arm!"

Sie klappte ihre goldene Handtasche auf und zog eine Packung Zigaretten heraus.

„Darf ich?"

Er nickte.

Mit ihren manikürten Fingern holte sie eine Zigarette aus der Schachtel, steckte sie zwischen die Lippen und ließ sich Feuer geben.

„Okay, wie sehen deine Pläne wirklich aus?“, fragte sie und inhalierte den Rauch.

Ganz so naiv war sie offenbar nicht, dachte er. Umso größer war die Herausforderung, sie zu dem zu bringen, was sie nicht tun wollte. Für kein Geld der Welt.

„Wir steigen in irgendeinem Hotel ab. Und dann sehen wir weiter“, entschied er.

„Wie du meinst“, erwiderte sie, stieß den Rauch wieder aus und schnippte die Zigarettenglut in den Aschenbecher. „Aber das wird nicht billig.“

Er griff in sein Jackett, zog vier Hunderter aus der Geldklammer und lächelte wie ein Hai.

04

Im Nachhinein wunderte sich Hirschfeld nicht, dass sein Vater am frühen Tod seiner Frau zerbrochen war. Die Einsamkeit hatte Heinrich Hirschfeld in die Alkoholabhängigkeit getrieben, die vor sieben Monaten in eine Psychose gemündet war. Die Zwangseinweisung in die geschlossene Abteilung der Rheinischen Landesklinik, die bei der Bonner Polizei aktenkundig geworden war, stellte den traurigen Höhepunkt dieses schleichenden Prozesses dar. Die ersten Monate hatte Heinrich Hirschfeld auf der Station Süd 1A verbracht. Nachdem sich sein Zustand durch die Therapie verbessert hatte, hatte der behandelnde Psychiater, Professor Konrad, die Verlegung auf die Offene veranlasst. Die Station Süd 1C war auf derselben Etage untergebracht, befand sich jedoch auf der anderen Seite des Gebäudeflügels. Die beiden Stationen waren vom Aufbau und der Raumaufteilung her nahezu identisch. Allerdings waren die Zimmer um einiges wohnlicher eingerichtet. Das Krankenhausbett war einem bequemen Holzbett gewichen. Zudem waren die Ausgangszeiten im Vergleich zur Geschlossenen wesentlich ausgedehnter. Die Patienten sollten lediglich die Essenszeiten einhalten, um einen geregelten Tagesablauf zu haben, und sich beim Stützpunkt ab- und wieder anmelden. Heinrich Hirschfeld nutzte diese Stunden meist dazu, am nahe gelegenen Rheinufer spazieren zu gehen oder der gutbürgerlichen Gaststätte gegenüber der Klinik einen Besuch abzustatten. Wirt und Bedienung hatte Lutz Hirschfeld eingeschärft, ihrem neuen Stammgast keinen Alkohol auszuschenken, auch wenn dieser immer wieder – mal mit einem Augenzwinkern, mal im Brustton der Überzeugung – danach verlangte. Abgesehen davon machte Heinrich Hirschfeld in der Therapie gute Fortschritte. Aus diesem Grund war seine Medikation auf das Minimum reduziert. Dadurch wirkte er deutlich klarer als in der ersten Zeit nach der Aufnahme in die Klinik. Dies hatte jedoch auch zur Folge, dass Heinrich Hirschfeld nun mit den Ereignissen konfrontiert war, die zur Einweisung in die Psychiatrie geführt hatten. Die Behandlung sah vor, diese offen anzusprechen. Professor Düsterhöft, Chefarzt der Offenen, hatte sich nicht von der anfänglichen Weigerung seines Patienten beirren lassen und auf Gespräche zu diesem Thema beharrt. Lutz Hirschfeld wusste, dass sein alter Herr mit dem Psychiater über Dinge sprach, die er sonst niemandem anvertraute. Am Anfang war er besorgt über die depressiven Phasen gewesen, die sein Vater infolgedessen an den Tag legte. Doch der Psychiater versicherte Hirschfeld, dass dies Teil des Heilungsverlaufes war.

Seine Dickköpfigkeit und Sturheit hatte Heinrich Hirschfeld allerdings nicht abgelegt, dagegen war offenbar kein Kraut gewachsen. An der verschriebenen Ergotherapie nahm er weiterhin nur unter Protest teil und benahm sich auch zu anderen Gelegenheiten oft eher wie ein ungezogenes Kind und nicht wie ein erwachsener Mann von 57 Jahren. Hirschfeld hatte sich inzwischen daran gewöhnt, dass sie die Rollen getauscht hatten, und sich auch mit dem

Umstand abgefunden, dass die unausgepackten Umzugskartons, die er im Wohnungsflur zwischenlagerte, bei seinem Vater unwilliges Kopfschütteln hervorgerufen hatten.

Auf Möbel legte Hirschfeld keinen gesteigerten Wert, nur auf die Funktionalität kam es ihm an. Daher diente ihm eine Matratze auf dem Boden als Bett. Ein paar Bücherregale an der Wand, ein schlichter Schreibtisch, eine Kommode, ein Kleiderständer und mehrere Sitzkissen ergänzten das restliche Mobiliar. Allein ein alter Buffetschrank, den Hirschfeld im Mai auf dem Rheinauenflohmarkt erstanden und in mühsamer Kleinarbeit selbst restauriert hatte, zierte die Küche, die ansonsten lediglich über eine kleine Kochzeile und einen Holztisch mit vier Stühlen verfügte.

Hirschfeld blickte auf seine Armbanduhr: 21.01 Uhr. Die beleuchtete Datumsanzeige verriet ihm, dass sein Vater in drei Tagen Geburtstag hatte. Hirschfeld nahm sich vor, sich am nächsten Tag nach Dienstschluss auf die Suche nach einem passenden Geschenk zu begeben. Ihm graute bereits jetzt vor der Vorstellung, da sich der alte Herr nie mit etwas zufrieden gab, das er nicht selbst ausgesucht hatte. Dennoch war Heinrich Hirschfeld tödlich beleidigt, wenn jemand es wagte, ihm nichts zu schenken. Notfalls konnte Hirschfeld den Einkauf auch noch auf Samstag verschieben. Vielleicht konnte er sogar Renee dazu überreden, ihn zu begleiten.

Beim Gedanken an die junge Polizeifotografin musste Hirschfeld unweigerlich lächeln. In den letzten Monaten waren sie sich beruflich immer wieder über den Weg gelaufen, hatten jedoch bis auf zwei, drei Verabredungen zu einem Kaffee keine Zeit gefunden, sich näher kennenzulernen. Erst in der vergangenen Woche hatte er Renee angerufen und zu einem Kinobesuch eingeladen. Nach der Vorstellung waren sie noch eine Weile Arm in Arm an den beleuchteten Schaufenstern der Fußgängerzone vorbeigeschlendert, bevor sich Renee auf den Heimweg gemacht hatte. Der Kuss, den sie Hirschfeld zum Abschied auf die Wange gehaucht hatte, war sanft, aber verheißungsvoll gewesen.

05

Er hatte sie nach ihrem Namen gefragt.

„Candy", hatte sie geantwortet und war im Bad verschwunden.

Warum sollte sie ihm ihren richtigen Namen nennen? Sie verkaufte einen Traum, nichts weiter. Mit der Zeit hatte sie ihr altes Leben vergessen. Die guten und die schlechten Erinnerungen hatte sie in eine Kiste gepackt und den Deckel fest verschlossen. Sie würde sie nicht mehr öffnen. Jetzt hatte ein neues Leben angefangen. Und Namen hatten keinerlei Bedeutung. Sie selbst wusste nicht einmal mehr, wer sie war, was zählte da schon ein Name?

Jetzt stand sie vor dem riesigen Spiegel und betrachtete ihr hübsches Gesicht. Sie war zufrieden mit dem, was sie sah. Eines Tages würde sie das alles hinter sich lassen. Und nie wieder die Beine für Geld breit machen.

Er sah gar nicht so schlecht aus, dachte sie, während sie das Kleid von den Schultern gleiten ließ. Vielleicht etwas zu alt für sie. Aber das spielte keine Rolle, solange er zahlte. Immerhin waren sie in einem luxuriösen 5-Sterne-Hotel abgestiegen.

Wahrscheinlich war er im richtigen Leben ein braver Familienvater, der von seiner Frau nicht das bekam, was er brauchte: ein Mädchen ohne Tabus.

Es klopfte an der Tür.

„Warte noch einen Augenblick, Darling. Ich bin sofort bei dir."

Es schadete nicht, wenn sie ihn noch ein wenig zappeln ließ. Sie drehte das Wasser auf und gab die ganze Flasche Badezusatz in die Whirlwanne. Zehn Minuten später versank sie in einem duftenden Schaumbad. Sie schloss die Augen, tauchte tiefer ins Wasser ein und dachte mit einem wohligen Seufzer darüber nach, dass sie in dieser Nacht einen dicken Fisch an der Angel hatte.

06

Am nächsten Morgen las Hirschfeld noch einmal den Tatortbericht, den er gerade in seinen Computer getippt hatte. Als er die Datei speicherte, klingelte das Telefon auf Kirchhoffs Schreibtisch. Der Kriminalhauptkommissar nahm den Hörer ab und hörte dem Anrufer nach einem knappen *Ja* schweigend zu.

Peter Kirchhoff war Anfang 50 und kein Mann vieler Worte. Telefonieren war für ihn ein notwendiges Übel, das der Job mit sich brachte. Gerade diese Zurückhaltung schätzte Hirschfeld an seinem Partner mit dem breiten kantigen Gesicht. Kirchhoff hatte die Angewohnheit, den Kopf schief zu legen, wenn er in Gedanken versunken war oder konzentriert zuhörte. Durch seine leicht schräg stehenden Augenbrauen wirkte er in dieser Haltung noch melancholischer als sonst. Hirschfeld wusste jedoch, dass sich hinter den traurigen blauen Augen dieses Polizisten, der knapp 20 Jahre älter war als er, ein messerscharfer Verstand verbarg.

Schließlich nickte Kirchhoff und beendete das Gespräch.

„Das war Jens."

Kirchhoff sprach von Schröder, einem der fünf Leiter der Mordkommission. Seit Hirschfeld bei seinem ersten Fall in Bonn maßgeblichen Anteil an der Aufklärung einer grausamen Serie von Frauenmorden gehabt hatte, verband die beiden Männer nicht nur ein kollegiales, sondern auch freundschaftliches Verhältnis. Nur Ernst Friedrich Schumacher, Leiter der Kriminaldirektion 1, sah in Hirschfeld immer noch den aufstrebenden Karrieremenschen aus der Großstadt.

„Wir haben einen Toten im Hotel."

„Eine Mittagsleiche", entgegnete Hirschfeld ohne jede Begeisterung, erhob sich vom Bürostuhl und griff nach seinem Jackett. „Öfter mal was Neues."

Kirchhoff lächelte nachsichtig, denn dies war bei Weitem nicht die erste Leichensache in den letzten zwei Wochen, die pünktlich zur Mittagspause reingekommen war.

„Wo?“

„Quasi um die Ecke“, antwortete Kirchhoff. „In dem Designkasten am Rhein, der letztes Jahr am Bonner Bogen auf dem Gelände der ehemaligen Zementfabrik eröffnet hat.“

„Dieser teure Luxusschuppen?“, fragte Hirschfeld und kam nicht auf den Namen des Hotels.

„Genau. Ich habe dort mal einen Kaffee getrunken. Mehr konnte ich mir nicht leisten.“

„Konnte oder *wollte?*“

Kirchhoff bedachte ihn mit einem stummen Blick und griff erneut zum Hörer, um bei der Fahrerwache ein Dienstfahrzeug zu reservieren.

„Eigentlich könnten wir auch zu Fuß gehen“, bemerkte Kirchhoff auf dem Weg zum Parkhaus. „Von hier ist es nur ein Katzensprung bis zum Hotel.“

„Na, klar. Als Nächstes kommst du auf die Idee, deine Berichte in Stein zu meißeln.“

„Du hast wohl heute Morgen einen Clown gefrühstückt“, erwiderte Kirchhoff und erntete ein breites Grinsen von Hirschfeld. „Oder bist du nur ein Spielball deiner Hormone?“

Sie waren inzwischen in einen silbernen BMW M3 gestiegen, den Kirchhoff aus der Parkbucht lenkte.

„Seit wann kannst du Gedanken lesen?“, fragte Hirschfeld.

Kirchhoff zuckte mit den Achseln und schaltete in den Vorwärtsgang.

„Ich sehe schon die Schlagzeile vor mir“, fuhr er fort und beschrieb mit der Linken einen imaginären Bogen in der Luft. *„Schlechte Zeiten für Verbrecher: Alternder Kommissar entdeckt seinen siebten Sinn.“*

„Du lenkst vom Thema ab“, erwiderte Kirchhoff trocken, während sie das Parkhaus verließen und rechts abbogen. „Wie läuft’s mit Renee?“

„Wir sind morgen zum Frühstück in einem Café am Münsterplatz verabredet.“

„Das freut mich für dich, Lutz“, entgegnete Kirchhoff mit dem Anflug eines Lächelns.

Die Straße beschrieb einen scharfen Rechtsknick. Nach einer Bahnunterführung tauchte kurz darauf ein elliptischer Bau aus Glas und Stahl vor ihnen auf. Der Wasserturm aus rotem Backstein, den sie hinter sich gelassen hatten, wirkte dagegen wie ein Relikt aus längst vergangenen Zeiten.

„Hat was von einem Ufo, das direkt am Rheinufer gelandet ist“, bemerkte Hirschfeld und war geblendet von den Sonnenstrahlen, die sich in der spiegelnden Außenhaut des Gebäudes brachen.

„Der Größe nach wohl eher ein ganzes Mutterschiff“, meinte Kirchhoff und stellte den Wagen ab.

Über dem Eingangsbereich des Hotels waren drei übergroße Leuchter angebracht und wiederholten sich im Inneren. Sie erinnerten an Kirchturmglocken, deren Schlegel silberne Discokugeln ersetzten. Hirschfeld und Kirchhoff betraten die imposante Empfangshalle durch eine Drehtür. Der Boden war mit großflächigen Steinfliesen in Schwarz und Weiß ausgelegt. Darauf lagen rote und graue runde Teppiche, über die sich ein florales Muster rankte. Ein paar Hocker vor einem Marmortresen und mehrere Polstermöbel im Bauhausstil boten ausreichend Sitzgelegenheiten.

„Nobel“, meinte Hirschfeld. Mit dieser Mischung aus neobarockem Design und zwangloser Eleganz hatte er nicht gerechnet.

Bevor sie eine der Rezeptionsinseln erreichten, kam ihnen ein Mittvierziger in einem dunklen Nadelstreifenanzug entgegen.

„Kriminalpolizei“, begrüßte Kirchhoff den Mann und streckte ihm seinen Dienstausweis entgegen.

„Ah, die Herren von der Kripo“, brachte der Anzugträger nervös lächelnd hervor. „Henning Schneider, PR-Manager des Hauses.“

„Wo befindet sich der Tote?“, kam Kirchhoff gleich zur Sache, nachdem er Hirschfeld und sich vorgestellt hatte.

„In einem unserer Premiumzimmer im ersten Stock“, antwortete der Manager und deutete auf den Aufzug neben dem Atrium. „Wenn Sie mir bitte folgen würden.“

Während sie auf den Lift warteten, musterte Hirschfeld die gelben bauchigen Blumenkübel in Großformat, die ein Riese in dem gläsernen Innenhof abgestellt haben musste. Augenblicke später glitt die Edelstahltür lautlos auf.

„Wie lange werden Sie brauchen?", fragte Schneider und ließ sie in den Aufzug steigen.

„Es dauert so lange wie nötig", gab Kirchhoff zurück. „Der Tod nimmt leider keine Rücksicht auf die Lebenden."

„Nein, natürlich nicht", beeilte sich der PR-Manager zu entgegnen und entschied sich, keine weiteren Fragen in dieser Richtung zu stellen.

„Wer hat die Leiche gefunden?", wechselte Hirschfeld das Thema.

„Nun, Herr Sven Thomsen sollte heute früh abreisen. Als er um 12 Uhr immer noch nicht ausgecheckt hatte, haben wir jemanden vom Servicepersonal aufs Zimmer geschickt. Der Page hat nur zwei nackte Füße aus dem Bett ragen sehen. Er ist zu diesem Zeitpunkt natürlich davon ausgegangen, dass Herr Thomsen noch schläft."

„Verstehe."

„Eine Stunde später hat einer unserer Rezeptionisten das Zimmer betreten, um sich selbst von der Situation zu überzeugen", fuhr Schneider fort. „Er war es auch, der sofort den Notarzt alarmiert hat. Der Arzt konnte zu unserem Bedauern nur noch den Tod des Herrn feststellen."

„War Herr Thomsen öfters zu Gast in Ihrem Haus?", wollte Kirchhoff wissen.

„Ja, als Geschäftsmann ist er regelmäßig bei uns abgestiegen."

Der Aufzug hielt und entließ sie auf einen lang gestreckten Flur, der vom Teppich über die Tapeten bis hin zur Decke ganz in Rot gehalten war. Für Menschen mit einer geringen Aggressionsschwelle war das sicher nicht der richtige Ort, dachte Hirschfeld.

„Wann ist er diesmal angereist?", fragte Kirchhoff im Gehen.

„Vor drei Tagen."

„Empfing er Besuch?", hakte Hirschfeld nach.

„Nein, darüber ist mir nichts bekannt. Ich weiß nur, dass Herr

Thomsen gestern Abend noch eine Anwendung in unserem Spa bekommen hat."

„Gut, vielen Dank", entgegnete Hirschfeld. Mehr war aus dem Manager im Moment nicht herauszuholen.

Sie waren vor einer Zimmertür stehen geblieben.

„Hier ist es", deutete Schneider auf die geschlossene Tür. „Wenn Sie mich jetzt bitte entschuldigen würden. Bei Fragen wenden Sie sich einfach an unser Frontoffice im Erdgeschoss. Ein Mitarbeiter wird mich dann umgehend informieren."

Damit steckte der Manager kurz eine Keycard in das Lesegerät am Türschloss.

„In Ordnung", erwiderte Hirschfeld, der die Klinke bereits in der Hand hatte, und drückte die Zimmertür auf.

07

Alles war weiß.

Sie drehte sich um und tastete gleichzeitig mit den Händen nach vorne. Aber da war nichts. Als sie zwei, drei Schritte vorwärts machte, veränderte sich die Umgebung nicht im Geringsten. Im Gegenteil. Sie hatte das Gefühl, auf der Stelle zu gehen, war sich jedoch sicher, in Bewegung zu sein. Während sie weiterlief, schaute sie nach oben und verlor sofort die Orientierung. Nirgends gab es einen Fixpunkt.

Alles war weiß. Ein undurchsichtiges Nichts.

Sie sah an sich herunter und blickte auf ihre nackten Füße. Ihre Haut war blass und hob sich kaum von dem Baumwollnachthemd ab, das sie am Leib trug.

Unsicher blieb sie stehen.

„Hallo?", rief sie, erst leise, dann noch einmal lauter, doch das Weiß schien ihre Stimme zu schlucken.

Niemand antwortete ihr.

Ihr Herz begann zu rasen. Sie spürte deutlich, wie es in ihrer Brust pochte. Immer schneller und schneller. Ein übergroßes Organ, das sich aus dem Käfig ihrer Rippen einen Weg aus ihrem Körper zu bahnen versuchte. Sie kannte diesen Zustand nur zu gut:

kalte, nackte Panik.

Abrupt setzte ihr Herz für einen Schlag aus, um im nächsten Augenblick umso wilder zu klopfen.

Wo zum Teufel war sie?

Sie konnte sich nicht erinnern, wie sie an diesen Ort gelangt war. Sie wusste nur, dass sie von hier fortmusste. Je länger sie hierblieb, desto unwahrscheinlicher war es, wieder zurückzukehren.

Sie lief wieder los. Erst stolperte sie, dann rannte sie, bis ein Stechen durch ihren Brustkorb zuckte und sie zwang, langsamer zu werden. Keuchend beugte sie sich für einen Moment nach vorne und rang nach Luft. Doch die Angst trieb sie weiter. Immer wieder schaute sie sich um und war jedes Mal davon überzeugt, dass jemand – oder etwas – hinter ihr her war.

Plötzlich streifte ein kühler Hauch ihr Gesicht. Sofort stellten sich ihre Nackenhaare hoch.

Sie war nicht allein.

Sie stoppte in der Bewegung und wäre fast gefallen. Instinktiv ballte sie die Fäuste und hielt sie schützend vor ihren Körper. Langsam drehte sich im Kreis und machte sich auf ihren unsichtbaren Gegner gefasst. Doch nichts geschah.

Eine halbe Ewigkeit später setzte sie ihren Weg mühsam fort. Nach einer Weile gehorchte ihr Körper nicht mehr. Ihre Augen wurden bleischwer. Sie konnte nicht verhindern, dass sie ihr immer wieder zufielen.

Erst als ein weißes Licht auf sie zukam, kehrten ihre Kräfte zurück. Im Zentrum erstrahlte eine goldene Türklinke.

Mitten im Nirgendwo.

Sie streckte die Hand aus. Jetzt hatte sie keine Angst mehr. Die Klinke war angenehm kühl. Vorsichtig drückte sie den Türgriff nach unten. Ein schmaler schwarzer Streifen durchschnitt das unendliche Weiß. Als sie sich dem Spalt näherte, zog sie blitzartig eine unwiderstehliche Macht in die Schwärze.

Sie schrie.

Und fiel und fiel und fiel.

In tiefste Dunkelheit.

08

„Morgen, Heinz", begrüßte Kirchhoff den korpulenten Polizeibeamten in Uniform, der neben dem Bett stand und ein Formular ausfüllte.

Über dem Zimmer hing eine Wolke aus teurem Aftershave und dem süßlichen Geruch der Verwesung.

Blue hotel, every room is lonely, hatte Hirschfeld die Zeile eines Chris-Isaak-Songs im Ohr.

„Hallo, Peter", erwiderte der Uniformierte den Gruß und schenkte Hirschfeld ein kurzes Nicken.

„Was hast du für uns?", fragte Kirchhoff und streifte sich wie Hirschfeld ein Paar Latexhandschuhe über die Hände.

„Klassischer Fall von kalter Abreise", brummte der Polizist und sprach damit von Hotelgästen, die das Haus nicht mehr lebend verließen. „Den Ausweispapieren nach handelt es sich bei dem Toten um den Gast dieses Zimmers, Sven Thomsen."

Während der Polizist weitere Personalien aus seinen Notizen vorlas, schaute Hirschfeld sich genauer um: Auf einem Lounge-Sessel lag ein unordentlicher Haufen Kleidung. Das dazugehörige Jackett hatte Thomsen über eine Schneiderpuppe geworfen. Davor stand ein Paar handgenähter Lederschuhe, aus denen zwei nachlässig abgestreifte Socken hingen.

Hirschfeld trat an das Doppelbett und betrachtete den Toten

eingehender, der auf dem Rücken ausgestreckt und vollkommen nackt auf der Decke lag, neben sich ein aufgeklapptes Notebook.

„Schädeldach und Nasenbein scheinen auf den ersten Blick unversehrt“, stellte er nach einem fachmännischen Blick fest.

Die Augen des Mannes waren halb geöffnet. Hirschfeld beugte sich über den Toten, hob behutsam ein Augenlid an und fuhr fort:

„Die Pupillen sind leicht erweitert.“

Als Nächstes berührte er die bleiche Haut am Oberarm des Toten. Durch die Latexhandschuhe hindurch fühlte sie sich kalt und starr an.

„Der Rigor mortis ist vollkommen ausgeprägt, die Totenflecke können nicht mehr weggedrückt werden.“

Kirchhoff hatte das Bett einmal umrundet und blieb neben ihm stehen.

„Alle natürlichen Körperöffnungen sind frei von Fremdkörpern“, fügte sein Partner hinzu. „Keine Würgemale oder Schusswunden.“

„Wir haben hier nur diesen Einstich“, meinte Hirschfeld und deutete auf die Schmetterlingskanüle, die im linken Handrücken steckte.

Auf der Haut und einem Teil der Bettdecke waren deutlich blutsuspekte Anhaftungen zu erkennen. Es dauerte nicht lange, bis Hirschfeld und Kirchhoff eine beachtliche Ansammlung gebrauchter und frischer Spritzbestecke entdeckten, die Thomsen in einem der Nachttische neben dem Bett deponiert hatte. Unter den Gegenständen befanden sich auch ein paar dünne Gummischläuche, zwei Beutel mit Kochsalzlösung, Medikamente und ein durchsichtiges Tütchen mit weißem Pulver. Hirschfeld tippte auf Kokain.

„Sieht mir nicht nach Selbstmord aus, Peter.“

Wahrscheinlich war Thomsen an einer Überdosis gestorben.

Ein kurzer Anruf bei der Rezeption bestätigte, dass Thomsen das Hotelzimmer am Vorabend gegen 23 Uhr aufgesucht und nicht wieder verlassen hatte. Auch die Bewirtungslage, das eine benutzte Glas auf der anderen Nachtkonsole, deutete darauf hin, dass sich nur eine Person in diesem Zimmer aufgehalten hatte.

„Nein, wahrscheinlich wollte sich Thomsen nur einen schönen Abend machen."

„Was für eine Verschwendung", gab Hirschfeld zurück.

Der Tote war kaum älter als er selbst. Thomsen hatte sich für ein paar Stunden in eine andere Welt katapultieren wollen und war nicht mehr von dort zurückgekehrt.

Hirschfelds Blick wanderte zu dem seltsam leuchtenden Vollmond, der über dem Doppelbett schwebte. Die bleiche Scheibe hob sich scharf von der schwarzen Wand ab und musste das Letzte gewesen sein, das der Gast aus Zimmer 113 gesehen hatte.

Kirchhoff holte sein Handy aus der Innentasche seines Jacketts. Unterdessen begab sich Hirschfeld in das angrenzende Badezimmer. Während er systematisch alle Schränke öffnete und die Hygieneartikel, die Thomsen selbst mitgebracht hatte, in Augenschein nahm, hörte er, wie Kirchhoff der Leitstelle eine kurze Zusammenfassung gab.

„Ja, richtig, Verdacht auf BTM-Intoxikation", wiederholte er. „Wir empfehlen eine Obduktion."

Damit beendete Kirchhoff das Gespräch.

„Das Badezimmer ist unauffällig", sagte Hirschfeld, als er in das Zimmer zurückgekehrt war, und streifte die Latexhandschuhe ab. Sie waren hier fertig.

„Wo ist Thomsen gemeldet?", wandte sich Kirchhoff wieder an den Uniformierten.

„In Bad Oldesloe."

Schleswig-Holstein. Anderes Bundesland. Die Benachrichtigung der Angehörigen würden die Kollegen vor Ort übernehmen. Obwohl Hirschfeld in seiner Laufbahn bereits viele nicht natürliche Todesfälle bearbeitet hatte, beneidete er sie nicht um ihre Aufgabe.

09

Irgendwo weinte ein Kind.

Die imposante Eingangshalle der alten Villa lag im Halbdunkel. Sie starrte die schwere Holztreppe an, die sich in das obere Stockwerk wand. Das Schluchzen, das immer leiser wurde, schien von dort zu kommen.

Erst jetzt bemerkte sie, dass ihre Hände irgendetwas umklammerten. Es fühlte sich weich und flauschig an. Sie senkte den Blick und erkannte ihren alten Stoffhasen.

Mit den Jahren waren die Knopfaugen stumpf geworden. Auch das Fell war hier und da verfilzt. Doch er roch immer noch so gut, wie sie ihn in Erinnerung behalten hatte. Nach einer frischen Sommerbrise. Erst Jahre später hatte ihre Mama ihr verraten, dass der Stoffhase alle paar Monate in der Waschmaschine gelandet war.

Sie drückte das Kuscheltier an sich und durchquerte die Halle. Bei jedem Schritt hinterließen ihre nackten Füße für den Bruchteil einer Sekunde einen schwachen Abdruck auf dem kalten Marmorboden. Als sie die Treppe betrat, knarrte das Holz leise unter ihrem Gewicht. Oben angelangt lauschte sie in die Dunkelheit.

Das Weinen hatte aufgehört.

Am Ende des Flurs, von dem mehrere Zimmer abgingen, schimmerte ein Lichtstrahl durch den Spalt einer Tür. Auf Zehenspitzen schlich sie dorthin und horchte. Leise Musik drang an ihr Ohr, die ihr seltsam bekannt vorkam.

Ihre Hand verharrte für einen Augenblick über der Klinke, dann öffnete sie die Tür und fand sich in einem hell eingerichteten Zimmer mit Himmelbett, Kleiderschrank und einem Ohrensessel wieder. Davor war ein Beistelltisch platziert, auf dem eine geöffnete Spieluhr stand. In der Mitte der Schatulle drehte sich eine grazile Ballerina. Sie trat an den Tisch und lauschte der Melodie. Nachdem der letzte Ton verstummt war, wandte sie sich um und entdeckte vor dem Fenster ein in die Jahre gekommenes Schaukelpferd aus Holz. Gedankenverloren strich sie mit den Fingern über die abblätternde Farbe. Unter ihrer Berührung wippte es leicht hin und her.

Fast war sie versucht, sich daraufzusetzen, doch ein eigentümliches Kratzen hielt sie davon ab. Sie schaute auf und entdeckte eine alte Eiche vor dem Fenster. Der blattlose Baum reckte sich in den nächtlichen Himmel. Seine Zweige schlugen sanft gegen das Glas. Sie legte die Hand dagegen und beantwortete den stillen Gruß mit leisem Fingertrommeln.

Ein heftiger Windstoß ließ sie zurückweichen. Ohne Vorwarnung verwandelten sich die Äste plötzlich in blasse menschliche Arme. Aus den Zweigen wuchsen knochige Finger, die das Fensterglas zersplitterten und nach ihr griffen.

Sie schrie auf, rannte aus dem Zimmer, auf den Flur, die Treppe hinunter und stürzte auf die Haustür zu.

Verschlossen.

Sie hämmerte gegen das Holz und warf sich gegen die Tür, doch das Schloss gab nicht nach. Verzweifelt ließ sie von der Tür ab, rannte zur nächstgelegenen und riss sie auf.

Ihr Blick erfasste eine gusseiserne Badewanne mit Messingfüßen. In einem Meer von Blut lag der leblose Körper einer Frau, die sie mit leeren Augen anblickte. Starr vor Grauen blieb sie wie angewurzelt stehen. Erst als die Lippen der Frau lautlos ihren Namen formten, wandte sie sich schreiend ab. Tränen rannen ihr übers Gesicht, während sie orientierungslos durch die Eingangshalle irrte.

Sie musste sich verstecken!

Sie verließ die Halle über einen Gang. Bevor sie die nächste Tür öffnete, schickte sie ein Stoßgebet zum Himmel. Als sie das Zimmer betrat, tastete sie hastig nach dem Schalter. Die Lampe unter der Decke tauchte die Einrichtung in warmes Licht. Es musste sich um ein Ankleidezimmer handeln, denn den Raum füllten mehrere Wandschränke und ein Schminktisch samt Hocker. Mit klopfendem Herz öffnete sie den linken Schrank, in dem sich ein Dutzend Anzüge und gestärkte Hemden aneinanderreihten. Sie wühlte sich durch die Kleidung, hockte sich auf den Boden und zog die Tür wieder zu. Sie presste den Stoffhasen vor ihren Mund, schloss die Augen und schluchzte in das weiche Fell. Als sie sich vor und zurück wiegte, um sich ein wenig zu beruhigen, berührte irgendetwas Weiches ihre Schulter. Irritiert blickte sie auf. Da sie nur graue Schemen ausmachen konnte, öffnete sie die Schranktür einen winzigen Spalt. Im Zwielicht erkannte sie, dass über ihr keine Kleidungstücke hingen.

Es waren lauter tote Menschen.

10

„Schon zurück?", begrüßte sie Christian Hellmann, als Hirschfeld und Kirchhoff 20 Minuten später wieder den Flur des KK 11 betraten. „Seid ihr nicht eben erst aufgebrochen?"

„Und selbst?", verspürte Hirschfeld wenig Lust, dem jungen Kriminalkommissar von ihrer Mittagsleiche zu berichten.

Obwohl Hellmann, der bereits im Anzug auf die Welt gekommen sein musste, Hirschfeld für zu unkonventionell hielt, blickte er zu ihm auf. Das änderte jedoch nichts an der Tatsache, dass er Hirschfeld von der ersten Minute an auf die Nerven gegangen war. Hellmann war ein Wichtigtuer. Die einzige Methode, ihn loszuwerden, bestand darin, ihn konsequent zu ignorieren. Hellmann folgte ihnen jedoch unbeeindruckt in ihr Büro und baute sich vor Hirschfelds Schreibtisch auf.

Erst jetzt fiel dem Kriminalhauptkommissar ein Stück Papier und ein aufgeschnittener Briefumschlag in Hellmanns Hand auf, die jeweils in einem durchsichtigen Beweismittelbeutel steckten.

„Ihr sollt euch das mal anschauen", sagte der Blondhaarige und streckte ihm die Dokumente in der Manier eines Grundschullehrers entgegen, der gerade die Hausaufgaben verteilt. „Die KTU hat keine Fingerabdrücke gefunden. Jetzt seid ihr dran."

„Worum geht's?", wollte Hirschfeld wissen und griff nach den Beweismitteln.

Die Bedampfung des Papiers mit dem farblosen Cyanacrylat, durch die sich die Oberflächenfeuchtigkeit des Spurenträgers mit der der daktyloskopischen Spur verband, hatte keine Rückstände hinterlassen. Wären die Beweismittelbeutel nicht gewesen, wäre auf den ersten Blick nicht aufgefallen, dass die beiden Schriftstücke bereits kriminaltechnisch untersucht worden waren.

„Wer lesen kann, ist klar im Vorteil", entgegnete Hellmann und verließ den Raum mit einem triumphierenden Lächeln auf den schmalen Lippen.

„Aus welcher Anstalt ist der gleich noch mal entlaufen?", meinte Hirschfeld in dem Wissen, dass Hellmann ihn noch hören konnte, und nahm sich als Erstes das Schreiben vor. Er überflog die handgeschriebenen Zeilen. Als sein Blick an einem Satz hängen blieb, den der Verfasser in Großbuchstaben notiert und nochmals unterstrichen hatte, runzelte er die Stirn und begann von vorne zu lesen:

Ich möchte Ihnen eine Geschichte erzählen: die Geschichte meines Lebens. Und wenn ich sie zu Ende erzählt habe, bleibt nichts mehr zurück.

Ich bedaure nichts. So viel kann ich sagen. Und trotzdem fürchte ich mich vor dem Gesicht, das mich morgens im Spiegel anschaut. Dieser harte Zug um den Mund. Dieser stechende Blick. Es heißt, dass die Augen die Fenster zur Seele sind. Wenn ich tief in mich hineinsehe, falle ich ins Bodenlose. Dort ist ein Abgrund, der mich nachts nicht schlafen lässt. Dann liege ich stundenlang wach und denke fieberhaft darüber nach, wie ich diese grässliche Fratze, die sich hinter meinem Lächeln verbirgt, ein für alle Mal zerstören kann. Ich würde mir am liebsten die Haut in Fetzen vom Gesicht reißen, bis nichts mehr übrig bleibt. Nur Blut und rohes Fleisch.
WANN WIRD DER MENSCH ZUM TIER?

Ich lebe schon sehr lange hinter einer Fassade aus Gutbürgerlichkeit. Wann ich falsch abgebogen bin, kann ich nicht mehr sagen. Vielleicht können Sie es? Mein Lebensentwurf sah anders aus, glauben Sie mir. Ich hatte immer das Gefühl, dass ich hinter meinen Möglichkeiten geblieben bin.

Ich war lange Zeit ohnmächtig. Ich weiß nicht, ob Sie dieses Gefühl kennen, ich meine: in seiner ganzen Tiefe und Intensität. Bereits als Kind habe ich diese Art des Ausgeliefertseins als stark verstörend empfunden. Angefangen hat es mit kleinen, ja fast unbedeutenden Dingen. Ich war nicht sonderlich groß und dazu noch schmächtig. Erst viel später habe ich einen ordentlichen Schuss gemacht. Beim Wettrennen war ich immer der Letzte, sogar die Mädchen aus meiner Klasse waren schneller.

Ich habe schon früh die Erfahrung gemacht, dass man mir nichts zugetraut hat. Ich war ein Mitläufer. Unauffällig. Schwach. Ich habe nie den Ton angegeben. Und die Verachtung ertragen, die mir Tag für Tag entgegengeschlagen ist. Aber die Prügel, die ich als kleiner Junge regelmäßig bezogen habe, haben mich hart gemacht. Mir selbst und anderen gegenüber.

Nur die Albträume, die ich fast jede Nacht hatte, seit sie mich in die Schule geschickt haben, haben mich paralysiert. Wenn ich darüber nachdenke, war es immer nur die Variation ein und desselben Traums:

Ich bin auf dem Weg zur Schule, wie immer allein. Es ist warm, die Sonne kitzelt in meiner Nase. Zuerst höre ich nur ein leises Flattern. Ich blicke nach oben und sehe einen großen Vogel, der über mir majestätisch in der Luft gleitet. Ich laufe weiter und schaue immer wieder hoch, um ihn beim Fliegen zu beobachten. Nach einer Weile beginnt er, immer engere Kreise über meinem Kopf zu ziehen, als warte er auf etwas. Und tatsächlich: Es scheint, als habe er seinen Schwarm zu sich gerufen. Immer mehr Vögel gesellen sich zu ihm. In Sekundenschnelle verdunkelt sich der Himmel. Die ersten Vögel stürzen plötzlich auf mich herab. Ich fange an zu rennen und reiße die Arme hoch, während spitze Schnäbel auf mich einhacken. Ein paar Vögel krallen sich in meinem Hemd fest. Ich versuche sie abzuschütteln, doch es werden immer mehr und mehr. Schließlich falle ich hin und werde unter einer Wolke aus Federn und Schnäbeln zu Boden gedrückt.

Der Traum endete immer damit, dass ich schreiend und wild um mich schlagend aufgewacht bin. Als ich meinem Vater davon erzählt habe, hat er mich windelweich geschlagen. Er hat gesagt, dass ein richtiger Mann niemals weinen darf. Meine Mutter hat nur gelacht und mich ihren „kleinen Angsthasen" genannt. Dabei hat sie meinen Kopf gegen ihren weichen, warmen Busen gedrückt.

Mit der Zeit habe ich gelernt, nicht mehr aufzufallen. Ich bin unsichtbar geworden, niemand kann mir jetzt noch etwas anhaben. Dafür sorgt die Mauer, die ich über die Jahre um mich herum aufgebaut habe. Und das Bild, das ich nach außen abgebe. Ich bin ein Meister der Tarnung und Täuschung geworden. Ich habe gelernt, die Welt mit meinen Worten zu blenden. Niemand durchschaut mich, ich bin der seriöse Geschäftspartner mit dem Blick fürs Detail, der nette Nachbar von nebenan, der gute Kumpel und der charmante Liebhaber.

Und aus diesem Grund wird die Frau, die ich früher oder später töten werde, freiwillig mit mir gehen!

Der undatierte Brief enthielt weder Anrede noch Unterschrift. Als Hirschfeld das Schreiben ein zweites Mal las, sprach Kirchhoff immer noch kein Wort, sondern wartete, bis sein Partner ihm schließlich das Blatt reichte.

„Was hältst du davon, Peter?", wollte Hirschfeld wissen, als Kirchhoff das Papier nach einer Weile sinken ließ.

„So viel steht fest: Das ist kein Scherz", entgegnete er ernst, „auch kein geschmackloser."

Hirschfeld nickte. Das war bei Weitem nicht der erste anonyme Brief, der an ein Polizeipräsidium adressiert war. Aber dieser war anders als die Schreiben, die auf den Hirngespinsten ihrer Absender beruhten.

„Ist dir aufgefallen, wie akkurat jeder Buchstabe geschrieben ist?"

„Ja", pflichtete Kirchhoff ihm bei. „Die Worte sehen fast aus wie gedruckt. Es muss sich um einen routinierten Schreiber handeln."

„Auch der Sprachstil lässt darauf schließen, dass es sich um eine erwachsene Person handelt", erwiderte Hirschfeld mit wachsender Sorge. „Der Verfasser reflektiert in hohem Maße über sich selbst und macht damit deutlich, dass er den Bezug zur Realität nicht verloren hat."

„Für mich klingt das nach einer Lebensbeichte", sagte Kirchhoff und strich mit der Rechten bedächtig den Plastikbeutel glatt.

„Ja, das sehe ich auch so. Der Verfasser spricht von seiner schlechten Kindheit."

Das war ein viel zitiertes Klischee, war Hirschfeld sich bewusst. Alle Verbrecher hatten eine Vorgeschichte, das war eine nicht zu leugnende Tatsache. Aber nicht jeder Mensch, der in frühen Jahren misshandelt worden war, wurde später selbst zum Täter.

„Die Mischung aus Nüchternheit und Verzweiflung beunruhigt mich", fuhr er fort. „Das ist eine gefährliche Kombination, wenn du mich fragst."

„In dem Brief ist die Rede von falschen Entscheidungen", entgegnete Kirchhoff in bedächtigem Tonfall. „An dieser Stelle richtet der Verfasser seine Worte direkt an den Leser."

„Vielleicht spricht aus diesen Zeilen sein schlechtes Gewissen?"

„Möglich. Ich frage mich, aus welchem Grund überhaupt jemand einen solchen Brief verfasst und ihn an die Polizei schickt", warf Kirchhoff ein.

Hirschfeld kannte Fälle von Mördern, die erst Jahre nach ihrer Tat ein Geständnis ablegten. Darunter waren Selbstmörder oder Täter, die auf dem Sterbebett reinen Tisch machten. Und eines hatten diese Menschen gemeinsam: Sie konnten die Schuldgefühle nicht länger ertragen, die sie niemals losgelassen hatten. Manche baten in ihren letzten Zeilen bei ihren Opfern und deren Familien um Vergebung. Eine Geste, die in Hirschfelds Augen rein egoistischen Gründen folgte.

„Er will unsere Aufmerksamkeit", stellte er nüchtern fest, auch wenn es bessere Wege gab, sich seine Probleme von der Seele zu reden.

Hirschfeld musste unweigerlich an den schneeverhangenen Wintertag zurückdenken, an dem er seinen alten Herrn zum ersten

Mal in der Bonner Psychiatrie besucht hatte. Heinrich Hirschfeld hatte in seinem beige-braun karierten Pyjama und mit Filzpantoffeln an den nackten Füßen auf der Bettkante gesessen und durch das Fenster seines Krankenzimmers gestarrt. Der Mann, der sein Vater war und den er immer für unerschütterlich gehalten hatte, hatte die Kontrolle über sein Leben verloren. Für einen kurzen Moment versetzte Hirschfeld dieser Gedanke einen Stich, doch er schob das Bild sofort wieder beiseite.

„Die der Kripo? Das ist für den Schreiber mit einem hohen Risiko verbunden", gab Kirchhoff zu bedenken. „Wenn er auf dem Brief die noch so kleinste DNA-Spur hinterlassen hat, wird das Labor sie finden."

„Das nimmt der Schreiber offensichtlich in Kauf. Und wenn er bisher polizeilich noch nicht in Erscheinung getreten ist, braucht er darauf keine Rücksicht zu nehmen."

Sie schwiegen für einen Moment.

„Vielleicht ist das ein versteckter Hilfeschrei", sagte Hirschfeld schließlich. „Der Schreiber ist wie Narziss aus der griechischen Mythologie, der sich in sein eigenes Spiegelbild im Wasser verliebt und darin ertrinkt. Er spricht eine dunkle Seite in seiner Persönlichkeit an, der er sich nicht entziehen kann und an der er auch droht, zugrunde zu gehen."

„Glaubst du, es folgen noch weitere Briefe?"

„Der letzte Abschnitt deutet darauf hin."

Der Verfasser hatte Kontakt aufgenommen, dachte Hirschfeld. Aus Erfahrung wusste er, dass viele der schlimmsten Straftäter vor ihren Taten nicht dazu in der Lage waren, sich mitzuteilen. Diese Sprachlosigkeit hatte letzten Endes zur Folge, dass ihr seelisches Leiden in Hass und tödliche Gewalt umgeschlagen war. Schreiben war eine Art der Kommunikation, auch wenn dieser Brief mehr Fragen aufwarf als Antworten lieferte.

„Wie gehen wir weiter vor?", wollte Kirchhoff wissen.

„Wenn die weiteren kriminaltechnischen Untersuchungen keine brauchbaren Ergebnisse liefern, sind uns die Hände gebunden."

Ihre Blicke kreuzten sich. Jeder las im Gesicht des anderen, was er selbst dachte: Irgendwo da draußen lief jemand herum, der jeden Moment einen Mord begehen konnte. Wenn der Verfasser ihnen keine weiteren Hinweise auf seine Identität lieferte, waren sie dazu verdammt, zu warten, bis er seinen Plan in die Tat umgesetzt hatte.

11

Der letzte Sonntag im September empfing Hirschfeld mit einem bewölkten Himmel, durch den sich die ersten Sonnenstrahlen kämpften. Bereits am Vorabend hatten heftige Regenschauer eingesetzt. In der Nacht hörte Hirschfeld das eintönige Prasseln des Regens, der auf das Dachfenster über ihm fiel und ihm einen traumlosen Schlaf bescherte. Gegen neun Uhr verließ Hirschfeld in Boxershorts und T-Shirt die Dachstube. Er ging in die Küche und brühte sich einen Kaffee auf. Dann nahm er eine Dusche und setzte sich mit einem dampfenden Becher Kaffee und einer Zigarette auf seinen Lieblingsplatz am Fenster zum Hinterhof. Zwei Kaffeebecher und drei Zigaretten später stand Hirschfeld auf und streifte sich eine verwaschene Bluejeans, ein graues Hemd und einen schwarzen Pullunder über. Er zog seine schwarzen Chucks an, griff nach seinem Jackett und dem in schlichtes Silberpapier eingeschlagenen Geschenk, das er am Vortag mit Renee zusammen für seinen Vater ausgesucht hatte. Als Hirschfeld das Haus verließ, entschied er sich, den Weg zur Rheinischen Landesklinik zu Fuß zurückzulegen. Das gab ihm Gelegenheit, weiter über den anonymen Brief nachzudenken. Aber wie er es auch drehte und wendete: Sie hatten nichts in der Hand, um den Verfasser zu identifizieren.

Eine knappe halbe Stunde später bog Hirschfeld auf das Klinikgelände ein. Inzwischen hatte er sich an den Anblick der grünen Pa-

pageien in den Bäumen am Rande des Weges gewöhnt, der jeden Besucher an seiner Wahrnehmungsfähigkeit zweifeln ließ.

Der Pförtner im Glaskasten schaute von seiner Zeitung auf, als Hirschfeld die Klinik durch den Haupteingang betrat.

„Ah, Herr Hirschfeld, schon so früh auf den Beinen?", begrüßte er den Kriminalhauptkommissar freundlich.

„Morgen, Jupp", gab Hirschfeld zurück und hielt das Geschenk in seiner Hand hoch. „Die graue Eminenz hat heute Geburtstag."

„Ah, na, das erklärt einiges. Da müssen Sie sich in der Reihe der Gratulanten hinten anstellen."

Hirschfeld zog überrascht die Augenbrauen hoch.

„Mein Vater hat bereits Besuch?"

„Ja, die beiden sind eben in Richtung Kaiser-Karl-Park aufgebrochen. Wenn Sie sich beeilen, dürften Sie Ihren Vater nicht verfehlen."

„Danke", erwiderte Hirschfeld und wandte sich zum Gehen.

In diesem Augenblick näherte sich ein Rettungswagen mit heulender Sirene, die er bereits von der Straße aus gehört hatte. Der Blick des Pförtners wanderte auf die Monitore vor ihm. Er faltete die Zeitung zusammen und griff nach dem Telefonhörer. Während Hirschfeld den Glaskasten passierte und in Richtung Hintereingang steuerte, erhellte das flackernde Blaulicht die Eingangshalle. Bevor Hirschfeld die Glastür erreichte, ließ das hysterische Kreischen einer Frau ihn zusammenzucken. Er warf einen flüchtigen Blick über die Schulter. Die Frau war mittleren Alters und trug einen fleckigen weißen Morgenrock mit einer himmelblauen Borte. Ihre blassen Füße steckten in rosafarbenen Hausschuhen. Auf dem Kopf hatte sie ein Gestell, das Hirschfeld an einen Regenschirm ohne Stiel erinnerte. Es war mit verschiedenen Stoffresten bespannt. Auf der Spitze saß eine Antenne aus Alufolie.

„Sie kommen mich holen!", schrie die Frau und versuchte sich aus dem Griff der beiden Sanitäter zu befreien, die sie rechts und links am Arm führten und beruhigend auf sie einredeten.

„Nach Hause telefonieren", meinte der Pförtner in Hirschfelds Richtung und hob den Zeigefinger.

Manche Dinge im Leben ließen sich nur mit Humor ertragen, dachte Hirschfeld und verließ das Hauptgebäude der Klinik.

Er war den Weg zwischen den angrenzenden Verwaltungsgebäuden in den letzten Monaten schon öfters gegangen und grübelte jetzt darüber nach, wer der unbekannte Besucher war. Seine jüngere Schwester Johanna studierte Schauspiel an der Universität der schönen Künste in Berlin. Jo hatte gerade Semesterferien und reiste mit ein paar Freundinnen durch Europa. Bei ihrem letzten Telefonat vor ein paar Tagen hatte sie aus Barcelona angerufen. Hirschfeld zweifelte daran, dass sie ihren Urlaub für den Geburtstag ihres Vaters unterbrochen hatte. Sie lebte ihr eigenes Leben und Hirschfeld war der Meinung, dass sie mit ihren 24 Jahren durch den Tod ihrer Mutter und den sich daran anschließenden körperlichen und seelischen Verfall ihres Vaters in den letzten Jahren schon genug durchgemacht und sich ein paar unbeschwerte Wochen verdient hatte. Abgesehen von Jo fiel Hirschfeld niemand ein, der seinen Vater besuchen würde. Viele alte Freunde hatten sich abgewandt, nachdem Heinrich Hirschfeld begonnen hatte, seinen Kummer in Alkohol zu ertränken. Den meisten konnte Hirschfeld dies nicht verübeln, obwohl er sich bisweilen wünschte, nicht allein für den alten Herrn verantwortlich sein zu müssen.

Als Hirschfeld den Park betrat, nahm er sofort den Geruch von feuchter Erde wahr. Eine leichte Brise wehte kühles Nass aus den Baumkronen. Er vergrub die Hände tiefer in die Jacketttaschen und erhöhte das Tempo. Nach dem Regen hatte das Gras ein intensiveres Grün angenommen. Hier und da schimmerten Wassertropfen auf den Halmen. Nach ein paar Schritten fiel Hirschfeld auf einem Nebenpfad eine Gruppe Spaziergänger auf. Es waren mindestens sieben oder acht Personen, von denen die meisten seltsam verlangsamt gingen und ihre Hände wie dressierte Hunde, die Männchen machten, vor dem Körper hielten. Hirschfeld war dieser Anblick inzwischen vertraut. Seit sein Vater in der Psychiatrie war, war Hirschfeld öfters Patienten begegnet, die starke Psychopharmaka wie Haldol einnahmen und in der Folge mit Nebenwirkungen dieser Art zu kämpfen hatten. Hirschfeld war froh, dass sein alter Herr davon verschont geblieben war.

Plötzlich löste sich ein Mann aus der Gruppe und lief mit wehendem Haar über die Wiese auf eine hochgewachsene Kiefer zu. Aus der Entfernung erinnerte er Hirschfeld an Jesus, nur das passende Gewand und die Sandalen fehlten. Der Mann stoppte vor dem Baum und umarmte den Stamm. Ein Pfleger hatte die Verfolgung aufgenommen und gab sich alle Mühe, den Patienten vom Baum zu lösen und wieder zur Gruppe zurückzubringen.

Zehn Minuten später entdeckte Hirschfeld schließlich seinen Vater. Heinrich Hirschfeld saß mit verschränkten Armen vor der Brust und zusammengepressten Lippen auf einer Parkbank, neben ihm eine schlanke Frau in den Vierzigern, die die Beine übereinandergeschlagen hatte. Sie trug ihr schulterlanges haselnussbraunes Haar offen und hatte einen Pony, der ihr locker in die Stirn fiel. Sie war dezent geschminkt, nur die Lippen hatte sie mit einem satten Rotton hervorgehoben. Ihr grauer Trenchcoat und die hochhackigen schwarzen Pumps unterstrichen ihre zierliche Figur. Ihr Gesicht kam Hirschfeld nicht im Entferntesten bekannt vor.

Als er sich der Bank näherte, blickte sie auf und zog sofort die manikürte Hand zurück, die auf dem Oberschenkel seines Vaters ruhte. Hirschfeld war die intime Geste jedoch nicht entgangen.

„Lass uns allein, Ellen", herrschte Heinrich Hirschfeld die Frau an und wandte sich demonstrativ von ihr ab.

Sie warf ihm einen traurigen Blick zu, stand auf, zog eine Plastiktüte weg, die sie zum Schutz vor der Nässe auf die Bank gelegt hatte, und entfernte sich, eine schwarze Baguettehandtasche unter den Arm geklemmt, ohne ein Wort.

„Guten Morgen, Vater", begrüßte Hirschfeld den alten Herrn, als die Frau außer Hörweite war.

„Hättest du deinen Besuch nicht ankündigen können?", schimpfte Heinrich Hirschfeld ohne ihn anzusehen und reckte das Kinn trotzig vor. „Ich befinde mich ja nicht in einem verdammten Taubenschlag, wo jeder täglich ein und aus gehen kann!"

Die Heftigkeit seiner Reaktion überraschte Hirschfeld. Seinem Vater war das Zusammentreffen seines Sohnes mit der attraktiven Frau sichtlich unangenehm.

„Seit wann muss ich mich anmelden, um dich zu sehen?“, fragte Hirschfeld und nahm neben seinem Vater Platz. „Und das auch noch an deinem Geburtstag. So abwegig ist mein Erscheinen nun nicht gerade.“

„Ja, ja, mach dich nur lustig über mich.“

„Ach, komm, sei nicht gleich eingeschnappt!“

Heinrich Hirschfeld zog entrüstet Luft durch die Nase und schwieg. Hirschfeld drückte ihm den Arm, zu größeren emotionalen Gesten war er im Augenblick nicht in der Lage. Dann reichte er ihm das Geschenk, das sein alter Herr jedoch keines Blickes würdigte. Hirschfeld unterdrückte einen Seufzer, legte das Päckchen neben sich auf die Bank und zog es vor, auch eine Weile zu verstummen.

„Wie geht es dir?“, brach er schließlich das Schweigen und beobachtete dabei zwei betagte Damen, die auf eine dritte trafen und auf einen Plausch stehen blieben.

„Mir geht es so gut, dass ich es kaum aushalten kann“, sagte Heinrich Hirschfeld gereizt.

Hirschfeld fiel auf, dass die ältere der beiden Frauen ungeduldig wurde. Sie trat auf der Stelle und wiegte sich dabei wie ein Pinguin hin und her. Die Jüngere ließ sich davon nicht beeindrucken und setzte ihre Unterhaltung fort.

„Im Ernst: Wie geht es dir wirklich, Vater?“

„Wie soll es mir hier drinnen schon gehen?“, brummte er und verzog angewidert das Gesicht, als die eine Dame ihrer unruhigen Begleitung die Nase mit einem Stofftaschentuch putzte. „Den ganzen Tag lauter Irre um mich herum. Und diese Zwangsbeschäftigungen, die sie uns von morgens bis abends zumuten.“

Der alte Herr übertrieb wieder. Hirschfeld wusste, dass sein Vater sich inzwischen ganz gut auf der Offenen eingelebt hatte. Die Klinik kam ihm immerhin nicht mehr wie ein Gefängnis vor.

„Professor Düsterhöft meint, dass du in den letzten Wochen gute Fortschritte gemacht hast“, versuchte Hirschfeld seinen Vater aufzumuntern.

„Ich wüsste nicht, was dich das angeht!“

Lutz Hirschfeld ging das sehr wohl etwas an, immerhin hatte er für den alten Herrn seinen Lebensmittelpunkt in Berlin aufgegeben.

„In nächster Zeit müssen wir gemeinsam entscheiden, wie es mit dir weitergeht“, überging Hirschfeld den Kommentar.

„Was soll das nun wieder bedeuten?“, gab Heinrich Hirschfeld barsch zurück und funkelte seinen Sohn aus zusammengekniffenen Augen an. „Meine Entscheidungen treffe ich immer noch selbst!“

„Du musst dir überlegen, ob du das Haus behalten möchtest, Vater.“

Irgendwann musste er dieses Thema anschneiden, dachte Hirschfeld. Auch jeder andere Tag als der heutige wäre unpassend gewesen, warum sollte er diese Frage also noch weiter aufschieben?

„Das steht absolut nicht zur Diskussion, Junge. Das Haus wird nicht verkauft und basta!“

„Wenn das dein Wunsch ist“, klang Hirschfeld wenig begeistert und erinnerte sich an den Tag, als er den Bungalow seiner Eltern zum ersten Mal seit seiner Ankunft in Bonn gesehen hatte. Der Zustand des Hauses entsprach zum damaligen Zeitpunkt dem seines Vaters: Es war vollkommen verwahrlost.

„Darauf kannst du einen lassen!“

„Gut, dann besorge ich dir eine Haushälterin“, entgegnete Hirschfeld und bemerkte einen jungen schwarzen Retriever, der mit hängender Zunge über die Wiese schoss und schwanzwedelnd auf sie zulief, als er sie auf der Parkbank entdeckte.

„Ich brauche kein Kindermädchen, ich werd schon allein mit allem fertig werden, wenn ich hier rauskomme.“

Davon war Hirschfeld nicht überzeugt. Und er hatte auch nicht vor, es darauf ankommen zu lassen.

„Das werden wir sehen, wenn es so weit ist.“

„Ach, ja, werden wir das?“

Der Hund war inzwischen an der Parkbank angelangt und sprang freudig bellend auf Heinrich Hirschfeld zu.

„Ich möchte nur dein Bestes, Vater", erwiderte Hirschfeld und kraulte dem jungen Retriever die Ohren.

„Ja, ja, das sagen sie alle."

Hirschfeld war sich sicher, dass sein alter Herr auch die Frau einschloss, die er vorhin so uncharmant weggeschickt hatte.

„Der Köter ist noch nicht mal angeleint", beschwerte sich Heinrich Hirschfeld und versuchte, seine Beine wegzudrehen. „Du bist doch Polizist, warum tust du nicht was dagegen?"

„Nicht meine Baustelle. Außerdem ist der Kleine doch ganz harmlos."

„Du hast manchmal Vorstellungen!", schnaufte Heinrich Hirschfeld und hielt demonstrativ Ausschau nach dem Besitzer des Tieres, der weit und breit nicht zu sehen war.

Der Retriever hatte nach seinem vergeblichen Versuch, am Bein von Heinrich Hirschfeld hochzuspringen, Platz gemacht und sah den alten Herrn, immer noch schwanzwedelnd, erwartungsvoll an. Heinrich Hirschfeld war im Begriff aufzustehen, um den Retriever mit einer Geste wegzuscheuchen, als der Hund anfing, seine Hand zu lecken.

„Auch das noch", knurrte Heinrich Hirschfeld, ließ den Hund jedoch gewähren.

Aus der Ferne erklang ein lang gezogener Pfiff. Der Retriever spitzte die Ohren, sprang auf und hechtete davon. Ein Seitenblick auf seinen Vater verriet Hirschfeld, dass er fast enttäuscht darüber schien, dass der Hund zu seinem Herrchen zurücklief. Vielleicht war es gar keine schlechte Idee, ihn dazu zu überreden, sich auch einen Hund zuzulegen. Ein Tier brauchte Zuwendung und einen geregelten Tagesablauf. Genau wie sein alter Herr.

12

Er liebte klare Linien. Das Haus, in dem er lebte, hatte er selbst entworfen. Auf die Funktionalität der Räume und Einrichtung hatte er besonderen Wert gelegt.

Form follows function.

Die ersten sechs Takte des 1. Satzes Allegro aus Ludwig van Beethovens 5. Sinfonie erklangen unvermittelt aus den Lautsprecherboxen seiner Stereoanlage. Das klopfende Schicksalsmotiv, das die gesamte Sinfonie bestimmte, hallte bedrohlich durch das Haus.

Sein Ritual begann.

Er setzte den Aktenkoffer aus Aluminium auf seinem Schreibtisch ab, auf dem nur eine Halogenlampe und ein Apple-Computer standen. Fast mechanisch drehte er die Rädchen des Zahlenschlosses in die richtige Position, ließ die beiden Verschlüsse aufschnappen und klappte den Deckel auf.

Wie ein Chirurg, der seine Instrumente bereitlegte, widmete er sich seinem Werk:

Als Erstes entnahm er dem Koffer ein Paar Einweghandschuhe, die er aus einem Pappspender zog und überstreifte. Dann breitete er den restlichen Inhalt des Aktenkoffers auf dem Tisch aus: einen Karton mit weißem 80-Gramm-Druckerpapier im DIN-A4-Format, eine Packung mit vorfrankierten, weißen, 110 mal 220 Millimeter großen Briefumschlägen ohne Fenster und selbstklebendem Haftstreifen, einen Zeichenstift mit schwarzer Tusche sowie ein Geodreieck. Alle Utensilien gab es in jedem x-beliebigen Supermarkt und in jedem Schreibwarengeschäft zu kaufen. Schließlich schloss er den Deckel wieder, stellte den Aktenkoffer neben sich auf den Boden und setzte sich auf den Schreibtischstuhl.

Als das kurze Hornthema einsetzte und zum Seitenthema mit seinen sanften Vierteln überleitete, legte er beide Hände flach auf den Tisch und holte tief Luft. Der Mundschutz störte ihn beim Atmen und schmälerte das Vergnügen, das ihn erwartete, aber er versuchte diesem Umstand keinerlei Beachtung zu schenken. Das geeiste Glas der Tischplatte war kühl und beruhigte ihn ein wenig. Die Oberfläche hatte er bereits mit Desinfektionsmittel behandelt. Wie die letzten beiden Male hatte er alles akribisch vorbereitet und würde nichts dem Zufall überlassen.

Streicher und Bläser beendeten die Exposition, während er der Schachtel einen Bogen Papier entnahm, nach dem Stift griff und zu schreiben begann.

13

Hirschfeld saß noch eine Weile mit seinem Vater auf der Parkbank. Schließlich begleitete er ihn zurück zu seiner Station und nahm ihm das Versprechen ab, das Geburtstagsgeschenk zu öffnen, das sein alter Herr immer noch nicht angerührt hatte. Als Hirschfeld am Glaskasten vorbeiging, verabschiedete er sich mit erhobener Hand vom Pförtner und steckte sich eine Zigarette zwischen die Lippen, die er anzündete, während die Glastür lautlos zur Seite glitt und ihn wieder ins Freie entließ. Hirschfeld inhalierte den Rauch und überlegte, was er mit dem angebrochenen Tag anfangen sollte.

Noch bevor er den Kaiser-Karl-Ring erreicht hatte, sah er sie. Die Frau aus dem Park schien die ganze Zeit über auf ihn gewartet zu haben, denn sie lächelte schwach und ging auf Hirschfeld zu. Er schnippte die Zigarette weg und trat die Glut aus.

„Darf ich mich vorstellen?", streckte sie ihm die zierliche Hand entgegen. „Mein Name ist Ellen Winter."

Hirschfeld ergriff die Hand und stellte fest, dass sie einen festen Händedruck hatte.

„Ich bin Ihnen keine Rechenschaft schuldig, dennoch ist es mir ein Bedürfnis, mich Ihnen zu erklären. Wären Sie damit einverstanden, wenn ich Sie auf einen Kaffee einlade?"

Hirschfeld nickte stumm. Ihm blieb eh nichts anderes übrig.

„Sie haben viele Ähnlichkeiten mit Ihrem Vater“, sagte sie im Gehen.

Das war nun wirklich das Letzte, was Hirschfeld hören wollte.

„Sie müssen nicht darauf antworten, ich kenne die verschlossene Art Ihres Vaters nur zu gut.“

Sie hatten inzwischen die Kreuzung an der Kölnstraße erreicht.

„Ist Ihnen das Eiscafé dort drüben recht?“, wollte Ellen Winter wissen und deutete auf die gegenüberliegende Straßenseite.

„Natürlich.“

Im Sommer war Hirschfeld dort öfters mit seinem alten Herrn gewesen. Sie warteten an der roten Fußgängerampel, bis das Licht umschlug, und überquerten die Straße. Das Café war um diese Uhrzeit bis auf einen Tisch mit zwei älteren Damen leer. Sie suchten sich in einer ruhigen Ecke einen Sitzplatz. Hirschfeld nahm Ellen Winter den Mantel ab. Darunter trug sie ein anthrazitfarbenes Wollkostüm, das ihr sehr gut stand. Bis auf eine dünne Silberkette hatte sie keinen Schmuck angelegt. Sie setzten sich und jeder schien darauf zu warten, dass der andere das Wort ergriff.

„Was möchten Sie trinken?“, wandte Ellen Winter sich schließlich an Hirschfeld, als die Bedienung zu ihnen an den Tisch kam.

„Einen Kaffee, schwarz.“

„Für mich auch, vielen Dank.“

„In welchem Verhältnis stehen Sie zu meinem Vater?“, fragte Hirschfeld unvermittelt, als die Bedienung zur Theke zurückgekehrt war und den Kaffeeautomaten bediente. Vielleicht wollte er das gar nicht so genau wissen, aber er hatte auch keine Lust auf höfliche Konversation.

„Nun“, begann Ellen Winter zögernd, „Ihr Vater und ich haben uns einmal sehr nahegestanden.“

Sie ließ den Satz für einen Augenblick im Raum stehen, bevor sie hinzufügte:

„Das Ganze ist schon eine Weile her.“

Was die Sache nicht besser machte, entschied Hirschfeld, der sich ärgerte, dass er noch nicht früher auf die Idee gekommen war:

Ellen Winter war eine der Geliebten seines Vaters, mit der er seine Mutter betrogen hatte.

„Bitte entschuldigen Sie meine Direktheit, aber ich habe Ihren Vater nie vergessen."

„Ich frage mich, wo Sie waren, als es ihm schlecht ging", sagte Hirschfeld eine Spur lauter, als er beabsichtigt hatte.

Die älteren Damen sahen kurz auf, wandten sich aber direkt wieder ihrer Unterhaltung zu.

„Ich verstehe Ihre Wut", gab Ellen Winter ruhig zurück. „Aber versetzen Sie sich bitte für einen Moment in meine Lage: Mir war immer bewusst, dass Ihr Vater Ihre Mutter für mich nie verlassen hätte. Dafür war die Bindung zwischen den beiden zu stark."

„Mmh."

Die Bedienung brachte den Kaffee. Ellen Winter riss nacheinander zwei Tütchen Zucker auf und ließ ihn in ihre Tasse rieseln.

„Als Ihre Mutter starb, kam ich mir doppelt schlecht vor", griff sie den Faden wieder auf und rührte den Kaffee um. „Ich hatte nie geplant, einen verheirateten Mann zu lieben, wie sollte ich auch? Aber wie das Leben so spielt: Wir haben uns über die Arbeit kennengelernt und dann ist es einfach passiert."

Hirschfeld nahm einen Schluck Kaffee, dann sagte er:

„Trotzdem kann ich nicht nachvollziehen, warum Sie meinen Vater im Stich gelassen haben. Er hätte jemanden an seiner Seite gebraucht."

„Sie meinen, als der Weg für mich frei war?", lachte Ellen Winter bitter und ließ die Tasse auf halbem Weg zum Mund wieder sinken.

Hirschfeld antwortete nicht.

„Ich glaube, genau das war das Problem", fuhr sie fort und nahm doch einen Schluck Kaffee. „Ich hatte mir immer gewünscht, dass Ihr Vater sich für mich entscheiden würde, aus freien Stücken, ohne Wenn und Aber. Nach dem Tod Ihrer Mutter hat Ihr Vater sich immer mehr in sich zurückgezogen, mehr noch als bisher. Den Schmerz konnte ich ihm nicht nehmen. Dazu hätte ich auch gar kein Recht gehabt. Außerdem besitze ich noch einen Funken Anstand. Wir hätten niemals so weitermachen können wie vorher, das verstehen Sie doch, Lutz?“

Zum ersten Mal nannte Ellen Winter ihn beim Vornamen. Sein Vater musste also über seine Kinder gesprochen haben. Immerhin.

„Empfinden Sie noch etwas für meinen Vater?“, wollte Hirschfeld wissen und ließ den Kaffee in seiner Tasse kreisen.

Ellen Winter ließ den Blick schweifen, dann gab sie sich einen Ruck und antwortete:

„Wenn Sie mich so direkt fragen: Ich glaube schon, ja.“

Hirschfeld musterte sie genauer. Sie hatte dunkelbraune Augen, in denen man sich verlieren konnte. Um Augenpartie und Mund hatten sich feine Lachfältchen gebildet, die ihre Gesichtszüge beim Reden umspielten. Sie musste ein fröhlicher Mensch sein. Vielleicht hatte Hirschfeld zu früh ein Urteil über Ellen gefällt. Er schätzte die Offenheit, mit der sie ihm begegnete, auch wenn ihm nicht gefiel, was sie ihm zu sagen hatte.

„Und was erwarten Sie nun von mir?“, schlug Hirschfeld einen etwas versöhnlicheren Ton an und hoffte gleichzeitig, dass die neu aufgeflammte Liebesbeziehung mit Ellen seinen Vater nicht wieder aus der Bahn warf.

„Ich weiß nicht, welche Erwartungen ich habe, haben darf. Mir war in erster Linie wichtig, mit Ihnen zu sprechen. Das erleichtert mich. Und ich weiß, dass Sie einen guten Einfluss auf Ihren Vater haben.“

Hirschfeld bedachte Ellen mit einem zweifelnden Blick.

„Sie mögen überrascht sein, Lutz, aber das kann ich zumindest mit Sicherheit sagen. Ohne Sie gäbe es Heinrich vielleicht nicht mehr. Auch wenn er es Ihnen nie zeigt: Er weiß es zu schätzen, dass Sie alles für ihn aufgegeben haben, um sich um ihn zu kümmern.“

Das glaubte Hirschfeld erst, wenn er es schriftlich bekam. Und selbst dann würde er es immer noch nicht für bare Münze nehmen.

„Lächeln Sie nur, aber das ist mein voller Ernst“, meinte Ellen und wirkte deutlich gelöster als zu Beginn ihrer Begegnung. „Ihr Vater ist nicht so kaltherzig, wie er manchmal erscheint, im Gegenteil. Im Grunde genommen ist er ein sentimentaler alter Mann, der den harten Burschen spielt."

Mit dieser Einschätzung lag Ellen wahrscheinlich gar nicht so falsch.

„Ich kann Ihnen versichern, dass mir Ihr Vater sehr am Herzen liegt. Ich weiß nicht, was aus uns werden wird, aber ich werde ab jetzt immer für ihn da sein, wenn er mich braucht."

Hirschfeld nickte leicht.

„Gut, ich möchte Sie an Ihrem freien Tag nicht länger aufhalten."

Damit winkte Ellen die Bedienung herbei und zahlte.

„Hier ist meine Telefonnummer", sagte sie und reichte Hirschfeld eine Visitenkarte, die sie aus dem Portemonnaie zog. „Rufen Sie mich an, wenn Ihnen danach ist. Oder wenn Heinrich wieder seine fünf Minuten bekommt. Das sollte nicht so lange auf sich warten lassen."

14

Er setzte für einen Augenblick den Zeichenstift ab und hielt inne. Seine Eingeweide begannen zu brennen. Er fragte sich, ob seine erste Botschaft ihr Ziel bereits erreicht hatte. Nächtelang hatte er darüber gebrütet und jedes einzelne Wort abgewogen. Bis zuletzt hatte er daran gezweifelt, ob er die Briefe überhaupt abschicken sollte. Denn das grenzte an Selbstzerstörung. Immer wieder hatte er sein Spiegelbild befragt, warum er sein Geheimnis nicht für sich behalten konnte. Schließlich hatte seine dunkle Seite gesiegt.

Und nun hatten sich die Ereignisse überschlagen. Vor drei Nächten hatte er so viel erlebt wie in seinem halben Leben nicht. Jetzt waren alle Zweifel verblasst. Fast fürchtete er, dass seine ersten Zeilen zu mitleiderregend ausgefallen waren. Er war schwach gewesen.

Beim zweiten Mal war ihm das Schreiben schon leichter gefallen. Auch wenn ein Jahr vergangen war, würde er diesen Tag niemals vergessen.

Und an diesem Morgen fühlte er sich übermächtig. Die Buchstaben flossen wie von selbst aufs Papier. Endlich hatte er zu seiner wahren Bestimmung gefunden, dachte er und lauschte den abfallenden Quinten, die das Hauptthema variierten. Die ganze Welt sollte erfahren, welche Verwandlung er durchgemacht hatte!

Die Nacht mit Candy – was für ein fantasieloser Name für eine Hure – hatte ihm Erleichterung verschafft. Niemals zuvor hatte er sich so frei gefühlt. Mit einem Mal hatte er die Ketten von falscher Zurückhaltung und Skrupeln gesprengt.

Ein Befreiungsschlag.

Das Mädchen hatte keinen Verdacht geschöpft, auch dann nicht, als er verlangte, dass sie sich fesseln lassen sollte. Er war sicher nicht der erste Freier, der solche Extrawünsche geäußert hatte. Die meisten von ihnen verkannten jedoch das Potenzial, das ihnen die vollkommene Bewegungslosigkeit eröffnete. Für solche Männer hatte er nur Verachtung übrig oder, nein, vielmehr Bedauern. Denn sie gehörten nicht zu den wahren Kennern dieser speziellen Vorliebe.

Candy hatte sich auch nicht über den Knebel beschwert, den er ihr anlegte. Für sie war das Leben bis zu dieser einen Nacht ein einziges Abenteuer gewesen.

No risk, no fun.

Aber sie hatte sich verschätzt. Ihre Menschenkenntnis reichte von 12 Uhr bis Mittag. Als er sie auf die Straße geworfen hatte, war er nicht sicher, ob sie seine Quälereien überleben würde. Er hatte sie schwer verletzt. Glücklicherweise hatte er Vorkehrungen getroffen, damit keinerlei Spuren zu ihm führten.

Eine starre Klangfläche vibrierte aus den Lautsprecherboxen, die Bläser und Streicher im Wechsel in Decrescendo woben. Ein französischer Komponist hatte diese Passage einmal mit dem Röcheln eines Sterbenden verglichen. Dieses Bild würde er ab diesem Tag immer vor Augen haben, wenn er Beethovens Fünfte hörte.

Das Hauptmotiv drängte sich jetzt mit Gewalt ins Stück zurück. In diesem Moment spürte er, dass sich Schweiß in seinem Nackenhaar gesammelt hatte. Als sich ein Tropfen löste und seinen Rücken hinunterrann, dachte er, dass es an der Zeit war, den *Tyvek*-Schutzanzug, der keine verräterischen Körperzellen nach außen dringen ließ, loszuwerden.

15

Rebecca stieß mit der Schulter die Schwingtür am Ausgang des Hauptbahnhofs auf und schleppte ihre beiden Reisetaschen auf den Absatz der Steintreppe. Obwohl es kalt war, brach ihr der Schweiß aus. Sie stellte das schwere Gepäck ab, um einen Augenblick Atem zu holen, und ließ den Blick schweifen. Um diese frühe Uhrzeit war die Fußgängerzone, die sich hinter dem Bahnhofsvorplatz erstreckte, fast menschenleer. Als sie den Kopf nach rechts wandte, erblickte sie die Scheinwerfer einer Straßenbahn, die aus der Unterführung hochkroch.

Das war ihre Linie!

Sie griff hastig nach den beiden Taschen, eilte die ausgetretenen Steinstufen hinunter und rannte bei Rot über die Straße. Die Bahn hatte sie inzwischen eingeholt und fuhr an ihr vorbei, während sie weiter auf die Haltestelle zuhielt. Bei jedem Schritt verspürte sie ein Stechen in der Brust, aber sie riss sich zusammen. Gerade noch rechtzeitig erreichte sie keuchend die hintere Tür, die sich hinter dem letzten Fahrgast schloss. Mit dem Ellenbogen versuchte sie den Türöffner zu betätigen und erkannte gleichzeitig, dass der Wagen bereits voll war. Sie stieß einen leisen Fluch aus und trat zurück auf den Bürgersteig. Genervt stellte sie die Taschen erneut ab und setzte sich auf eine. Dann nahm sie eben die nächste Straßenbahn.

Eigentlich wusste sie nicht so recht, warum sie sich so beeilte. Bis das Wintersemester anfing, blieben ihr noch fast zwei Wochen Zeit, um sich in ihrer neuen Heimat einzuleben. Sie hatte keinerlei Verpflichtungen. An sich ein Grund zur Freude, dennoch fühlte sie sich niedergeschlagen. Vielleicht waren das die ersten Zeichen von Heimweh, kaum dass sie den 20-Kilometer-Radius um ihr Zuhause verließ? Das fing ja gut an, dachte sie.

Zehn Minuten später tauchte die nächste Bahn auf. Sie hatte Verspätung, aber das machte jetzt auch keinen Unterschied mehr. Diesmal hatte Rebecca mehr Glück und fand einen Sitzplatz neben der Tür. Die Taschen zwischen ihren Füßen eingeklemmt schaute sie sich um und sah in die müden Gesichter von Menschen, die keine Notiz von ihr zu nehmen schienen. Sie drehte sich zum Fenster, dessen Scheiben beschlagen waren. Mit dem Ärmel ihres Mantels rieb sie einen Kreis frei und erhaschte einen Blick auf eine Reihe prächtiger Patrizierhäuser. Davor standen ein paar Ahornbäume, deren Kronen in sattem Weinrot leuchteten. Zwei Stationen später stieg Rebecca aus und überquerte die Kreuzung in Richtung Altstadt. Nach ein paar Schritten hatte sie ihr Ziel erreicht.

Zum Glück verfügte das Haus, in dem sie ein 30-Quadratmeter-Apartment gemietet hatte, über einen Fahrstuhl. Als sie die Wohnungstür aufschloss, schlug ihr der Geruch von frischer Farbe entgegen. Ihr Bruder hatte ihr bei der Renovierung geholfen und versucht, den Abschied für sie einfacher zu machen. Er hatte versprochen, sie regelmäßig zu besuchen. Nach der Scheidung ihrer Eltern war ihr Verhältnis noch enger geworden. Sie wusste, dass er jederzeit für sie da sein würde, wenn sie ihn brauchte.

Nachdem sie die Taschen im Flur abgestellt und Mantel und Schuhe ausgezogen hatte, ging sie in die kleine Küche, um sich eine Kanne Tee aufzusetzen. Auf der Suche nach einer frischen Zitrone öffnete sie den Kühlschrank und musste lächeln. Eine Flasche Sekt stand im Türfach. Daran klebte ein Zettel:

Auf dein neues Studentenleben, Schwesterherz.

16

Hirschfeld betätigte den Hebel am Abzugsbügel und ließ das Magazin aus der Walther P99 gleiten. Die messingfarbenen Patronen klackten leise, als er sie in das Stangenmagazin schob. Nachdem er es wieder eingesetzt hatte, lud er den Verschluss einmal durch. Damit war die erste Patrone zugeführt und der Abzug vorgespannt. Hirschfeld stellte sich, die Füße schulterbreit, in Position und sog die Luft scharf durch die Nase ein. Seine rechte Hand umschloss den Griff seiner Dienstwaffe, den Zeigefinger parallel zum Abzug, während seine Linke die Schusshand unterstützte. Als er die Luft zu einem Drittel wieder ausgeatmet hatte, war er ruhig genug, sein Ziel über Kimme und Korn anzuvisieren. Er drückte den Abzug und feuerte eine Salve von sechs Schuss ab. Um den starken Rückstoß der Waffe abzufangen, spannte er jeden Muskel seines Rumpfes an.

Hirschfeld hatte diese Abfolge hunderte Male in einer fließenden Bewegung ausgeführt. Er stand im Schießstand im Untergeschoss des Bonner Polizeipräsidiums. Auf der Bahn neben ihm feuerte Kirchhoff gerade seinen dritten Schuss in Folge ab. Gerade als Hirschfeld zu einer weiteren Salve ansetzen wollte, vibrierte sein Handy. Er holsterte die Waffe rück, nahm den Gehörschutz ab und angelte das Telefon aus seiner Jacketttasche.

„Hirschfeld", meldete er sich und verließ seine Bahn. „Eine Sekunde noch."

„Lutz, ich bin's, Jens", hörte er Schröder sagen, als er auf den Flur getreten war. „Wir haben wieder einen anonymen Brief bekommen."

Hirschfelds Rücken straffte sich. Er spürte deutlich, wie die Anspannung in ihm stieg.

„Zwischen den beiden Briefen liegt gerade mal eine halbe Woche", stellte er fest und entfernte sich weiter von der Tür, hinter der Kirchhoff wieder zu schießen begonnen hatte. „Das ist sicher kein Zufall."

Damit verlieh der Verfasser seiner kranken Gedankenwelt mehr

Nachdruck, dachte Hirschfeld. Offenbar war er zu allem entschlossen. Doch je mehr er von sich preisgab, desto größer war auch die Chance, ihm auf die Spur zu kommen.

„Ja, die Sache macht mir wirklich Sorgen", erwiderte der Leiter der Mordkommission. „Bis auf Weiteres ziehe ich dich und Peter von euren laufenden Fällen ab. Ab sofort kümmert ihr euch ausschließlich um diesen anonymen Briefeschreiber."

„In Ordnung", gab Hirschfeld zurück und nahm die Schutzbrille ab. Das Schießtraining war damit beendet.

„Da die KTU auf dem ersten Brief keine Fingerspuren feststellen konnte, können wir vielleicht auf DNA hoffen", fuhr Schröder fort. „Ich habe Kopien von beiden Schreiben anfertigen lassen, die Originale sind bereits auf dem Weg ins BKA."

„Wann dürfen wir mit den ersten Ergebnissen rechnen?", fragte Hirschfeld.

„Daktyloskopische und DNA-Spuren? In ein paar Tagen. Ich habe um bevorzugte Bearbeitung gebeten."

„Wie sieht es mit dem Handschriftengutachten aus?", wollte Hirschfeld wissen.

In der multimedialen Welt von heute war es bemerkenswert, dass der Verfasser keinen Computer oder zumindest eine elektronische Schreibmaschine verwendet hatte.

„An der vergleichenden Untersuchung werden sich die Experten nicht lange aufhalten", antwortete Schröder. „Mit an Sicherheit grenzender Wahrscheinlichkeit haben wir es hier mit ein und demselben Schreiber zu tun. Das psychologische Gutachten wird dagegen mehr Zeit in Anspruch nehmen. Währenddessen habt ihr die Aufgabe, so viele ermittlungsrelevante Erkenntnisse wie möglich aus dem vorhandenen Material zu gewinnen."

„Wissen wir schon, wo die beiden Briefe aufgegeben wurden?"

„Ja, aber das ist leider auch eine Sackgasse: auf dem Hauptpostamt in der Bonner Innenstadt. Ich habe recherchiert, dass sich das zuständige Briefzentrum in Troisdorf befindet. Täglich werden dort fast 2,5 Millionen Postsendungen abgefertigt. Es ist fast unmöglich, das Postamt in der City observieren zu lassen, dafür ist die Zahl der Briefsendungen einfach zu groß."

„Verstehe. Und die Frage ist auch, ob der Verfasser die Briefe überhaupt selbst einwirft."

„So sieht es aus."

„Gut, ich sage Peter Bescheid."

„Ich erwarte euch in zehn Minuten in meinem Büro", beendete Schröder das Telefonat.

Hirschfeld kehrte zurück ins Schießkino und setzte seinen Partner ins Bild, während sie die Sporthalle und den Sozialraum der Hundertschaft passierten. Das Geräusch quietschender Turnschuhe echote durch den Gang. Ein paar Sicherheitstüren weiter erreichten sie Schröders Büro im ersten Stock. Kirchhoff klopfte an und öffnete die Tür, ohne eine Antwort abzuwarten.

„Hallo, Jens", grüßte er den Leiter der Mordkommission, der vor dem Fenster stand und ihnen den Rücken kehrte.

Schröder wandte sich langsam zu ihnen um und machte den Eindruck, als sei er gerade aus einer anderen Welt zurückgekehrt. Dunkle Schatten hatten sich unter seine Augen gelegt.

„Setzt euch", forderte Schröder die beiden Kriminalhauptkommissare auf und deutete mit der Rechten auf die zwei Besucherstühle vor seinem Schreibtisch. Während Hirschfeld und Kirchhoff seiner Aufforderung folgten, trat Schröder hinter seinen Schreibtisch und schob auf der freien Fläche zwischen mehreren Aktenstapeln jeweils ein Blatt Papier über die Tischplatte.

„Das sind die Kopien", sagte er schlicht und setzte sich ebenfalls.

Dann lehnte er sich auf seinem Stuhl zurück, verschränkte die Arme vor der Brust und beobachtete schweigend, wie Hirschfeld und Kirchhoff zu lesen begannen:

Ich möchte Ihnen von einem Tag berichten, der alles verändert hat:

Ich erinnere mich nicht mehr an das genaue Datum, ich weiß nur noch, dass es kalt und sonnig war. Ein herrlicher Herbsttag, früh am Morgen. Wenn ich diese einsame Strecke nicht gewählt hätte, wäre vielleicht vieles – oder besser gesagt: alles – anders verlaufen. Die Antwort kennt nur der Wind.

Sie war wunderschön, beinahe zeitlos. Jung – kaum älter als 18 Jahre –, blond, genau mein Typ. Ich bevorzuge diese Art Frauen, die einem das Gefühl geben, dass sie hilflos sind und eine starke Schulter zum Anlehnen brauchen. Je jünger, desto besser, wenn Sie verstehen, was ich meine. Ich weiß, Sie halten mich jetzt für einen Chauvinisten. Das stört mich nicht, nicht im Geringsten. Die Welt besteht nun einmal nur aus Machern und denen, die ihnen folgen. Fressen und gefressen werden, das habe ich schon früh gelernt. Sie würden diese Beziehung wahrscheinlich anders nennen: Täter und Opfer.

Normalerweise interessiere ich mich nicht für Autounfälle. Diese Massen gieriger Schaulustiger widern mich an. Wie banal und stumpfsinnig! Aber an diesem Tag war es ein Geschenk des Himmels, dass ich sie gefunden habe. Glauben Sie an Schicksal? Ich bin sicher, dass unsere Wege sich nicht zufällig gekreuzt haben. Sie lag da und schaute mich aus ihren großen blauen Augen an. Die Platzwunde in ihrem hübschen Gesicht und das gebrochene Bein haben mich nicht gestört. Trotz dieser Asymmetrie ihres Körpers sah sie aus wie gemalt: ein sterbender Schwan. Noch heute spüre ich ihre Hand in meiner. Sie wollte nicht loslassen, sie war doch noch so jung. Ich sah zu, wie sie ihren letzten Atemzug auf dieser Erde machte. Als sie tot war, habe ich mich aufgerichtet und auf sie herabgeschaut. Sie war meine Prinzessin, in diesem Augenblick gehörte sie mir ganz allein.

Sie können sich nicht vorstellen, welche Gefühle durch mich hindurchströmten. Eine Welle jagte die nächste, ich war in Ekstase. Dieses Mädchen hat mich glücklich und zu einem richtigen Mann gemacht.

Tagsüber träume ich von ihr. Ich muss nur die Augen schließen, dann sehe ich sie wieder in aller Deutlichkeit, in jedem einzelnen Detail vor mir. Sie war so perfekt. Sie hat sich hingegeben und sich nicht einmal beklagt. Diese Macht macht süchtig, süchtig nach mehr. Sie sind vielleicht der Meinung, ich sei unmoralisch, aber es gibt Kräfte im Menschen, die er nicht unterdrücken kann. Wenn Sie sich einmal dem Rausch hingeben, können Sie nicht mehr aufhören, an etwas anderes zu denken. Sie leben nur noch für diesen einen Augenblick der totalen Erfüllung. Und dann denken Sie darüber nach, wie Sie den nächsten Kick bekommen.

„Ich denke, ihr versteht nun die Dringlichkeit", sagte Jens Schröder in die Stille hinein, als Hirschfeld und Kirchhoff die Kopien sinken ließen.

Erst jetzt fiel Hirschfeld auf, dass die Bartstoppeln an Schröders Kinn zu ergrauen begannen.

„Ich kann mich nicht erinnern, wann ich das letzte Mal so etwas Krankes gelesen habe", entgegnete Kirchhoff heiser und fuhr sich mit der Hand übers Gesicht, als könnte er damit seine düsteren Gedanken wegwischen. Normalerweise hielt Kirchhoff sich mit Urteilen dieser Art zurück. Der Inhalt des Briefes hatte ihn jedoch aus der Fassung gebracht.

„Ich bin kein Psychologe", sagte Hirschfeld nachdenklich, „aber der Verfasser hat eindeutig sexuell-sadistische Tendenzen."

Kirchhoff sah ihn fragend von der Seite an.

„Das sterbende Mädchen hat ihn erregt."

Kirchhoff starrte ungläubig auf das Blatt Papier in seinen Händen. Dann schüttelte er langsam den Kopf.

„Derjenige, der diesen Brief verfasst hat, ist äußerst gefährlich. Dieser Mann hat einem Menschen beim Sterben zugesehen und daran Gefallen gefunden. Hier geht es – im Zweifelsfall – nicht nur um unterlassene Hilfeleistung."

Die junge Frau hätte vielleicht gerettet werden können, wenn der Verfasser des Briefes einen Krankenwagen verständigt oder Erste Hilfe geleistet hätte, schoss es Hirschfeld durch den Kopf.

„Aber selbst wenn das Mädchen keine Chance gehabt hat", fuhr Hirschfeld fort, „widerspricht der Umgang mit dieser furchtbaren Situation jeder adäquaten menschlichen Reaktion darauf."

Hirschfeld überflog noch einmal die handgeschriebenen Zeilen und suchte mit dem Zeigefinger eine bestimmte Stelle:

„In meinen Augen beschreibt der Verfasser hier ein Schlüsselerlebnis. Es ist gut möglich, dass der Mann bereits früher Gewaltfantasien hatte. Die sterbende junge Frau hat ihm eine ganz neue Erfahrung vermittelt."

„Die Macht über Leben und Tod", ergänzte Schröder.

„In seinem ersten Brief hat er bereits einen Mord angekündigt. Es ist nur eine Frage der Zeit, bis er sich ein Opfer sucht, das er genauso beherrschen kann wie in seinen Fantasien."

„Was muss das für ein Mensch sein?", sagte Kirchhoff mehr zu sich selbst.

Kirchhoff hatte recht: In ihrer Laufbahn waren sie vielen Mördern begegnet. Die einen töteten aus Hass, Eifersucht oder Neid, die anderen aus Geld- oder Machtgier. Nur selten hatten sie es mit Tätern zu tun, die aus reiner Mordlust töteten.

Die drei Männer schwiegen für einen Augenblick, dann meinte Hirschfeld:

„Wir sind also auf der Suche nach einem Verkehrsunfall, der sich – wenn wir mit unserer Annahme richtig liegen – irgendwo im Bonner Stadtgebiet ereignet und mindestens ein Todesopfer gefordert hat."

Schröder nickte bedächtig und legte die Fingerspitzen aneinander.

„Zeitlich können wir uns auf die Herbstmonate beschränken", fuhr Hirschfeld fort.

„Ihr solltet mindestens fünf Jahre zurückgehen", erwiderte Schröder. „Wir haben keinerlei Anhaltspunkte, seit wann dieser Kerl seine krankhaften Fantasien schon pflegt."

„Außerdem muss sich der Unfall in den frühen Morgenstunden ereignet haben", dachte Hirschfeld laut.

„Das grenzt die Suche nicht gerade ein", gab Kirchhoff zu bedenken.

„Ich weiß, aber was bleibt uns anderes übrig? Zumindest haben wir eine grobe Personenbeschreibung des Opfers", meinte Schröder. „Weiblich, jung, blond, blaue Augen."

Auch das traf auf mindestens die Hälfte der Bevölkerung zu, war Hirschfeld versucht zu sagen, doch er behielt seine Gedanken für sich.

17

Da waren wieder diese Schatten, die sich vor ihren geschlossenen Augen bewegten.

Es dauerte eine Weile, bis die Geräusche um sie herum in ihr Bewusstsein sickerten. Zuerst nahm sie einen hohen Ton wahr, der sich in kurzen Abständen wiederholte. Darunter mischte sich ein mechanisches Rauschen.

Sie spürte ihren Körper kaum, ihre Gliedmaßen waren vollkommen taub. Die Angst kroch ihr die Kehle hoch und raubte ihr den Atem.

Eine Träne löste sich und perlte ihre Wange hinab. Sie wusste nicht, wo sie sich befand. Ihre Augenlider flatterten. Dann glitt sie wieder in die Bewusstlosigkeit. Als sie das nächste Mal erwachte, zitterte sie am ganzen Körper. Sie schaffte es kaum, den Arm zu heben, aber sie nahm alle ihre Kräfte zusammen und griff mit der Hand nach ihrem Hals. Ihre Finger ertasteten einen dünnen Plastikschlauch. Sofort fing sie an zu würgen und versuchte, sich den Schlauch mit aller Gewalt aus dem Mund zu ziehen. Sie hustete und bekam keine Luft mehr.

Plötzlich spürte sie eine Hand auf ihrer. Eine sanfte Stimme redete beruhigend auf sie ein, doch sie wehrte sich umso mehr.

Die Hand verschwand. Kurz darauf legte sich eine bleierne Müdigkeit über sie. Bevor sie einschlief, sah sie ihn.

Dieses Gesicht. Diese stechenden Augen!

Diesen leeren Blick würde sie niemals vergessen.

18

„Entweder ist der Unfall erst vor Kurzem passiert oder liegt mindestens ein Jahr zurück", sagte Kirchhoff auf dem Weg zu ihrem Büro.

„Wir gehen am besten in der Zeit zurück", stimmte Hirschfeld ihm zu.

„Ich hoffe, das Ganze ist kein Hirngespinst. Vielleicht hat der Kerl sich die Geschichte nur ausgedacht."

„Ich weiß nicht. Die Beschreibung klang authentisch", erwiderte Hirschfeld. „Da gab es zu viele Details wie zum Beispiel das Verletzungsbild beim Unfallopfer."

Sie machten bei der Teeküche halt und holten sich einen Kaffee. Kurz darauf saßen sie vor ihren PCs und starteten das Betriebssystem.

„Ich nehme mir das IGVP vor", meinte Hirschfeld, als sein Computer hochgefahren war.

Sekunden später leuchtete das weiß-blaue Logo des Vorgangs- und Verwaltungsprogramms der Polizei auf dem Bildschirm vor ihm auf. Hirschfeld loggte sich ein und hoffte, dass das System, in dem alle Verkehrsunfälle sowie Straf- und Ordnungswidrigkeitsanzeigen digital erfasst wurden, stabil lief. Erst vor Kurzem hatte die Polizei NRW mit der Version 5.2 ein neues Update des *Integrationsverfahrens Polizei* erhalten. Nach einem Totalabsturz funktionierte die Software nur sporadisch. Anzeigen wurden zwar auch in Papierakten angelegt, das IGVP fungierte jedoch als Schnittstelle zwischen der ermittelnden Behörde und der Staatsanwaltschaft. Nach dem Ausfall waren die Kollegen Tag und Nacht damit beschäftigt, den Datenstau abzubauen. Gerade jetzt konnten sie sich keine Verzögerungen erlauben, wenn etwas hinter den Briefen steckte.

„Gut, ich versuche es parallel mit einer Abfrage im Einsatzleitsystem", entgegnete Kirchhoff, führte die Kaffeetasse zum Mund, blies hinein und nahm vorsichtig einen Schluck.

Hirschfeld gab den ersten Suchbefehl ein und fixierte den Monitor. Als sich nichts tat, tippte er nervös mit der Radiergummiseite seines Bleistifts auf den leeren Block vor ihm.

„Das System ist überlastet – verdammt!", fluchte er, nachdem er es erneut versucht hatte.

Der Bildschirm war eingefroren. Er musste den Computer neu starten.

„Warum entscheidet das Innenministerium sich nicht endlich für POLIKS?", brummte Hirschfeld und bearbeitete seinen Block weiter mit dem Bleistift. „In Berlin haben wir sehr gute Erfahrungen damit gemacht."

Kirchhoff winkte ab:

„Bei aller Liebe, aber das nennt man BÜ-RO-KRA-TIE!"

Nach einer halben Ewigkeit gelang es Hirschfeld schließlich, das IGVP ans Laufen zu bringen. Er fütterte den Computer mit den wenigen Daten, die ihnen vorlagen. Dann grenzte er den fraglichen Zeitraum auf fünf Jahre ein, wie Schröder empfohlen hatte, und begann, die Treffer zu durchforsten. Nach einer Dreiviertelstunde rieb er sich mit Zeigefinger und Daumen die Nasenwurzel. Nichts Brauchbares.

Er griff nach seinem Becher. Der Kaffee war längst kalt geworden, daher schob er die Tasse wieder von sich und widmete sich den nächsten Ergebnissen. Nach einer weiteren halben Stunde blickte Hirschfeld auf und fragte:

„Und? Schon was gefunden, Peter?"

Kirchhoffs Kopf tauchte neben seinem Monitor auf.

„Nichts. Es gibt einfach zu viele Fälle", antwortete er und zog die Schultern hoch. „Bis wir die alle durchhaben, fließt noch viel Wasser den Rhein runter."

„So kommen wir nicht weiter. Wir müssen die Suche weiter eingrenzen."

„Das ist nicht so einfach, dafür fehlen uns so wichtige Details wie die Örtlichkeit, an der der Unfall passiert ist, und der Name des Opfers."

„Ich stelle eine Anfrage an die Direktion Verkehr, vielleicht können die Kollegen uns bei der Suche unterstützen."

Damit griff Hirschfeld zum Hörer. Als er wieder aufgelegt hatte, stand Kirchhoff auf und sagte:

„Das kann eine Weile dauern. Soll ich dir noch einen Kaffee mitbringen?"

„Ja, danke", gab Hirschfeld zurück, kippte den Inhalt seiner Tasse in einen Blumentopf auf der Fensterbank und reichte sie Kirchhoff.

„Wenn du so weitermachst, bekommt der Ficus bald einen Koffeinschock."

„Besser Koffeinschock als Tod durch Vertrocknen."

Zwei Kaffeekannen und drei Zigarettenpausen später zeigte Hirschfelds Taskleiste den Eingang einer neuen E-Mail an. Bereits die ersten Sätze elektrisierten ihn.

„Wir haben einen Treffer", informierte er Kirchhoff und leitete die Nachricht an ihn weiter.

Endlich kam Bewegung in die Sache.

„Die Kollegen haben vier Unfälle recherchiert, die zu unserer Beschreibung passen: zwei aus diesem Jahr und jeweils einer aus letztem und vorletztem Jahr."

Kirchhoff hatte inzwischen ebenfalls die Nachricht auf seinem Bildschirm.

„Der jüngste Unfall hat sich erst letzte Woche ereignet", sagte Kirchhoff.

Hirschfeld rechnete zurück.

„Zu diesem Zeitpunkt war der erste Brief bereits verfasst", stellte er fest. „Die Akte können wir direkt aussortieren."

„Gut. Beim nächsten Fall haben wir drei Fahrzeuginsassen, die nach einem Discobesuch tödlich verunglückt sind."

„Fahranfänger ..."

Hirschfeld nickte stumm.

„Der Verfasser des Briefes hätte sich der Unfallstelle nicht nähern können, ohne gesehen zu werden."

„Das denke ich auch. Der Fahrer des beteiligten Lkws war noch in der Lage, die Notrufzentrale zu verständigen. Es blieb also nicht viel Zeit zwischen dem Crash und dem Eintreffen der Einsatzkräfte."

„Okay. Was haben wir noch?"

„Zwei Tote auf der B56, zwischen Buschhoven und Hohn."

Hirschfeld las die Akte quer:

„Der Unfall hat sich vor ziemlich genau einem Jahr ereignet. Der Zeitraum passt."

„Die Örtlichkeit vielleicht auch!", sagte Kirchhoff ungewohnt heftig, dass Hirschfeld seinen Blick vom Monitor löste. „Ich kenne die Strecke, außer Feldern gibt es dort weit und breit nichts."

Hirschfeld zog die Kopie des zweiten Briefs zu sich heran und betrachtete nachdenklich die handgeschriebenen Zeilen. Zum ersten Mal hatte er das Gefühl, nicht länger im Trüben zu fischen.

„Damals kamen Mutter und Tochter ums Leben", fuhr Kirchhoff unterdessen fort. „Die Unfallursache konnte nicht eindeutig geklärt werden. Offen blieb, ob bei dem Unfall noch ein anderes Fahrzeug beteiligt war."

„Dann wäre es Fahrerflucht gewesen", meinte Hirschfeld.

„Der Briefeschreiber hat jedoch nur eine Person erwähnt", wandte Kirchhoff ein.

„Das muss nichts heißen. Die Mutter war uninteressant für ihn."

„Warum? Weil sie bereits tot war?"

„Vielleicht. Und sie passte auch nicht in sein Beuteschema. Wer hat den Unfall aufgenommen?"

„Mal sehen ... Polizeihauptkommissar Aschenbrenner, Verkehrskommissariat 22."

„Wir müssen mit ihm sprechen", entschied Hirschfeld und hatte die Hand bereits am Telefon.

Als er mit der Dienststelle verbunden war, schilderte er in knappen Worten sein Anliegen.

„Der Kollege Aschenbrenner ist inzwischen pensioniert", gab ihm eine ältere Polizistin Auskunft.

„Wie kann ich ihn erreichen?"

„Einen Moment, bitte."

Hirschfeld hörte, wie die Kollegin den Hörer zur Seite legte. Nach einer halben Ewigkeit meldete sie sich zurück:

„Hallo? Hören Sie?“

„Ja.“

„Ich kann Ihnen nur seine Privatnummer geben.“

Die Polizistin diktierte ihm die Festnetznummer. Hirschfeld bedankte sich und unterbrach die Leitung, um erneut anzuwählen. Als die Mailbox ansprang, fluchte er und war im Begriff aufzulegen, als Aschenbrenners Bass ertönte und eine Mobilfunknummer für dringende Fälle nannte. Hirschfeld kritzelte die Ziffern neben die andere Nummer, legte auf und versuchte es ein drittes Mal.

„Aschenbrenner.“

Im Hintergrund waren Stimmen zu hören, die von Songfetzen untermalt waren.

„Hier spricht Kriminalhauptkommissar Lutz Hirschfeld vom KK 11. Wir benötigen Ihre Hilfe.“

„Das ist gerade kein günstiger Augenblick. Kann ich Sie zurückrufen?“

„Es ist dringend. Ich wäre Ihnen wirklich dankbar, wenn wir uns kurzfristig treffen könnten.“

Aschenbrenner schwieg einen Moment, dann entgegnete er:

„In Ordnung. Dann kommen Sie gleich vorbei. Ich gebe Ihnen die Adresse durch.“

19

Alles war sorgfältig vorbereitet.

Er hatte daran gedacht, sein Festnetz- und Mobiltelefon stumm zu schalten, selbst die Türklingel hatte er abgestellt. Nichts und niemand sollte ihm diesen heiligen Augenblick verderben.

Das Wohnzimmer war in trübes Licht getaucht. Auf dem Esstisch vor ihm standen ein Dekantierkorb mit einer Flasche Bordeauxwein aus dem Hause Château Latour, Jahrgang 1961, eine Dekantierkaraffe, drei kleine Porzellanteller, auf denen jeweils eine weiße Papierserviette lag, eine Kerze in einem Kristallhalter, ein Korkenzieher und zwei Gläser.

Als Erstes ordnete er die Teller rechts oben nebeneinander an und stellte auf einen die Karaffe. Er griff in seine Jacketttasche und holte eine Schachtel Streichhölzer hervor. Als er die Kerze anzündete und das Zündholz ausschüttelte, stieg ihm ein leichter Schwefelgeruch in die Nase, der sich schnell wieder verflüchtigte. Er brauchte nicht lange, die Kapsel abzuschneiden und vollständig zu entfernen. Mit der Papierserviette reinigte er den freigelegten Flaschenhals. Dann nahm er den Korkenzieher wieder zur Hand, drehte ihn mittig in den Korken und schraubte ihn vorsichtig an, um ihn langsam herauszuziehen. Das letzte Stück entfernte er mit der Serviette, überprüfte die Qualität des Korkens und legte ihn auf den zweiten Teller. Bevor er mit dem Dekantieren begann, säuberte er den Hals der Flasche erneut und avinierte die Karaffe, indem er etwas Wein hineingoss und darin schwenkte. Der edle Tropfen, der ihn immerhin knappe 2000 Euro gekostet hatte, sollte nicht durch Fremdaromen aus dem Dekanter ruiniert werden. Die dunkelrote Flüssigkeit füllte er in das bereitgestellte Probeglas und hielt es über die Kerze, um sich von der Klarheit zu überzeugen. Nachdem er das Geruchsbild des Weins in sich aufgenommen hatte, nahm er einen Schluck und kaute ihn.

Der Wein war ausgezeichnet und wurde dem Anlass gerecht, für den er vorgesehen war.

Er nahm die Flasche wieder auf und ließ den Wein über der brennenden Kerze in die Karaffe laufen. Dabei achtete er darauf, dass keine Trübungen vom Flaschenboden in die Karaffe gelangten. Die bis auf das Depot geleerte Flasche platzierte er auf dem dritten Teller. Schließlich löschte er die Kerze, indem er den Docht mit dem abgebrannten Streichholz in das flüssige Wachs drückte, und trug alles, bis auf die Karaffe und das unbenutzte Glas, auf einem Silbertablett zurück in die Küche.

Bevor er zum Esstisch zurückkehrte, trat er an das Sideboard im Wohnzimmer und entnahm dem untersten Fach eine marokkanische Schatulle aus Thujaholz.

Fast spürte er ihre Anwesenheit, als er über die glatte Oberfläche strich. Er stellte die Schatulle auf den Tisch, schenkte sich ein Glas Wein ein und setzte sich. Mit halb geschlossenen Augen nahm er einen Schluck und versenkte sich in die Erinnerung. Ein leichtes Kribbeln durchströmte seine Fingerspitzen.

Seine Ungeduld siegte.

Er schloss das Kästchen auf und strich über den schmalen Silberring, der im obersten Fach lag.

Wieder sah er ihren letzten Blick, in dem sich die ganze Welt spiegelte.

Im Fach daneben hatte er die goldenen Ohrringe dieser Hure verstaut. Als er ihr den Schmuck abgenommen hatte, war sie längst nicht mehr bei Bewusstsein gewesen. Doch das spielte keine Rolle mehr.

Ihre Seele gehörte längst ihm.

20

„Hattest du Georgstraße 10 gesagt?", fragte Kirchhoff 25 Minuten später und parkte den BMW in der Altstadt vor einem dreigeschossigen weißen Eckhaus aus dem späten Historismus.

„Ja", beugte sich Hirschfeld zum Fenster auf der Beifahrerseite vor und blickte die schlichte Fassade hinauf.

Die hohen Jugendstil-Fenster und der Erker im ersten Stock waren hell erleuchtet. Im Erdgeschoss befand sich ein Ladenlokal. Kirchhoff stellte den Motor ab. Sie stiegen aus und suchten den Hauseingang. Das Licht, das zu beiden Seiten aus den von violetten Samtvorhängen eingerahmten Schaufenstern fiel, zeichnete helle Rechtecke auf den Asphalt. Flüchtig warf Hirschfeld einen Blick auf die Auslage, während er Kirchhoff folgte: Gerahmte Fotografien auf Staffeleien zeigten viel nackte Haut, über die sich Tätowierungen in Farbe und Schwarz-Grau rankten. Ein Schriftzug am Eingang verriet, dass das Tattoo-Studio erst vor Kurzem eröffnet hatte.

„Hier wohnt niemand mit dem Namen Aschenbrenner", meldete Kirchhoff, der offenbar die Haustür gefunden hatte und die Klingelschilder ein zweites Mal studierte. „Vielleicht rufst du noch mal an?"

Hirschfeld griff in sein Jackett. Gerade als er sein Handy aus der Innentasche gezogen hatte, öffnete sich hinter ihnen die Ladentür mit einem scheppernden Läuten. Die Türglocke musste mindestens so alt sein wie das Haus selbst.

„'n Abend. Ihr wollt sicher zu Jörg", begrüßte sie eine junge Frau mit blauen Augen und pechschwarzen Haaren, die sie zu einem Pferdeschwanz zusammengebunden hatte. „Er hat uns schon vorgewarnt, dass er noch Besuch bekommt."

Sie hatte die rechte Hand in die Hüfte gestemmt, mit der linken hielt sie die Tür auf, aus der harte elektronische Beats drangen. Ein spitzbübisches Lächeln umspielte ihre erdbeerrot geschminkten Lippen. An ihren Handgelenken klimperten ein Dutzend Armreifen. Das ärmellose weiße Feinripp-Shirt und die kurze Jeanslatzhose, deren Träger an ihrem schlaksigen Körper herunterhingen, gaben den Blick auf eine beachtliche Sammlung von Tätowierungen frei. Die auffallende Blässe ihrer Haut unterstrich dabei jedes einzelne Kunstwerk. Hirschfeld spürte Kirchhoffs Blick in seinem Nacken und grinste.

„Heißt euer Kunde zufällig Aschenbrenner?", wollte er wissen und ging zurück zur Ladentür.

Schneewittchen zuckte mit den Achseln:

„Keine Ahnung. Hab ihn nich nach seinem Ausweis gefragt. Volljährig ist er auf jeden Fall."

„Das will ich schwer hoffen", erwiderte Hirschfeld und stieg die Treppe zum Eingang hinauf.

„Nur herein in die gute Stube", sagte Schneewittchen und machte eine einladende Handbewegung.

„Sie holen sich noch eine Lungenentzündung“, murmelte Kirchhoff, als er an ihr vorbeiging.

„Süß. Er klingt wie meine Mutter“, gab sie zurück, als wäre Kirchhoff unsichtbar.

Hirschfeld warf einen amüsierten Blick über die Schulter. Kirchhoff würde gleich noch ganz andere Dinge zu sehen bekommen, dachte er und musste erneut lächeln. An den schwarz gestrichenen Wänden hingen neben Motivtafeln auch Vitrinen mit Piercingschmuck. Unter der Decke schwebte ein geflügeltes Fabelwesen aus Stahl und Nieten. Gegenüber dem Eingang stand ein geschwungenes violettes Samtsofa. Auf dem Couchtisch davor lagen mehrere Tattoo-Zeitschriften.

„Hier entlang.“

Damit passierte Schneewittchen eine Empfangstheke mit der Kompaktanlage, aus der die Elektrobeats wummerten, und verschwand hinter einem schwarzen Vorhang. Hirschfeld und Kirchhoff folgten ihr durch den Durchgang und fanden sich in einem Raum wieder, der im Gegensatz zum Eingangsbereich nüchtern und zweckmäßig eingerichtet war: Boden und Wände waren weiß gefliest. Unter der Decke hing eine Neonleuchte, die kaltes Licht abstrahlte. Rechter Hand stand eine weiße Schrankwand, auf der gegenüberliegenden Seite eine medizinische Liege mit schwarzem Polster, auf die sich Schneewittchen setzte und die Beine baumeln ließ.

„’n Abend.“

Ein Mittdreißiger mit kahl rasiertem Kopf, Koteletten und Ziegenbart sah kurz auf, um sich sofort wieder seinem Kunden zu widmen, der vor ihm rücklings auf einem Tattoo-Stuhl saß.

„Entschuldigen Sie bitte die Umstände, …“

Aschenbrenner hatte den Kopf aus der Stütze gehoben. Er war Mitte 60, gut gebaut und hatte kurz geschorenes Haar, das an Koteletten und Schnauzbart zu ergrauen begann. Zwischen seinem nackten Oberkörper und der Stuhllehne klemmte ein Handtuch.

„Schon gut, wir sind Ihnen dankbar, dass Sie sich so kurzfristig

Zeit genommen haben. Das ist mein Partner Peter Kirchhoff und ich bin Lutz Hirschfeld."

„Wie kann ich Ihnen behilflich sein?"

„Nun, Sie haben vor gut einem Jahr den Unfall von Saskia und Brigitte Bauer aufgenommen, der sich auf der B56 ereignet hat."

Aschenbrenner runzelte die Stirn. Das gleichmäßige Surren der Tätowiermaschine hing über seinem Kopf.

„Ja, ich erinnere mich. Schlimme Sache. Was möchten Sie wissen?"

„Die Angelegenheit ist etwas delikat", schaltete sich Kirchhoff ein und trat, die Hände vor dem Bauch verschränkt, einen Schritt nach vorne.

„Jungs, ich mach mal 'ne Zigarettenpause. Kann ich euch vielleicht 'nen Kaffee mitbringen?"

Der Tätowierer hatte seine Maschine abgesetzt und streifte sich nun die schwarzen Einweghandschuhe von den Fingern.

„Das ist wirklich nett", nickte Hirschfeld dankbar.

„Komm, Sue, wir machen die Fliege."

Schneewittchen sprang von der Liege und folgte ihm aus dem Zimmer.

„Sie machen mich neugierig! Warum interessieren Sie sich für diesen Unfall?"

Hirschfeld schilderte in knappen Worten den bisherigen Ermittlungsstand.

„Sie sagen also", erwiderte Aschenbrenner, als Hirschfeld geendet hatte, „die Polizei erhält Briefe von einem angehenden Sexualstraftäter? Meinen Sie, er setzt seine Gewaltfantasien bald in die Tat um?"

„Ja, das ist leider zu befürchten."

„Können Sie uns etwas zur Unfallursache sagen?"

„Es gab damals keinerlei Bremsspuren auf der Fahrbahn. Die Beteiligung anderer Verkehrsteilnehmer konnte auch nicht nachgewiesen werden. Es gibt keine endgültige Erklärung, aber wir gehen davon aus, dass Saskia für ein paar Sekunden am Steuer eingeschlafen sein muss."

Kirchhoff machte sich auf einem Schreibblock Notizen.

„Dafür spricht auch", fuhr Aschenbrenner fort, „dass die Fahrerin nicht alkoholisiert war oder unter Drogen gestanden hat. Aller Wahrscheinlichkeit nach war sie, im Gegensatz zu ihrer Mutter, nicht angeschnallt."

„Woraus schließen Sie das?", wollte Hirschfeld wissen.

„Saskia ist aus dem Wagen geschleudert worden und hat vermutlich noch eine Weile gelebt. Ihre Mutter wurde zwischen Autositz und Mittelkonsole eingeklemmt und war nach dem Befund des Rechtsmedizinischen Instituts sofort tot."

„Dann ist es also möglich, dass Saskia den Mann gesehen hat."

„Ja, vermutlich", entgegnete Aschenbrenner nachdenklich. „Was für ein tragischer Fall. Laut Ehemann und Vater der beiden Unfallopfer waren diese auf dem Weg zu einer Hochzeit."

„Warum ist der Vater nicht mitgefahren?", erkundigte sich Kirchhoff.

„Er war aus beruflichen Gründen verhindert."

„Verstehe."

„Ist Ihnen vielleicht irgendetwas Ungewöhnliches am besagten Morgen aufgefallen?", fragte Hirschfeld.

Aschenbrenner runzelte die Stirn und schwieg kurz.

Die harten Beats aus dem Nebenraum waren inzwischen in ruhige sphärische Soundflächen übergegangen.

„Ja, da gab es etwas. Der Vater hat ausgesagt, dass seine Tochter am besagten Tag einen silbernen Ring getragen haben soll."

Hirschfeld legte die Stirn in Falten und spürte, wie sich ein ungutes Gefühl in seiner Magengegend breitmachte.

„Lassen Sie mich raten: Der Ring fehlte."

Aschenbrenner nickte bedächtig und schien die Tragweite dieses Umstandes erst jetzt zu begreifen:

„Der Kerl hat sich eine Trophäe mitgenommen."

Kirchhoff sah von seinen Notizen auf und schüttelte langsam den Kopf.

„So ein verdammtes Schwein", sagte er tonlos.

Der schwarze Vorhang bewegte sich. Sues Gesicht tauchte in der Mitte auf.

„Wie sieht's aus? Bereit für den schwärzesten Kaffee, den ihr je getrunken habt?"

„Ja, das war's fürs Erste, wir sind fertig. Danke."

Sie trat ein und reichte jedem einen Kaffeebecher. Der schwarze Nagellack auf ihren Nägeln war an den Spitzen abgeblättert.

„Der Kaffee ist wirklich gut", meinte Hirschfeld, nachdem er den ersten Schluck genommen hatte. Schneewittchen hatte nicht zu viel versprochen.

„Darf ich?", wandte er sich wieder an Aschenbrenner und deutete auf seinen Rücken.

„Natürlich. Ist ein Großprojekt."

Hirschfeld ging um den Tattoo-Stuhl herum und betrachtete Aschenbrenners Rücken, über den sich das Gesicht der Jungfrau Maria spannte.

„Schauen Sie genau hin: Sie trägt die Gesichtszüge meiner Frau. Sie ist vor einem halben Jahr gestorben. So wird sie immer bei mir sein."

„Mein Beileid. Das ist eine schöne Idee."

„Danke."

„Wir wollen Sie nicht länger aufhalten", wandte sich Kirchhoff zum Gehen, dem die Situation unangenehm zu sein schien.

„Solche Tattoos gibt's auch für Stellen, die man nicht sofort sieht", bemerkte Sue, als er ihr seinen Kaffeebecher in die Hand drückte.

Soweit Hirschfeld wusste, gab es zurzeit keine Frau in Kirchhoffs Leben, die er damit hätte beeindrucken können.

„Falls Ihnen noch etwas einfallen sollte, rufen Sie uns bitte an", verabschiedete Hirschfeld sich und reichte Aschenbrenner seine Visitenkarte.

„Selbstverständlich. Und wenn es Ihnen nicht allzu viel Mühe bereitet: Könnten Sie mich auf dem Laufenden halten?"

„Natürlich, kein Problem."

21

Er hatte die Zeit aus den Augen verloren.

Noch immer saß er am Esstisch. Die Konturen der Holzschatulle verschmolzen in der Dunkelheit mit der Tischplatte, aber er war nicht in der Stimmung, die Deckenlampe einzuschalten.

Den Château Latour hatte er inzwischen geleert. Er fühlte sich berauscht und dennoch seltsam leer.

„Das ist reiner Wahnsinn", sagte er laut und wartete fast darauf, dass ihm jemand antwortete, aber seine Stimme verhallte in der Stille.

Er lachte bitter.

Niemand wusste von seiner dunklen Seite. So nah war ihm noch niemand gekommen, das hatte er nie zugelassen. Jeder Mensch hatte ein zweites Gesicht. Seines war verzerrt von abgrundtiefem Hass. Und der Gier, einen Menschen ganz zu besitzen.

Er hatte sich seinem Schicksal gestellt und die Scham überwunden. Jetzt endlich, nach all den qualvollen Jahren der Abstinenz, hatte er wieder Gebrauch von seiner Macht gemacht. Die Briefe waren eine Fingerübung und ein netter Zeitvertreib. Er konnte es kaum erwarten, dass sein Vermächtnis an die Nachwelt eintraf. Das erhöhte den Adrenalinkick.

Dennoch blieb eine Leere zurück.

Die Gesichter der beiden Frauen begannen zu verblassen. Er wusste, dass er sie nicht länger in seinem Gedächtnis halten konnte. Er brauchte mehr! In ihm loderte ein Flächenbrand, der sich mit rasender Geschwindigkeit ausbreitete. Er musste sich so schnell wie möglich wieder auf die Jagd machen.

Auf die Jagd nach Liebe!

22

Plötzlich war er da.

Hirschfeld konnte sich nicht erinnern, wann er den getigerten roten Kater zum ersten Mal bewusst wahrgenommen hatte. Der Kriminalhauptkommissar stand am Küchenfenster seines Apartments und blickte in den Hinterhof. Morgennebel hing über den Dächern und zeichnete die Konturen der umliegenden Häuser weich. Der Kater saß, die Vorderpfoten in perfekter Symmetrie nebeneinandergestellt, unbeweglich auf der gegenüberliegenden Dachterrasse. Dem rechten Ohr fehlte ein Stück, über seine linke Flanke zog sich eine kahle Narbe durch das glänzende kräftige Fell. Spuren, die sicherlich von Revierkämpfen mit den Katern und Katzen der Nachbarschaft herrührten. Trotz dieser Makel strahlte das Tier eine innere Unversehrtheit und Würde aus, dachte Hirschfeld und nahm einen Schluck schwarzen Kaffees. Über den Becherrand beobachtete er den Kater, der den Blick mit seinen meergrünen Augen erwiderte. Sie verharrten zehn Minuten in diesem stummen Dialog, dann wandte Hirschfeld sich ab und verließ wenig später seine Wohnung.

Als die Haustür hinter ihm ins Schloss gefallen war, zündete er sich eine Zigarette an und hielt sich rechts. Bis das Leben in der Fußgängerzone erwachte, würden noch ein paar Stunden vergehen. Die Obst- und Gemüsehändler des Wochenmarktes waren dagegen bereits damit beschäftigt, ihre Waren auf den Ständen auszubreiten. Hirschfeld grüßte ein paar bekannte Gesichter unter den Händlern. Als er am Motorrad- und Fahrradparkplatz neben dem Alten Rathaus angelangt war, nahm er einen letzten Zug, warf die Kippe auf das Kopfsteinpflaster und trat die Glut aus. Zwischen ein paar Rädern hindurch bahnte er sich den Weg zu seiner schwarzen 250er-Vespa, die er sich vor ein paar Monaten angeschafft hatte. Er zog den Helm auf und setzte sich auf den Ledersitz. Nachdem er den Zündschlüssel ins Schloss gesteckt hatte, rollte er rückwärts aus der Parklücke, indem er sich mit beiden Füßen abstieß. Kurz darauf fuhr er auf dem Cityring am Bus- und Hauptbahnhof vorbei und bog auf Höhe des Alten Friedhofs rechts ab.

Der Anblick der verwitterten Grabsteine, die hier und da hinter der Friedhofsmauer hervorragten, ließ Hirschfeld an seinen Ausflug zur Unfallstelle denken. Er war am Freitagnachmittag nach Dienstschluss mit seiner Vespa durch die karge Landschaft der Voreifel gefahren, um den Kopf freizubekommen. Das windschiefe Holzkreuz hatte er schon von Weitem gesehen. Davor leuchtete ein frischer Strauß weißer Rosen. Erst vor Kurzem hatte sich der Todestag von Saskia und Brigitte Bauer zum ersten Mal gejährt. Die Spuren des Unfalls waren längst verblasst. Nur der beschädigte Stamm der Linde zeugte noch von dem tödlichen Zusammenstoß. Hirschfeld war mit den Fingern über die verletzte Baumrinde gefahren. Es war eine Zufallsbegegnung gewesen an diesem kalten Herbstmorgen vor einem Jahr, daran gab es keinen Zweifel. Eine Begegnung, die das Leben eines Menschen einschneidend verändert hatte.

Wenig später tauchten die Laternen der restaurierten Kennedybrücke vor Hirschfeld auf. In Beuel lenkte er den Roller auf die Königswinterer Straße. Nach einer knappen Viertelstunde betrat er durchgefroren das fünfgeschossige Polizeipräsidium aus Stahl und Beton.

Es war Montagmorgen. Die Woche versprach genauso frustrierend zu beginnen, wie die letzte geendet hatte.

Seit sie Aschenbrenner vor fünf Tagen im Tattoo-Studio befragt hatten, waren sie bei ihren Ermittlungen keinen Schritt weitergekommen. Es schien, als würden sie versuchen, die Teile eines Puzzles zusammenzufügen, dessen Motiv sie nicht einmal kannten.

Als Hirschfeld mit dem Helm unterm Arm durch das gläserne Treppenhaus zum KK 11 im ersten Stock ging und sich in der Teeküche einen Kaffee holte, war er immer noch in Gedanken versunken. Noch bevor er sein Büro betrat, wusste er, dass ihn schlechte Neuigkeiten erwarteten.

„Wir haben wieder Post", begrüßte Kirchhoff ihn.

Sein Partner stand von seinem Schreibtischstuhl auf und reichte ihm eine Kopie.

„Diesmal hat er es wirklich getan!“, fuhr Kirchhoff in einer Mischung aus Wut und Resignation fort.

Während Kirchhoff wieder Platz nahm und seinen PC startete, begann Hirschfeld zu lesen:

Sie können sich nicht vorstellen, welches Privileg mir zuteilgeworden ist! Wenn ich darüber nachdenke, überkommt mich wieder das überwältigende Gefühl unbegrenzter Macht.

Ich weiß, dass Worte niemals ausdrücken können, was ich erlebt, ja, erfahren habe: Sie war einfach perfekt für mein Vorhaben. Ein leichtes Mädchen wird von niemandem vermisst. Doch wem erzähle ich das? Bitte sehen Sie mir meinen Enthusiasmus nach, aber diese eine Nacht hat ihre Wirkung auf mich noch nicht verloren.

Alles verlief nach Plan. Die Kleine war naiv genug mitzugehen. Von jemandem, der sich selbst einen derart lächerlichen Namen gibt, ist nicht mehr zu erwarten. Das verstehen Sie sicher. Sie war Mittel zum Zweck auf dem Weg zu meiner Maximalfantasie.

Sie hätten ihr Gesicht sehen müssen, als ihr langsam klar wurde, dass ich nicht zu ihrem üblichen Kundenkreis gehörte. Für einen winzigen Moment funkelte Ungläubigkeit in ihrem Blick. Aber als sie das Skalpell sah, ging ihr Gemütszustand schlagartig in Panik über. Nein, was sage ich da, ich untertreibe: Sie hatte den Tod vor Augen!

Ich betrachte mich selbst als eine Art Wissenschaftler. Ich bin ein Forscher auf dem Gebiet der menschlichen Psyche und Physis. Kennen Sie den Blick eines Menschen, der kapituliert? Er unterscheidet sich wesentlich von dem eines Menschen, der gegen das Unvermeidliche rebelliert. Sie hat gekämpft wie eine Löwin, das muss ich ihr zugutehalten. Sie war nicht leicht zu bändigen, aber ihr Widerstand hat das Ganze noch reizvoller gemacht, wie Sie sich vielleicht vorstellen können.

Aber im besonderen Maße interessieren mich die Reaktionen des menschlichen Körpers. Bereits als kleiner Junge wollte ich wissen, wie unser Inneres aussieht. Und jetzt endlich hat sich mir die Gelegenheit geboten, zu erfahren, was der Mensch aushält.

Sie war zäh. Bei den Verbrennungen, die ich ihr zugefügt habe, hat sie sich aufgebäumt und gewunden. Das Skalpell hat ihr am meisten zu schaffen gemacht. Die Messerstiche schienen sie zu meiner Überraschung weniger zu beeindrucken. Vielleicht war sie zu diesem Zeitpunkt aber nicht mehr so recht bei Bewusstsein, da bin ich mir nicht sicher.

Viel habe ich nicht von ihr übrig gelassen, das können Sie mir glauben. Falls sie meine Behandlung überlebt haben sollte, gebe ich Ihnen hiermit mein Ehrenwort: Beim nächsten Mal wird es keine Zeugen mehr geben!

„Er hat seine Fantasien wahr gemacht!", sagte Hirschfeld leise und schloss für einen Moment die Augen.

Kirchhoff und ihm war klar, dass sie auf die Informationen, die ihnen der Absender gab, angewiesen waren. Dass der Verfasser ihnen immer einen Schritt voraus war, war nicht zu vermeiden, aber dass offenbar eine Frau dabei grausame, vielleicht tödliche Verletzungen erlitten hatte, war für beide eine unerträgliche Vorstellung.

„Ja", gab Kirchhoff tonlos zurück. Das Entsetzen stand ihm immer noch ins Gesicht geschrieben.

„Wenn wir den Brief richtig interpretieren, suchen wir nach einer Hure oder Gelegenheitsprostituierten", sagte Hirschfeld. „Wir sollten die Vermisstenmeldungen der letzten Wochen durchgehen."

Da alle Briefe undatiert waren, durften sie das Zeitfenster nicht zu eng fassen, dachte Hirschfeld.

„Und die ungeklärten Leichensachen", erwiderte Kirchhoff.

Die nächste Stunde durchforsteten sie erneut IGVP und Einsatzleitsystem der Polizei.

„Nichts", unterbrach Kirchhoff seine Suche schließlich. „Bisher scheint kein Fall zu passen."

„Ich geh mal kurz eine rauchen", entgegnete Hirschfeld und erhob sich von seinem Schreibtischstuhl.

Als er zehn Minuten später zurückkam, klingelte sein Handy.

„Ich bin's, Renee", meldete sich die junge Polizeifotografin.

„Hallo."

„Bist du gerade im Präsidium?"

„Ja, wir gehen gerade einer weiteren Spur im Fall des anonymen Briefeschreibers nach. Warum?"

Hirschfeld hatte Renee das letzte Mal vor einer guten Woche bei ihrem Treffen in der Stadt gesehen, als sie das Geburtstagsgeschenk für seinen Vater besorgt hatten. Die meiste Zeit hatten sie über ihre schrägen Familien geredet. Den Fall, an dem Kirchhoff und er arbeiteten, hatte er nur am Rande erwähnt.

„Ach, lass nur. Dann will ich dich nicht stören."

Etwas an ihrem Tonfall sagte ihm, dass etwas nicht stimmte.

„Renee, was ist los?"

„Darüber kann ich nicht am Telefon sprechen", war ihre Stimme kaum zu hören.

„Warte mal 'ne Sekunde."

Hirschfeld ließ das Handy sinken und sagte in Kirchhoffs Richtung:

„Peter, ich muss mal eben für eine halbe Stunde weg. Es ist wichtig. Kommst du so lange allein klar?"

Kirchhoff nickte stumm.

„Da bin ich wieder", sprach Hirschfeld erneut in die Sprechmuschel, als er auf dem Flur stand. „Wo steckst du?"

„Ich warte auf dem Parkplatz auf dich."

„Okay, bin in zwei Minuten bei dir."

Damit legte Hirschfeld auf und machte sich auf den Weg. Als er Renee an einer Betonsäule im Innenhof des Polizeipräsidiums lehnen sah, zog sich sein Magen zusammen. Sie sah gar nicht gut aus. Ihr Gesicht, in das ein paar Strähnen ihres schwarzen Bobs fielen, war noch blasser als gewöhnlich, ihr Blick seltsam leer. Als sie ihn entdeckte, traten ihr Tränen in die Augen.

„Ist ja gut", sagte er sanft und nahm sie in den Arm.

Renee begann zu schluchzen und vergrub ihr Gesicht in seinen

Mantel. Hirschfeld war versucht, sie fest zu drücken, aber sie erschien ihm zu zerbrechlich. Er wusste nicht, wie lange sie so dastanden. Schließlich löste sie sich von ihm und sagte:

„Kannst du mich nach Hause fahren?"

„Ja, natürlich."

„Oder …"

„Du kannst dich bei mir verkriechen."

„Danke", antwortete Renee schwach und reichte ihm ihren Autoschlüssel.

20 Minuten später schloss Hirschfeld seine Wohnungstür auf und ließ Renee eintreten.

„Möchtest du vielleicht einen Tee?"

„Ja, bitte", antwortete Renee leise und zog ihre Jacke aus.

„Mach's dir bequem, ich bin gleich bei dir", erwiderte Hirschfeld und verschwand in der Küche.

Die ganze Autofahrt über hatte Renee, die Stirn an das kühle Seitenfenster gelehnt, geschwiegen. Hirschfeld wusste instinktiv, dass er sie nicht drängen durfte. Wenn sie mit ihm sprechen wollte, würde sie es tun.

Ein Tablett mit einer dampfenden Kanne Tee und zwei Bechern in der Hand fand Hirschfeld Renee wenig später auf seinem Lieblingsplatz am Fenster. Sie saß in eine Wolldecke gewickelt auf dem japanischen Futon und schaute hinaus. Als sie Hirschfeld bemerkte, nahm sie ihm dankbar den Becher ab, in den er vorsichtig Tee füllte. Der Duft von Zimt und anderen Gewürzen breitete sich im Zimmer aus. Nachdem Hirschfeld sich selbst auch eingeschenkt hatte, nahm er Renee gegenüber im Schneidersitz Platz und betrachtete aufmerksam ihr Gesicht. Sie blies in ihren Becher und nahm mehrere Schlucke Tee.

„Du hast Besuch", meinte sie schließlich und deutete auf den Balkon gegenüber. Es schien ihr immer noch schwerzufallen, die richtigen Worte zu finden.

„Ah, ja, heute Morgen ist er einfach da gewesen."

„Er?"

„Ja, ich denke, es ist ein Kater. Für eine Katze ist das Tier zu groß und kräftig, schätze ich."

„Mmh", erwiderte Renee und trank weiter Tee.

„Manchmal weiß ich nicht, ob ich meinen Job noch länger machen kann", sagte sie unvermittelt.

Hirschfelds Sorge wuchs. Er wusste, wie sehr Renee an ihrer Arbeit als Polizeifotografin hing.

„Was ist passiert?"

„So ein irrer Typ ist heute auf mich losgegangen", erwiderte Renee unerwartet heftig und hatte dabei Mühe, ihren Tee nicht zu verschütten.

„Im Präsidium?"

„Ja, verdammte Scheiße!"

Hirschfeld stellte den Becher neben sich ab und wollte Renee in den Arm nehmen, doch sie hielt ihn mit einer Handbewegung zurück.

„Du weißt, dass ich einiges abkann."

Hirschfeld nickte. Renee war eine toughe Frau, die kein Problem hatte, sich als Polizeifotografin in einem Beruf durchzusetzen, der nach wie vor von Männern dominiert wurde. Sie hatte es fast täglich mit Toten, schweren Unfällen oder mit Menschen zu tun, die erkennungsdienstlich erfasst werden mussten. Darunter waren oft weniger angenehme Zeitgenossen, die jede Gelegenheit nutzten, um ihr Gegenüber zu manipulieren.

„Aber dieses miese Schwein hat mich einfach angegriffen. Im Gewahrsam."

Renee presste die Lippen zusammen. Diesmal schossen ihr keine Tränen in die Augen, dafür war sie zu wütend.

„Ich hab die Situation unter Kontrolle, das weißt du. Ich behalte den Überblick und bin bei solchen Jobs *immer* vorsichtig. Aber dieses eine Mal hat es mich kalt erwischt."

Renees dunkle Augen funkelten.

„Ich hatte meine Ausrüstung gerade fertig, als das Arschloch ohne Vorwarnung auf mich zugeschossen ist. Ich konnte mich gerade noch wegducken und hab es mit einem kurzen Sprint bis zum Panikknopf geschafft. Aber da hatte dieses Schwein mich schon im Schwitzkasten. Ich konnte seinen Atem in meinem Nacken spüren. Er hat mir fast die Luft abgedrückt."

„Bitte beruhig dich etwas!", sagte Hirschfeld und griff nach ihrer Hand.

Er hatte bemerkt, dass Renee beim Reden kaum noch Atem holte. Wenn sie so weitermachte, würde sie früher oder später hyperventilieren.

„Was ist denn?"

„Renee, atme erst mal tief durch."

Fast fürchtete er, dass Renee ihm die Hand wieder entzog, doch sie riss sich zusammen und folgte seinem Rat.

„Und das Allerschlimmste", fuhr sie dann fort und stellte den Becher neben sich ab, „vorher hat mich der Kerl auch noch dreist angelächelt. Einen auf Small Talk gemacht, mir erzählt, was für ein charmanter Kerl er ist, dass er gern mal mit mir ausgehen würde. Ich hab ihm schon gar nicht mehr zugehört, so sehr hat mich sein dummes Geschwätz gelangweilt. Ich weiß nicht, welcher Teufel ihn da geritten hat. Jedenfalls hat sich sein Gesichtsausdruck von einer auf die andere Sekunde geändert. Als hätte er sich eine Maske vom Kopf gerissen."

Jetzt konnte Renee gar nicht mehr aufhören zu reden.

Hirschfeld konnte sich das Szenario bildlich vorstellen und fühlte sich plötzlich hilflos. Er hatte eindeutig mehr Gefühle für sie, als er sich bislang eingestanden hatte.

„Und was ist dann passiert?"

„Die Kollegen waren in 30 Sekunden bei mir, aber mir kam es wie eine Ewigkeit vor. Das Schwein hat mir beide Hände um den Hals gelegt und versucht, mich zu erwürgen."

„Verdammt!"

„Ja, das kannst du laut sagen, Lutz. Ich hab mich nicht gerührt und die Zähne zusammengebissen. Die Kollegen haben den Typen schließlich überzeugen können, dass er keine Chance hat, selbst wenn er es mit mir als Geisel aus dem Sicherheitsbereich schaffen sollte."

„Und darauf ist er eingegangen?"

„Ja, denn eigentlich war er nur wegen eines vergleichsweise harmlosen Delikts in Gewahrsam: Randale in irgendeiner Kneipe."

Renee verstummte.

„Hör zu, du hast genau richtig gehandelt", entgegnete Hirschfeld. „Ein anderer hätte vielleicht Panik bekommen. Aber du bist ruhig geblieben. Und das hat dich sicherlich vor Schlimmerem bewahrt."

Renee schlang die Arme um die angezogenen Beine und sah ihn von unten an.

„Bist du sicher?"

„Ja, na klar. Warum sollte ich dir etwas anderes erzählen? Obwohl der Mistkerl dich in der Gewalt hatte, hast du dich nicht einschüchtern lassen."

Sie nickte schweigend.

„Und das ist die Hauptsache. Wenn er deine Angst gespürt hätte, hätte er das sicherlich ausgenutzt und dich fertiggemacht. Aber das hat er nicht geschafft, Renee!"

„Danke, Lutz."

Hirschfeld sah auf die Uhr.

„Sei mir nicht böse, aber ich muss wieder los. Sehen wir uns heute Abend?"

„Ja."

„Könnte aber spät werden."

„Ich weiß, mach dir um mich keine Gedanken. Kann ich deine Badewanne benutzen?"

„Natürlich, fühl dich wie zu Hause."

Hirschfeld stand auf und drückte Renee einen Kuss auf die Stirn. Wenn sie nicht einen unberechenbaren Sadisten fassen müssten, wäre er am liebsten bei ihr geblieben.

23

Er schlug den Kragen seines beigefarbenen Wollmantels hoch und ließ sich im Strom der Fußgänger treiben. Um diese Uhrzeit schienen die Menschen noch nicht in Eile zu sein. Auf der Sternstraße flanierten sie vor den Schaufenstern der exklusiven Mode- und Schuhgeschäfte. Er interessierte sich nicht für die Auslagen, sondern beobachtete die Passanten. Nach ein paar Schritten schob sich das Alte Rathaus mit seiner rosafarbenen Rokokofassade in sein Blickfeld. Das Stadtwappen in der Mitte des Mansardendachs leuchtete golden in den fahlen Sonnenstrahlen auf, die vereinzelt durch die Wolkendecke brachen. Auf dem Marktplatz davor hatten die Händler im Morgengrauen ihre Waren aufgebaut und priesen sie nun lautstark hinter ihren Ständen an.

Er kaufte sich eine Handvoll Berlepsch-Äpfel, die die Marktfrau in eine braune Papiertüte packte. Er griff einen Apfel heraus, rieb ihn über seinen Mantelärmel und biss in das süßsaure Fruchtfleisch. Der Geschmack erinnerte ihn an seine Kindheit. An die vielen Stunden, in denen er im elterlichen Garten auf dem Apfelbaum gesessen und die Nachbarstochter beobachtet hatte.

Ihr Name war Caroline. Das rotblonde Haar ließ sie sich von ihrer Mutter immer zu zwei Affenschaukeln flechten. Er war fasziniert von ihren grünen Augen und den Sommersprossen, die sich von ihrer Nasenspitze über ihre Wangen bis auf ihre bleichen Ärmchen ergossen. Er malte sich aus, wie sie unter ihrem Kleid aussah.

Caroline war zwei Jahre jünger als er. Einmal hatten ihre Eltern sie mit ihm allein gelassen. Sie sahen sich eine alte Fernsehserie in Schwarz-Weiß an. Während Caroline gefesselt war von dem ungestümen schwarzen Hengst, dessen Fell seidig glänzte, verschlang er sie mit seinen Blicken. Als die Sendung zu Ende war, wollte er sie an sich ziehen, doch sie strampelte sich los und lief zur Zimmertür. Er war schneller und verstellte ihr den Weg. Während sie mit ihren kleinen Fäusten gegen seinen Bauch trommelte, griff er hinter sich nach dem Schlüssel, drehte ihn im Schloss um und zog ihn ab. Dann hielt er ihn wie einen Pokal über ihrem Kopf. Ihre Zöpfe schaukelten aufgeregt hin und her, als sie hüpfend versuchte, ihm den Schlüssel wegzunehmen. Er lachte, als sie anfing zu weinen, und rannte los. In einer Mischung aus Verzweiflung und Wut versuchte sie ihn einzuholen. Kaum schien sie ihn erreicht zu haben, lief er schneller und entwischte ihr jedes Mal.

Nach diesem Vorfall durfte er nicht mehr mit Caroline spielen. Er wusste nicht, ob sie über den Nachmittag mit ihm gesprochen hatte. Aber sie ging ihm aus dem Weg und versteckte sich hinter ihrer Mutter, wenn er an ihrem Haus vorbeiging und ihr zuwinkte. Ein halbes Jahr später zog sie mit ihren Eltern weg. Seitdem hatte er sie nicht mehr gesehen. Aber die Erinnerung an Caroline war so lebendig, als würde sie vor ihm stehen.

Inzwischen hatte er den Fahrrad- und Motorradparkplatz neben dem Rathaus passiert und warf die Apfelkitsche in den nächstbesten Abfalleimer. Er wischte sich die Hände an einem Stofftaschentuch sauber und setzte seinen Weg fort.

Er hatte kein bestimmtes Ziel. Als er an der großen Buchhandlung vorbeikam, die im Schatten der Universität lag, blieb er unvermittelt stehen. Irgendetwas trieb ihn dort hinein. Er bahnte sich einen Weg zwischen den Verkaufstischen hindurch und blieb vor einem Bücherstapel stehen. Er griff nach dem obersten Buch und streifte dabei die Hand einer jungen Frau.

„Bitte, nach Ihnen“, sagte sie schüchtern lächelnd.

„Entschuldigen Sie vielmals …“

„Kein Problem, es sind ja genügend Vorlesungsverzeichnisse da“, unterbrach sie ihn freundlich und überließ ihm den Band.

„Danke. In welchem Semester sind Sie, wenn ich fragen darf?“

„Oh, im ersten.“

„Welche Fächer?“

„Komparatistik und Philosophie. Und Sie?“

„Ich studiere Menschen“, antwortete er.

24

Auf dem Weg zur Marktgarage, in der er Renees Wagen abgestellt hatte, wählte Hirschfeld auf seinem Handy Kirchhoffs Dienstnummer.

„Peter, ich bin's", meldete er sich, als sein Partner nach dem zweiten Klingeln abhob. „Tut mir leid, es hat länger gedauert, als ich dachte, aber ich bin in 20 Minuten wieder zurück im Präsidium."

„Schon gut, du bist mir keine Erklärung schuldig. Ich hoffe nur, dass es Renee gut geht."

„Den Umständen entsprechend, danke", erwiderte Hirschfeld und wollte das Thema in diesem Moment nicht weiter vertiefen. „Bist du inzwischen fündig geworden?"

„Nein, bisher gibt es keinen einzigen Fall, der auch nur annähernd auf die Beschreibungen im Brief zutrifft."

„Okay, ich bin schon unterwegs."

Sie beendeten das Gespräch.

„Scheiße", fluchte Hirschfeld kurz darauf und schlug mit der Hand aufs Lenkrad.

Er hatte inzwischen die Oxfordstraße, die wichtigste Verkehrsader der Bonner City, erreicht. Das Stadthaus aus den Siebzigerjahren mit seinen drei Bürotürmen, in denen die städtische Verwaltung untergebracht war, hatte er zwar bereits passiert. Seit zehn Minuten bewegten sich die Fahrzeuge vor ihm jedoch nur noch im Schritttempo weiter.

Kirchhoff hatte an einem Sommerabend auf Hirschfelds Balkon auf den Klotz mit der Leichtmetallfassade und Sonnenschutzverglasung gedeutet und erzählt, dass es sich um einen der größten, teuersten und meistgehassten Rathausbauten ihrer Zeit handelte. Die Pläne für einen Abriss des in die Jahre gekommenen Gebäudes waren inzwischen denen für Sanierungsmaßnahmen im dreistelligen Millionenbereich gewichen.

Als die nächste Ampel nach der Kreuzung auf Rot umschlug, setzte Hirschfeld entnervt den Blinker und fädelte sich in die Linksabbiegerspur Richtung Wilhelmstraße ein. Wenn die Kennedy-Brücke mal wieder verstopft war, dachte er, würde er eben die Friedrich-Ebert-Brücke nehmen, um auf die rechtsrheinische Seite zu gelangen. Obwohl andere Verkehrsteilnehmer dieselbe Idee hatten, kam Hirschfeld wesentlich schneller voran und fuhr Minuten später die Auffahrt zur Autobahnbrücke hoch. Er hatte das Radio eingeschaltet, doch das Programm ging ihm auf den Geist. Er wechselte auf den CD-Player und drückte die Play-Taste. Hirschfeld war neugierig, welche Musik Renee hörte. Als die ersten Akkorde einer Akustikgitarre erklangen, lächelte Hirschfeld traurig. Johnny Cash setzte ein und sang mit seiner markant rauchigen Stimme einen Nine-Inch-Nails-Song:

I hurt myself today
To see if I still feel.

Hirschfeld hatte Renee noch nie so aufgewühlt erlebt. Er hoffte, dass sie sich bald wieder von dem Vorfall im Polizeigewahrsam erholen würde. Aus Erfahrung wusste er, dass die körperlichen Wunden vor den seelischen heilten. Das Gefühl der Unsicherheit würde Renee noch einige Zeit begleiten.

I focus on the pain
The only thing that's real.

Hirschfeld fragte sich, wie der Mensch dazu in der Lage sein konnte, anderen Leid zuzufügen. Auch in den 15 Jahren bei der Kripo hatte er darauf keine befriedigende Antwort gefunden. Vor nicht einmal zwei Wochen war genau an diesem Autobahnkreuz mitten in der Nacht eine Frau Anfang 20 schwer verletzt aufgefunden worden. Niemand schien zu wissen, wer sie war und wie sie dorthin gelangt war. Die Nachrichten waren voll davon gewesen.

What have I become
My sweetest friend.
Everyone I know goes away
In the end.

Die Kollegen der Verkehrsdirektion hatten umfangreiche Ermittlungen angestellt. Doch nach wie vor waren die Umstände ein Rätsel. Es gab einfach keinerlei Anhaltspunkte.

And you could have it all
My empire of dirt.

Niemand hatte sie als vermisst gemeldet. Und auch das Verletzungsbild war uneindeutig gewesen, erinnerte Hirschfeld sich. Vielleicht war es ein Unfall mit Fahrerflucht gewesen.

Vielleicht auch nicht.

I will let you down
I will make you hurt.

Hirschfeld runzelte die Stirn. Dann griff er zu seinem Handy.

25

Rebecca öffnete die Augen. Sie musste über dem Vorlesungsverzeichnis eingeschlafen sein, das sie sich am Morgen in der großen Buchhandlung gegenüber der Uni gekauft hatte. Die Fülle an Vorlesungen und Seminaren, die allein fürs Grundstudium angeboten wurden, hatte sie förmlich erschlagen.

Irgendetwas hatte sie geweckt. Sie setzte sich auf und lauschte in das Halbdunkel ihres Zimmers. Irgendwo schlug eine Tür, die im nächsten Augenblick wieder aufgerissen wurde. Das Knallen wiederholte sich, diesmal eine Spur lauter. Kurz darauf hörte sie unten auf der Straße wieder die Stimme, die sie aus dem Schlaf gerissen haben musste.

Gähnend schwang Rebecca ihre Beine aus dem Bett und lief mit nackten Füßen zum Fenster. Sie zog den Vorhang zur Seite, öffnete die Tür und trat auf den französischen Balkon, um etwas Luft zu schnappen. Normalerweise war sie nicht so müde und niedergeschlagen. Ihre Zehenspitzen stießen an das schmiedeeiserne Geländer, als sie nach unten blickte und ein Mädchen in einem weißen Hängerkleid entdeckte. Die Kleine war höchstens vier Jahre alt und lief weinend über die Straße, ohne nach rechts und links zu schauen.

„Lea, bleib sofort stehen!“, schrie ihre Mutter hysterisch und rannte hinter ihr her. „Ich versohl dir den Hintern, Fräulein!“

Nach wenigen Schritten hatte die Frau das Kind eingeholt und zerrte es an seinem Ärmchen zurück zum Haus. Die Kleine weinte weiter und hielt die freie Hand schützend über ihren Kopf. Rebecca fröstelte und schlang die Arme um den Leib. Bevor sie sich abwandte und ins Zimmer zurückkehrte, spürte sie ein Ziehen in der Herzgegend: Sie hatte eindeutig Heimweh. Sie war ja nicht ans Ende der Welt gezogen, aber irgendwie fühlte sich alles falsch an. Sie kannte hier keine Menschenseele und würde um ihre Nachbarn am liebsten einen großen Bogen machen.

Was für ein toller Start in der neuen Heimat, dachte sie.

26

„Die beiden Fälle könnten tatsächlich zusammenhängen, Lutz“, sagte Kirchhoff bedächtig, als Hirschfeld ins Büro zurückgekehrt war. „Ich habe mir direkt nach deinem Anruf die Akten dazu aufgerufen. Die junge Frau hat keine Ausweispapiere bei sich getragen und ist außerdem noch nie erkennungsdienstlich in Erscheinung getreten.“

„Wer hat sie gefunden?“, wollte Hirschfeld wissen, zog seinen schwarzen Ulster-Mantel aus und warf ihn über die Stuhllehne.

„Ein Taxifahrer hat die junge Frau gegen 2.30 Uhr morgens auf dem Seitenstreifen am Autobahnkreuz Bonn-Nord entdeckt. Der Mann hat sie zunächst für ein achtlos weggeworfenes Kleiderbündel gehalten und gerade noch rechtzeitig den Notarzt verständigt.“

„Ich erinnere mich, dass die Frau oberflächliche Schnittwunden und zahlreiche innere Verletzungen hatte“, meinte Hirschfeld und setzte sich. „Wenn wir richtig liegen, haben wir es jetzt mit versuchtem Mord zu tun.“

„Über Alter oder Aussehen hat der Täter sich zwar in seinem

Brief nicht geäußert", nickte Kirchhoff. „Aber das wären für meinen Geschmack zu viele Zufälle auf einen Schlag."

„In seinem letzten Schreiben gibt es keinerlei Hinweise auf den Tatzeitraum", nahm Hirschfeld die Kopie wieder in die Hand. „Die Briefe sind allesamt undatiert."

„Spricht das gegen deine Theorie?"

„Nein, im Gegenteil", erwiderte Hirschfeld. „Der Täter will die Kontrolle behalten und weiß ganz genau, welche Informationen er preisgibt und welche nicht."

„Du meinst, er spielt mit uns?"

Hirschfeld nickte und wollte sich nicht ausmalen, was die junge Frau hatte durchmachen müssen.

„Warum schreibt er uns? Will er gefasst werden?", sinnierte Kirchfeld.

Diese Frage hatte Hirschfeld sich in den letzten Tagen schon oft gestellt.

„Vielleicht."

„Wir müssen ihn aufhalten!"

Es kostete sie nur einen Anruf, herauszufinden, in welchem Krankenhaus die unbekannte junge Frau untergebracht war. Bevor sie sich auf den Weg machten, informierten sie Jens Schröder, der sich umgehend mit dem zuständigen Verkehrskommando Köln in Verbindung setzen wollte. Als sie das St.-Petrus-Krankenhaus eine halbe Stunde später durch den Haupteingang betraten, wandte Hirschfeld sich direkt an den Empfang.

„Kriminalhauptkommissar Hirschfeld. Und das ist mein Partner Kirchhoff", sagte er und drückte seinen Ausweis gegen die Glasscheibe. „Wir möchten zur Intensivstation."

„Einen Augenblick bitte", antwortete ein verschwitzter Enddreißiger, griff zum Telefonhörer und drückte die Kurzwahltaste.

Nachdem er ein paar Worte mit der Person am anderen Ende der Leitung gewechselt hatte, sagte er schließlich:

„Frau Doktor Stockmann erwartet Sie bereits."

Er erklärte ihnen den Weg.

„Danke“, erwiderte Hirschfeld im Gehen und steuerte auf die Aufzüge zu.

Als sie den Lift wenig später wieder verließen, begrüßte sie auf dem Gang eine hochgewachsene hagere Frau im Arztkittel. Durch ihr dunkles Haar zogen sich graue Strähnen.

„Doktor Stockmann?“, fragte Hirschfeld und reichte der Ärztin die Hand.

Ihr Händedruck war fest, als sie bejahte. Hirschfeld stellte sie erneut vor, während sie seinen Partner über den Rand ihrer Nickelbrille musterte.

„Wir haben telefoniert“, bemerkte sie und schüttelte Kirchhoff ebenfalls die Hand. „Folgen Sie mir bitte.“

Dr. Stockmann führte sie durch das Labyrinth der Krankenhausflure zu ihrem Arztzimmer und öffnete die Tür zu einem zweckmäßig eingerichteten Raum mit mehreren Aktenschränken, einem Bücherregal und einer Patientenliege.

„Bitte, setzen Sie sich!“, sagte sie und deutete auf die beiden Besucherstühle, die vor einem modernen Schreibtisch standen, während sie selbst auf dem Chefsessel dahinter Platz nahm.

„Wie geht es ihr?“, wollte Kirchhoff als Erstes wissen.

„Ihr Zustand ist nach wie vor kritisch“, antwortete Dr. Stockmann und faltete ihre dürren Hände, über die sich ein Netz von Adern zog. „Sie ist mit einem schweren Polytrauma eingeliefert worden: Sie hat eine Gehirnblutung und einen komplizierten Schädelbruch. Ihre Stimmbänder sind auch verletzt. Nach den lebensrettenden Sofortmaßnahmen und einer Notoperation haben wir sie in ein künstliches Koma versetzen müssen. Wegen der Kopfverletzung erhält sie zusätzlich starke Schmerz- und Schlafmittel.“

„Wird sie es schaffen?“

„Es grenzt an ein medizinisches Wunder, Herr Hirschfeld, dass sie überlebt hat. Wenn sie durchkommt, wird es lange dauern, bis sie sich von den Folgen erholt hat.“

„Können wir mit ihr sprechen?“, meldete Kirchhoff sich wieder zu Wort.

„Nein, ich fürchte, da muss ich Sie – wie die Kollegen, die bereits vor Ihnen hier waren – enttäuschen. Sie befindet sich, wie gesagt, in einer Art verlängerter Vollnarkose. Ihre Überlebenschancen sinken, je länger sie sediert ist."

„Das sind keine guten Neuigkeiten", bemerkte Hirschfeld und konnte seine Enttäuschung nicht verbergen.

Er hatte das Gefühl, dass sie in ihren Ermittlungen zwei Schritte vorwärtsmachten, um dann drei rückwärtszugehen.

„Ich weiß, ich hätte Ihnen gerne etwas Erfreulicheres mitgeteilt. Wir haben mehrfach versucht, sie aufzuwecken, aber bisher hat sie nicht gut darauf angesprochen."

„Hat sie in diesen Zeiträumen irgendetwas gesagt?", erkundigte sich Kirchhoff.

„Nein, zumindest nichts, das verständlich war. Es ist gut möglich, dass sie Stimmen oder Berührungen wahrnimmt. Einige ihrer bisherigen Reaktionen deuten auch darauf hin, dass sie unter ausgeprägten Halluzinationen leidet."

„Wie meinen Sie das?"

„Sie hat offensichtlich Traumatisches erlebt."

„Wir verfolgen eine neue Spur in diesem Fall", entgegnete Hirschfeld. „Leider dürfen wir Ihnen keine Details nennen, aber es gibt Indizien dafür, dass die junge Frau nicht das einzige Opfer bleiben wird."

„Das ist ja furchtbar! Möchten Sie zu ihr?"

„Ja, wenn nichts dagegenspricht."

Dr. Stockmann schüttelte den Kopf und erhob sich.

„Das wird kein schöner Anblick sein", warnte die Ärztin Hirschfeld und Kirchhoff.

Die beiden Kriminalhauptkommissare wechselten einen Blick. Nach dem, was sie bisher in den anonymen Briefen zu lesen bekommen hatten, war das sicherlich eine Untertreibung.

Als sie wenig später die Schleuse der Intensivstation betraten, bat die Ärztin:

„Bitte desinfizieren Sie sich die Hände und nehmen Sie sich einen Überkittel aus dem Regal."

Hirschfeld und Kirchhoff folgten der Aufforderung und fanden sich wenig später in einem hellen Zweibettzimmer wieder. Das Kopfende der Betten umringte eine ganze Reihe von Überwachungsapparaten, die Herzfrequenz, Blutdruck und andere lebenswichtige Funktionen maßen und den Raum mit einem monotonen Summen, Ticken und Brummen erfüllten.

„Sie haben Besuch", sagte Dr. Stockmann, als sie an das Krankenbett der unbekannten jungen Frau getreten war, und strich ihr sanft über die Haarstoppeln, die unter dem Kopfverband hervorschauten.

Hirschfeld blickte in das blasse Gesicht. Die linke Hälfte war übersät von Hämatomen, deren bläulich roter Ton sich inzwischen in ein sattes Gelb-Braun verwandelt hatte, und so geschwollen, dass ihr Auge kaum noch zu sehen war. Zwischen ihren aufgeplatzten und genähten Lippen steckte ein Tubus, der zu einem Beatmungsgerät führte. Die Maschine zischte wie ein Blasebalg. Auf ihrem Brustkorb klebten Elektroden eines EKGs. Mehrere Schläuche schlängelten sich zu einem Venenzugang auf ihrem Handrücken, die über Verteiler miteinander verbunden waren. Am Zeigefinger derselben Hand klemmte der Sensor eines Pulsoxymeters, der die Sauerstoffsättigung überwachte. Ein halb gefüllter Urinbeutel hing an einem Haken am Bettgestell.

„Sie wird über eine Magensonde künstlich ernährt."

Hirschfeld war nicht zum ersten Mal auf einer Intensivstation. Trotzdem war er schockiert. Ohne Bewusstsein und Kontrolle über den eigenen Körper war der Mensch auf die reine Existenz zurückgeworfen. Auch wenn sie still vor ihnen lag: Sie kämpfte um das nackte Überleben. Und jetzt hatten ihre Ermittlungen ein Gesicht bekommen, das deutlich gezeichnet war von den schweren Misshandlungen ihres Angreifers.

Hirschfeld griff nach ihrer Hand, die von Jod gelblich orange verfärbt war. Sie war kalt und weich. Ein paar Schnittwunden und abgebrochene Fingernägel zeugten davon, dass sie sich heftig gegen ihren Angreifer gewehrt haben musste.

„Der Täter hat sie wie einen Sandsack attackiert. Aber das hat ihm anscheinend nicht gereicht: Er hat sie außerdem verbrannt und mit einem Messer angegriffen."

„Auf ihrem Oberkörper haben wir zahlreiche oberflächliche Schnittwunden entdeckt", bestätigte die Ärztin. „Bisher sind wir davon ausgegangen, dass dies bei einem Autounfall passiert ist."

„Das wäre vergleichsweise die angenehmere Alternative gewesen", entgegnete Hirschfeld, drückte die Finger, die in seiner Hand lagen, und verstummte.

„Wir haben eine heiße Spur, die ihre Identität aufklären könnte", brach Kirchhoff schließlich das Schweigen. „Deshalb wäre es notwendig, dass wir noch einmal ein Foto von ihr machen, wenn Sie nichts dagegen haben."

„Bitte", antwortete Dr. Stockmann schlicht. „Wir machen unsere Arbeit, Sie Ihre."

„Danke", gab Kirchhoff zurück und holte eine Digitalkamera aus seiner Manteltasche.

Er ging näher an das Krankenbett heran und machte ein paar Aufnahmen.

„Wäre es möglich, dass ich mir ein oder zwei Bilder gleich bei Ihnen im Büro ausdrucken kann?", fragte Kirchhoff, als er fertig war.

„Natürlich."

Hirschfeld stand immer noch unbewegt am Bett der jungen Frau. Kirchhoff berührte ihn leicht am Arm.

„Wir sollten jetzt gehen", sagte er gedämpft.

Hirschfeld nickte, gab behutsam die Hand wieder frei und wandte sich ab. Als sie wieder auf dem Flur standen, meinte Kirchhoff:

„Wenn irgendetwas durchsickern sollte …"

„Wir sollten Personenschutz für sie beantragen, um auf Nummer sicher zu gehen", beschloss Hirschfeld und griff zum Handy.

27

„Was machst du wieder für ein Gesicht?"

„Mutter ..."

Es fehlte gerade noch, dass sie ihre Hand ausstreckte und ihm übers Haar fuhr. Er konnte ihre Berührungen nicht ertragen. Als Kind hatte er sich nach ihrer Nähe gesehnt. Mit der Zeit hatte er allerdings eine körperliche Abneigung gegen sie entwickelt. Über die Jahre war sie immer aufdringlicher geworden. Sie hatte ihre Hände überall, aber das schien sie nicht zu stören, im Gegenteil. Wahrscheinlich versuchte sie damit zu kompensieren, dass sie keine Kontrolle mehr über ihn hatte. Er war nicht mehr abhängig von ihr.

„Du weißt, dass ich recht habe, Hans-Christer."

„Ich mag es nicht, wenn du mich so nennst."

„Dein Vater – Gott hab ihn selig – und ich haben dir schließlich diesen Namen gegeben, also beschwer dich nicht. Außerdem lenk nicht vom Thema ab: Du solltest mehr ausgehen, dich amüsieren. Die Frauen liegen dir zu Füßen, du musst nur deine Chance ergreifen."

„Mir geht es gut."

Er hatte regelmäßig Freundinnen. Nichts Ernstes, darauf konnte und wollte er sich nicht einlassen. Aber ab und an brauchte er eine Begleitung, wenn er geschäftlichen Verpflichtungen nachging. Bisher hatte sich immer eine Frau gefunden, die scharf auf sein Geld und seine Beziehungen in die besseren Kreise war.

„Ich kann mich nicht erinnern, wann du mir das letzte Mal ein Mädchen vorgestellt hast", fuhr sie fort und schenkte ihm aus der Arzberger Porzellankanne mit blauem Blütenmuster Kaffee nach.

„Mmh."

„Du kommst jetzt in ein Alter, in dem du eine feste Beziehung haben solltest."

Sie füllte ihre eigene Tasse nach, stellte die Kanne ab und löffelte etwas Zucker in den Kaffee.

„Das kann warten", erwiderte er und nahm einen Schluck.

„Ach, komm, du hast dir doch längst die Hörner abgestoßen."

Oh, nein, dachte er und lächelte zum ersten Mal, als er das Haus betreten hatte, ich habe gerade erst angefangen.

„Siehst du, ich wusste es doch!", erwiderte sie und griff jetzt doch nach seiner Hand.

Er betrachtete für einen Augenblick ihre manikürten Fingernägel, während sie weiterplapperte. Obwohl der apricotfarbene Nagellack sündhaft teuer gewesen sein musste, sah er billig an ihr aus.

„Du warst lange genug Junggeselle. Langsam wird es Zeit für dich, den sicheren Hafen der Ehe anzusteuern."

Sie klang wie eine Anstandsdame aus dem 19. Jahrhundert.

„Und du weißt, wie sehr ich mir ein Enkelkind wünsche", fuhr sie fort und legte jetzt noch die andere Hand auf seine.

„Es geht nicht immer um deine Bedürfnisse, Mutter", entgegnete er und entzog ihr die Hand.

„Nein, natürlich nicht. Aber du würdest mir damit eine große Freude machen, Hans-Christer."

Um ihre Hände wieder zu beschäftigen, strich sie die Tischdecke glatt und entfernte ein paar unsichtbare Krümel. Erst dann hob sie ihre Tasse zum Mund.

„Jetzt sei nicht gleich eingeschnappt", sagte er und hoffte, dass sie nicht in Tränen ausbrach. „Wie geht es Hubert?"

Im Grunde genommen interessierte er sich nicht für den Versager, den seine Mutter nach dem Tod seines Vaters geheiratet hatte.

„Dein Stiefvater hat sich hingelegt", antwortete sie leise und machte eine ernste Miene. „Du weißt, dass er es mit dem Herzen hat."

Er konnte es kaum erwarten, bis der Alte das Zeitliche segnete. Andererseits hielt Hubert seine Mutter davon ab, ihn noch öfters zu belästigen, als es bereits jetzt der Fall war.

„Wolltet ihr nicht in Urlaub fahren? Eine Kreuzfahrt würde dir guttun", meinte er und fügte in Gedanken hinzu: und dich für eine Weile von mir fernhalten.

„Ja, wir haben darüber nachgedacht. Die Meyers kommen vielleicht auch mit."

„Das hört sich gut an“, sagte er automatisch und war mit den Gedanken längst woanders.

Er spürte, wie ihn eine Unruhe erfasste, die er nur allzu gut kannte.

„Ich bin und bleibe ein Einzelgänger.“

Er war nicht sicher, ob er laut ausgesprochen hatte, was er gerade gedacht hatte.

„Das ist doch Unsinn“, beantwortete sie seine Frage. Ihre Hand wanderte unter den Tisch und legte sich auf seinen Oberschenkel. „Schau dir deinen Bruder an. Der hat es auch geschafft, eine Familie zu gründen.“

Schon in ihrer Kindheit wusste er, dass sein älterer Bruder im Gegensatz zu ihm selbst alle Erwartungen seiner Eltern erfüllte. Er war der ideale Sohn, den sich jede Mutter wünschte. Mit der Treue nahm er es allerdings nicht so genau. Solange seine Frau mitspielte, war dies für seine Mutter kein Grund, ihm ins Gewissen zu reden.

„Bei mir hält's keine lange aus, Mutter.“

„Nun übertreibst du aber! Du bist im besten Alter, gut aussehend und mehr als erfolgreich.“

Ihr Griff verstärkte sich.

„Ja, natürlich. Aber manchmal rutscht mir einfach die Hand aus“, erwiderte er und musste sich zurückhalten, nicht vom Tisch aufzuspringen und das Haus zu verlassen. „Erst letztens habe ich eine Frau übel zugerichtet. Sie hat um ihr Leben gebettelt, um genau zu sein.“

„Mach keine Witze, Hans-Christer!“

„Tu ich nicht. Als ich mit ihr fertig war, habe ich sie aus dem Wagen geworfen.“

„Hör auf, du machst mir Angst!“, entgegnete sie mit gespieltem Entsetzen.

Sie konnte ihm nichts vormachen. Er hatte sie längst durchschaut. Selbst wenn er als größter Massenmörder nach dem Zweiten Weltkrieg in die Geschichte eingehen sollte, würde sie darüber hinweggehen wie eine Hobbygärtnerin, die sich nach einer Reihe von Hitzetagen einen Regenschauer wünschte. Denn für sie zählte nur eine Person: sie selbst. Das zumindest hatten sie gemeinsam.

„Aber wenn ich es dir doch sage."

„Genug jetzt, ich will nichts mehr davon hören! Du hattest schon als kleiner Junge eine rege Fantasie."

Abrupt ließ sie ihn los und wandte sich der Kaffeetafel zu.

„Darf ich dir jetzt ein Stück von dem Streuselkuchen anbieten?"

28

„Wenn die junge Frau tatsächlich das Opfer unseres anonymen Briefeschreibers ist, sollten wir uns als Erstes im Rotlichtmilieu umhören", sagte Hirschfeld auf dem Weg zurück zu ihrem Dienstwagen, nachdem sie das St.-Petrus-Krankenhaus wieder verlassen hatten.

Kirchhoff nickte und griff zu seinem Handy, um Verstärkung für die Befragung anzufordern.

„Es sind noch ein paar Stunden, bis die ersten Frauen sich auf dem Strich blicken lassen", stellte er nach einem Blick auf seine Uhr fest, als er wieder aufgelegt hatte. „Direkt an der Sexmeile befindet sich aber ein Erotikcenter, das schon vormittags geöffnet hat."

„Für Kunden, die ihre Mittagspause maximal entspannt verbringen wollen?", entgegnete Hirschfeld.

Kirchhoff lächelte schief und öffnete die Zentralverriegelung des silbernen BMW M3 per Knopfdruck auf den Autoschlüssel.

„Bis die anderen eintreffen, bleibt noch Zeit für einen Happen. In der Nähe gibt es eine gute Imbissbude. Wie sieht's bei dir aus? Mir hängt der Magen schon in den Kniekehlen."

„Ich bin dabei", antwortete Hirschfeld.

Sie hatten an diesem Tag schon Frühstück und Mittagessen ausfallen lassen. Und auf die nächste Mahlzeit zu verzichten, würde ihre Unterzuckerung weiter in die Höhe treiben. Außerdem hatten sie noch eine lange Schicht vor sich.

Keine halbe Stunde später standen sie in dem gut gefüllten Imbiss an einem Stehtisch, jeweils einen Teller Pommes frites und eine kleine Flasche Mineralwasser vor sich. Seit Hirschfeld kein Fleisch mehr aß, verzichtete Kirchhoff in seiner Anwesenheit auch meistens darauf. Wenn er darüber nachdachte, hatten sie noch nie über ihre Essgewohnheiten gesprochen. Es war eine stillschweigende Übereinkunft, die Hirschfeld zu schätzen wusste.

„Der Strich wurde auf ein ehemaliges Schlachthofgelände verlegt“, meinte Kirchhoff und pickte mit einer blauen Plastikgabel zwei Fritten auf.

„Ausgerechnet“, gab Hirschfeld zurück, der es vorzog, mit den Fingern zu essen.

Frauen, die anschaffen gingen, gehörten zu einer der gefährdetsten Bevölkerungsgruppen überhaupt. Geschlechtskrankheiten, psychische Erkrankungen und Drogenabhängigkeit waren nicht das Einzige, das sie das Leben kosten konnte. Straßenmädchen waren auch leichte Opfer für Vergewaltiger und Mörder.

„Ich kann nur hoffen, dass ihre Kolleginnen gesprächig sind“, fuhr Hirschfeld kauend fort.

Prostituierte verspürten in der Regel wenig Lust, mit der Polizei zu sprechen.

„Eine andere Chance haben wir nicht. Das ist unsere einzige heiße Spur bis jetzt.“

Kirchhoff hatte recht. Sie mussten alles daransetzen, die Identität der jungen Frau und die Umstände, die zu ihren lebensgefährlichen Verletzungen geführt hatten, zu klären.

„Was war eigentlich vorhin mit Renee los?“, fragte Kirchhoff unvermittelt.

„Sie hatte heute einen schweren Tag“, antwortete Hirschfeld ausweichend und wischte sich die Finger an der Papierserviette ab, um einen Schluck Wasser zu trinken.

„So?", gab Kirchhoff zurück und verharrte mit der Plastikgabel vor dem Mund.

Hirschfeld dachte einen Augenblick nach, dann erzählte er seinem Partner von dem Vorfall.

„In unserem Job ist es gut, wenn man jemanden zum Reden hat", erwiderte Kirchhoff und nahm den nächsten Bissen. „Ihr steht euch ziemlich nahe, oder?"

„Ja, ich glaube schon."

„Sonst hätte Renee dich nicht als Erstes angerufen. Außerdem hat es doch gleich zwischen euch gefunkt. Das war damals nicht zu übersehen."

Hirschfeld lächelte und dachte an die Februarnacht am Rheinufer zurück: eine unbekleidete junge Frau, die ein paar Karnevalisten zwischen zwei Eibensträuchern tot gefunden hatten. Sein erster großer Fall in Bonn. Renee hatte die Tatortfotos gemacht. Er erinnerte sich, dass die Strähnen ihres schwarzen Ponys unter der Kapuze ihres *Tyvek*-Anzuges hervorgeschaut hatten, und daran, dass sie unter der Last ihrer Fotoausrüstung fast zusammengebrochen war, so zierlich war sie.

„Ja, da ist was dran."

„Wie alt ist sie eigentlich? Ich habe Renee nie danach gefragt."

„27."

„Aha. Ich hätte sie auf jünger geschätzt, aber der Eindruck täuscht ja öfters."

„Ich mag sie wirklich gern", erwiderte Hirschfeld.

„Ihr solltet mal was unternehmen, das euch von der Arbeit ablenkt. Das würde euch beiden guttun."

Kirchhoff hatte recht. Er dagegen hatte niemanden an seiner Seite: Kirchhoff war geschieden und sein Sohn wollte nichts mehr von ihm wissen. Umso wichtiger war Kirchhoff die Freundschaft zu ihm. Hirschfeld nahm sich vor, ihn bald mal wieder auf ein Feierabendbier einzuladen.

Wenig später zahlten sie und machten sich zu Fuß auf den Weg in die nahe gelegene Immenburgstraße. Christian Hellmann wartete bereits an seinem Dienstwagen lehnend auf sie. Neben ihm stand eine hochgewachsene Frau Anfang 30. Sie trug eine schwarze Lederjacke, Jeans und schwere Bikerstiefel. Ihr schwarzer, kurz geschnittener, lockiger Bob nahm ihren Gesichtszügen etwas von ihrer Härte.

„Das ist Kriminaloberkommissarin Kristin Pauly“, stellte Hellmann seine Begleitung vor. „Und das sind meine Kollegen Peter Kirchhoff und Lutz Hirschfeld.“

Sie gab jedem die Hand und musterte sie mit ihren wachen grauen Augen.

„KK 21. Schröder hat mich mit ins Boot geholt“, sagte sie knapp und setzte sich in Bewegung.

Das Kriminalkommissariat 21 war in der Hauptsache für die Bekämpfung der organisierten Rauschgiftkriminalität zuständig, beschäftigte sich jedoch auch mit Zuhälterei, Prostitution und Menschenhandel.

„Wir können jede Unterstützung gebrauchen“, gab Hirschfeld zurück und war froh, jemanden vom Fach dabeizuhaben und dazu noch eine Frau, die einen besseren Draht zu den Prostituierten haben würde als ihre männlichen Kollegen.

„Übrigens: Niemand nennt mich Kristin, Kris reicht vollkommen.“

„Löckchen wäre aber auch ganz passend“, meinte Hellmann und entblößte seine makellosen Zähne.

„Ich denke nicht“, erwiderte Pauly bittersüß.

Hellmann hatte das Talent, immer zum richtigen Zeitpunkt das Falsche zu sagen.

„Welche Maschine?“, fragte Hirschfeld, um das Thema zu wechseln. Er ging nicht davon aus, dass Kristins Aufmachung rein modischen Überlegungen folgte.

„Honda CBR 1000RR Fireblade, 178 PS.“

„Nicht schlecht“, erwiderte er anerkennend.

„Und selbst?“

„Vespa GTS.“

„250 ccm?“

„Ja, genau. Ein Wettrennen sollten wir uns wohl besser nicht liefern.“

Sie lächelte.

„Ich nehm dich mal als Sozius mit“, erwiderte Pauly. „Dann gewöhnst du dich vielleicht an die Geschwindigkeit.“

Sie waren inzwischen am Erotikcenter angelangt, das in fünf nebeneinanderliegenden drei- bis vierstöckigen Häusern untergebracht war. Der Haupteingang, den sie jetzt ansteuerten, befand sich in der Mitte in einem Eckhaus. Neben den Fenstern im Erdgeschoss waren auf antik getrimmte Laternen mit rotem Glas angebracht. Verschiedene Leuchtreklamen in Herzform verliehen dem Erotikcenter eine kitschige Note.

„Ist etwas unübersichtlich, der Laden“, meinte Pauly und deutete auf einen Lageplan, der neben dem Eingang hing. „Wenn ihr die Orientierung verlieren solltet: Jedes Haus ist mit einem Buchstaben gekennzeichnet.“

Kirchhoff verteilte die Fotos, die Dr. Stockmann ihnen im Krankenhaus ausgedruckt hatte.

„So ein verdammtes Schwein“, sagte Pauly leise, als sie das zerschundene Gesicht der jungen Frau sah.

Sie schwiegen für einen Moment.

„Schön, dann kann’s ja losgehen“, räusperte Hellmann sich schließlich, der vor Übereifer schier platzte.

„Überlasst mir fürs Erste das Reden“, bremste Pauly ihn sofort. „Wir müssen den richtigen Ton treffen, sonst haben wir gleich verloren.“

„In Ordnung“, stimmte Hirschfeld ihr zu.

„Irgendwelche Einwände?“, wollte sie mit einem Seitenblick auf Hellmann wissen.

Der beeilte sich, den Kopf zu schütteln. Sie betraten das Bordell durch eine elektrische Schiebetür, hinter der ihnen ein bulliger Securitymann die Sicht ins Innere verbaute. Er starrte sie an, als würde er durch sie hindurchschauen.

„Kripo Bonn“, stellte Pauly sich knapp vor und zeigte ihren Dienstausweis. „Wir müssen die Identität dieser Frau aufklären. Kennen Sie die Dame?“

Kirchhoff streckte dem Kerl eines der Fotos hin. Der Türsteher verzog keine Miene und schien außerdem seine Stimme verloren zu haben.

„Sprechen Sie unsere Sprache?“, fragte Pauly. „Oder hören Sie schlecht?“

Endlich kam Bewegung in den Hünen.

„Ich hab Ihnen nichts zu sagen“, knurrte er und verschränkte die muskelbepackten Arme vor seiner Brust.

„Wie bitte?“, entgegnete Pauly scharf.

„Wir passen auf unsere Mädchen auf.“

„Dann hätte das hier nicht passieren dürfen!“, schaltete sich Kirchhoff ein und hielt ihm das Foto jetzt direkt unter die Nase.

Der Securitymann beugte sich vor und nahm das Bild widerwillig in Augenschein.

„Sagt mir nix“, zuckte er mit den Schultern.

„Wie viele Frauen sind hier beschäftigt? 60? 70?“, fragte Hirschfeld.

„Ja, kommt hin. Wechselt. Sind aber nicht alle da. Und die kenn ich eh nicht.“

Zu ganzen Sätzen war der Hüne offensichtlich nicht in der Lage.

„Schön, davon würden wir uns gerne selbst überzeugen“, entschied Pauly.

„Haben Sie einen Durchsuchungsbefehl?“, erwiderte der Securitymann lahm.

„Nein, sollten wir?“, konterte sie. „Wir können uns gerne einen besorgen und eine Razzia durchführen, wenn Sie drauf bestehen. Ihr Boss wird Ihnen sicher auf ewig dankbar dafür sein.“

Hinter der Stirn des Türstehers arbeitete es.

„Nu bleiben Sie mal auf dem Teppich“, brummte er. „Ich an Ihrer Stelle würd’s mal neben den Schokohasen in B-III versuchen.“

Er gab den Weg frei und hatte sie bereits in der nächsten Sekunde von seiner Festplatte gelöscht.

„*Schokohasen?*", echote Kirchhoff.

„Was hast du erwartet? Political Correctness?", meinte Hirschfeld.

„Ist hier Fehlanzeige", meinte Pauly.

Sie gingen an einen Vorraum vorbei, der offenbar zu den Toiletten führte. In der Luft hing der beißende Geruch von Urinstein. Kirchhoff rümpfte die Nase und beschleunigte seinen Gang.

„Rustikal", kommentierte Hirschfeld die Inneneinrichtung. „Ich weiß nicht, ob das meine Libido befeuern würde."

Die Mauern des Bordells waren mit weißen Rigipswänden verkleidet, durch die sich wie bei einem Fachwerkhaus dunkle Holzbalken zogen. In regelmäßigen Abständen waren dort auch Fenster eingelassen, die von innen rot angestrahlt wurden und ein schummriges Licht verbreiteten.

Kirchhoff legte in gewohnter Manier den Kopf schief. Sein Blick sprach Bände.

„Das Etablissement hätte ich mir zumindest etwas … weniger heimelig vorgestellt", sagte Hellmann.

„Diese billige Theaterkulisse soll an eine Burg erinnern", klärte Pauly sie auf.

„Mit viel Fantasie", erwiderte Hirschfeld.

Sie passierten einen Durchgang, der zu beiden Seiten von abgetrennten Nischen eingerahmt war. Darin standen knapp bekleidete Schaufensterpuppen in Lack und Leder.

„Geschmackvoll", brummte Kirchhoff.

„Ja, wenn man Geisterbahnen mag", entgegnete Pauly.

Kurz darauf gelangten sie zu einem größeren Raum, aus dem gelangweiltes Stöhnen schallte. Eine Leuchtschrift über dem Türrahmen verriet, dass sie sich jetzt im „Kontakthof" befanden, in dem auf zwei Wandmonitoren billige Pornofilme liefen. Neben mehreren Stehtischen mit überquellenden Aschenbechern waren dort auch ein Spiel-, Getränke- und Snackautomat untergebracht.

Gefolgt von Pauly verließen sie den Kontakthof und blickten sich um.

„Wo müssen wir hin?“, wollte Kirchhoff wissen. „Ich habe jetzt schon die Orientierung verloren.“

„Stimmt, das ist der reinste Kaninchenbau hier“, sagte Hellmann und musste über seinen unfreiwilligen Witz lachen. „KA-NIN-CHEN-BAU – versteht ihr?“

Er bekam sich gar nicht mehr ein.

„Sind wir jetzt so weit, Herr Hellmann?“, fragte Hirschfeld.

„Wir müssen hier entlang“, ergriff Pauly wieder das Wort und zeigte mit dem Kinn auf einen Gang zu ihrer Linken. „Wir teilen uns am besten auf die ersten vier Häuser auf.“

„Wie wär's, wenn du die Prostituierten neben dem Flur der afrikanischen Frauen übernimmst, Kris?“, fragte Hirschfeld.

„In Ordnung“, nickte Pauly.

Sie verteilten die restlichen Häuser und tauschten ihre Handynummern aus, um in Kontakt bleiben zu können.

Während die anderen sich abwandten und durch eine Zwischentür ins Treppenhaus verschwanden, blieb Hirschfeld im selben Flur und machte sich auf den Weg. Er konnte nur hoffen, dass ihm an diesem Tag nicht so viele Freier in die Quere kamen.

29

Eine rege Fantasie.

Dass er nicht lachte. Denn das war nur die halbe Wahrheit. Seine werte Frau Mutter hatte nicht einmal den Hauch einer Ahnung, wozu er fähig war. Eigentlich hätte er wissen müssen, dass sie ihm kein Wort glauben würde. Ein gewisses Restrisiko bestand natürlich, aber das war ihm der Nervenkitzel wert. Seit seiner Kindheit hatte sie ihm gegenüber eine Ignoranz an den Tag gelegt, die an

Gleichgültigkeit grenzte. Nicht dass er auf ihre Aufmerksamkeit angewiesen wäre. Aber ab und an ärgerte es ihn, dass sie ihm so wenig zutraute. Dabei hatte er in der Vergangenheit schon häufiger unter Beweis gestellt, dass er keine Grenzen kannte.

Vielleicht war dies der Preis der Freiheit.

Während seine Mutter das Gespräch auf ihr Lieblingsthema, die Verdorbenheit der Nachbarn, lenkte, nickte er hier und da höflich, aß vom Kuchen und stahl sich in seinem Kopf davon.

Nach wenigen Wimpernschlägen hatte er die Buchhandlung vor Augen, in der er *ihr* vor ein paar Stunden begegnet war.

Es war eine Art Meditation.

Er versenkte sich ganz in dieses Bild, das sich langsam zu bewegen begann:

Er spürte wieder, wie seine Hand ihre streifte. Die Berührung verging viel zu schnell, aber ihr schüchternes Lächeln, das auch auf ihre Augen überging, entschädigte ihn mehr, als sie jemals ahnen würde – diese tiefgrünen Bergseen, auf deren Grund er sinken wollte!

Vom ersten Augenblick an hatte sie ihn an die kleine Caroline erinnert. Sie hätten Schwestern sein können. Ein paar Jahre älter zwar, aber mit derselben naiven Unschuld dieses Mädchens, das sich mit ihren kleinen Fäusten vergeblich gegen ihn gewehrt hatte.

„Hans-Christer? Hörst du mir überhaupt zu?"

„Natürlich."

„Ich habe dir eine Frage gestellt."

Sie legte die manikürten Hände übereinander auf die Kaffeetafel und wartete.

„Du weißt doch, dass ich dir nicht widersprechen kann, Mutter."

Ihre Gesichtszüge entspannten sich. Diese Antwort schien sie besänftigt zu haben. Wie so oft.

„Wo war ich stehengeblieben? Ach ja, …"

Er hatte ihr zwei Minuten Vorsprung gegeben, bevor er die Buchhandlung ebenfalls verließ. Kurz darauf entdeckte er sie auf dem Remigiusplatz wieder. Sie schlenderte zwischen den Ständen des kleinen

Blumenmarkts hindurch und kaufte schließlich einen Strauß rosaroten Herbstflieders. Mit den Blumen im Arm ging sie weiter, blieb vor dem Schaufenster einer Edel-Modekette stehen und bewunderte ein schwarzes Abendkleid. Es war schlicht und schulterfrei und würde ihr sicher gut stehen.

„Erinnerst du dich noch an Wolle?“

Seine Mutter runzelte die Stirn.

Er kaufte sich am Kiosk eine Tageszeitung und folgte ihr am Marktplatz vorbei in die Sternstraße. Als sie den Friedensplatz erreichte, hielt sie sich rechts. Er wechselte die Straßenseite und stellte sich Zeitung lesend vor eine Apotheke. Erst als sie um die Ecke bog, ging er weiter und sah, wie sie die Kreuzung Richtung Altstadt überquerte. Er beschleunigte seinen Schritt, um noch rechtzeitig über die grüne Ampel zu kommen. Schließlich bog sie in die Dorotheenstraße ab und verschwand kurz darauf in einem grau gestrichenen Altbau.

„Den kleinen Kerl wirst du doch nicht vergessen haben?“

Ihr Gesicht erhellte sich.

Jetzt wusste er, wo sie wohnte. Es war nur eine Frage der Zeit, bis er ihren Namen kannte. Und dann würde sie ihm bald ganz gehören!

„Nein, natürlich nicht. Das arme Tier.“

Er erinnerte sich an die kalte Wut, die ihn überwältigt hatte, als ihm seine Eltern damals verboten, Caroline noch einmal zu sehen. Er war in den Garten hinterm Haus gerannt, hatte das Kaninchen aus dem Käfig geholt und ihm den Hals umgedreht. Fast war er enttäuscht, dass das Tier so schnell verendet war. Beim nächsten Mal, hatte er sich vorgenommen, musste er vorsichtiger sein.

Seinen Eltern hatte er später unter Tränen gebeichtet, dass er vergessen hatte, die Käfigtür richtig zu schließen. Das entlaufene Tier war kurz darauf durch ein neues ersetzt worden. Nach diesem Nachmittag streunte er durch die Gärten der Nachbarschaft, um sich neue Tiere zu besorgen, wenn er seine Wut abreagieren musste.

Er hatte früh gelernt, seine dunkle Seite geheim zu halten.

30

Hirschfeld klappte seinen Notizblock zu und warf mit einer Kopfbewegung seinen Pony aus der Stirn. Er hatte sich inzwischen in den zweiten Stock hochgearbeitet und stand wieder auf dem Gang. In den letzten anderthalb Stunden hatte er 17 Prostituierte befragt. Oder besser gesagt: es versucht. Denn bei den meisten Frauen war er auf eine Mauer des Schweigens gestoßen. Wie befürchtet hatten sie eine ausgesprochene Polizistenallergie. Manche von ihnen weigerten sich sogar, überhaupt einen Blick auf das Foto der jungen Frau zu werfen. Hirschfeld ging davon aus, dass die meisten illegal nach Deutschland eingewandert waren. Seine Beteuerungen in vier verschiedenen Sprachen, dass er sich nicht für ihre Aufenthaltsgenehmigung interessierte, halfen wenig. Die Angst vor Abschiebung war größer als die Gefahr, selbst diesem Sadisten in die Hände zu fallen. Und die wenigen Huren, die mit ihm sprachen, kannten das Opfer nicht. Hirschfeld war sicher, dass sie auf der richtigen Spur waren. Doch die Ermittlungen gestalteten sich wie gewöhnlich mehr als zäh.

So weit, so schlecht.

Gerade als er seinen Weg fortsetzen wollte, riss jemand auf der gegenüberliegenden Seite des Flurs eine Tür auf. Im Türrahmen erschien ein kleiner drahtiger Mann in den Sechzigern. Er trug eine braune Lederjacke und Jeans. Sein Hemd war halb aufgeknöpft und gab den Blick auf ein dünnes Goldkettchen frei, das zwischen ein paar ergrauten Brusthaaren hervorblitzte.

„Mahlzeit“, sagte das Männchen, als er Hirschfeld erblickte, und drehte sich noch einmal um.

Sein Gesicht hatte einen ungesunden Rotton angenommen. Wenn der kleine Mann weiter diesem ausschweifenden Lebensstil frönte, würde er bald einen plötzlichen wie tödlichen Herzstillstand erleiden.

„Bis nächste Woche, Schätzelein. Gleiche Zeit …“

„Selbe Stelle, selbe Welle“, antwortete eine nikotin- und kognakgeschwängerte Altstimme aus dem Zimmer.

Hirschfeld trat ein und zog die Tür hinter sich zu. Er war nicht sicher, was er erwartet hatte, aber der Anblick verlangte ihm ein überraschtes Lächeln ab: Auf dem Doppelbett lag, zwischen mehreren roten Plüschkissen drapiert, eine Frau Mitte 50. Sie war nicht nur zwei Köpfe größer als ihr letzter Freier, sondern wog mindestens das Drei- bis Vierfache.

„Frischfleisch! Komm nur herein, Jüngelchen“, begrüßte sie ihn und langte ächzend nach der offenen Schachtel Pralinen, die auf dem Nachttisch stand.

„Kripo Bonn“, erwiderte Hirschfeld und klopfte das Jackett nach seinem Dienstausweis ab.

„Was biste so förmlich? Komm ma her zu mir“, erwiderte sie und schlug mit der flachen Hand einladend auf das Dreieck vor ihr, das ihr fülliger Körper auf dem Bett freiließ, als rufe sie ihr Schoßhündchen zu sich. Dabei spannte ihre spitzenbesetzte Reizwäsche in schimmernder Bronze über Brust und Bauch und offenbarte mehr, als dass sie ihre Pfunde verhüllte. Genau betrachtet sah sie aus wie die Praline, die sie jetzt aus dem goldenen Cellophanpapier wickelte und genüsslich in den Mund schob.

„Möchteste auch mal kosten?“, fragte sie. „Kannste vertragen.“

Ihr fleischiger Zeigefinger deutete auf die Pralinenschachtel.

„Nein, danke. Ich brauche Ihre Hilfe.“

Hirschfeld konnte schwören, dass sie eine Perücke trug, und versuchte sich vorzustellen, wie sie mit ihrer natürlichen Haartracht aussah. Wahrscheinlich wie eine ganz normale Hausfrau. Vielleicht lag genau darin der Reiz.

„Wer braucht das nicht?“, lächelte sie und klaubte die nächste Praline aus der Schachtel.

„Wir müssen dringend die Identität dieser jungen Frau klären. Wir glauben, dass sie eine Kollegin von Ihnen sein könnte“, sagte Hirschfeld und zeigte ihr das Foto.

Behänder als erwartet richtete sie sich auf. Ihr mächtiges Dekolleté wogte, um dann wie zwei überreife Melonen eine Etage tiefer zu sacken.

„Du lieber Gott“, war sie ehrlich entsetzt, legte die Praline zurück in die Verpackung und zog ein Taschentuch aus der Tücherbox, um sich zu schnäuzen. „Ich mach das schon ’ne halbe Ewigkeit, weißte. Aber so was hab ich noch nicht zu Gesicht bekommen.“

„Haben Sie die Frau schon einmal gesehen?“

„Wahrscheinlich würde ihre eigene Mutter sie so nicht wiedererkennen. Außerdem kommen und gehen hier ’ne Menge Mädchen.“

Das hatte Hirschfeld bereits befürchtet. Viele der Huren waren nur auf der Durchreise und auf das schnelle Geld aus. Dennoch war er dankbar, dass die Prostituierte bereit war, seine Fragen zu beantworten. Immerhin ein Fortschritt.

„Okay, Sie haben die junge Frau noch nie gesehen, richtig?“

„Richtig.“

Sie betrachtete das Foto noch einmal eingehend.

„Sieht noch verdammt jung aus, soweit man das überhaupt beurteilen kann.“

„Ja, davon gehen wir aus. Und ich kann mir gut vorstellen, dass die Mädchen sich an Sie wenden, wenn sie Probleme haben.“

Sie nickte.

„Oh ja. Rita hat immer ein offenes Ohr für alle.“

„Ist Ihnen in den letzten Tagen irgendetwas Ungewöhnliches aufgefallen? Hat sich ein Mädchen anders verhalten als sonst?“

„Lass mich mal überlegen.“

Sie legte die Stirn in Falten und schürzte die Lippen. Hirschfeld ließ ihr Zeit.

„Jetzt, wo du mich fragst: Das Jacqueline hat letztens ’ne Andeutung gemacht.“

„Inwiefern?“

„Dass die ihre Freundin schon länger nich mehr gesehen hat.“

Hirschfeld wurde hellhörig.

„Können Sie sich erinnern, seit wann Jacqueline das Mädchen vermisst?“

„Nein, beim besten Willen nicht“, schüttelte sie bedauernd den Kopf. „Aber nich mehr als zwei Wochen.“

Der Zeitraum stimmte, dachte Hirschfeld.

„Wo finde ich Jacqueline?“

„Is nich mehr hier. Hatte vorgestern Brassel mit dem Boss. So was kommt vor. Wahrscheinlich versucht sie’s jetzt auf der Straße.“

„Sie meinen hier auf der Immenburgstraße, Rita?“

„Exakt.“

„Wie sieht Jacqueline aus?“, fragte Hirschfeld und griff nach seinem Notizblock.

„Die is nich zu übersehen: rothaarig und eine Mähne bis zum Hintern.“

„Wie alt?“

„*Sie* behauptet: 21. Aber da darfste mindestens fünf Jahre dazurechnen.“

Hirschfeld notierte sich die Angaben und verabschiedete sich:

„Wenn Ihnen noch etwas einfällt …“

Er reichte Rita seine Visitenkarte.

„Ich drück euch die Daumen, dass ihr das Kind findet“, rief sie ihm hinterher.

31

Es gab Zeiten, in denen er die Gutbürgerlichkeit hasste. Die zur Schau gestellte Wohlanständigkeit mancher Zeitgenossen brachte ihn zur Weißglut. An diesem Tag gewann er jedoch den Qualen, denen sich seine Mutter aussetzte, eine gewisse Genugtuung ab.

Er sah vom Türrahmen aus zu, wie sie die gebügelte Schürze anzog, die Blusenärmel aufknöpfte und sorgfältig bis zur Mitte ihrer sehnigen Unterarme hochkrempelte. Er hatte es längst aufgegeben, ihr in die Küche zu folgen und aus reiner Höflichkeit seine Hilfe anzubieten. Bevor sie sich dem Geschirr widmete, ging sie zum Herd. Langsam stellte sie hintereinander alle Herdplatten auf die höchste Temperatur ein, um sie kurz darauf wieder auszuschalten. Obwohl sie ihm den Rücken zukehrte, bemerkte er das Zittern, das ihren ganzen Körper durchfuhr. Ihre Linke verharrte für einen Augenblick über dem Herd, dann wiederholte sie den Vorgang zwei weitere Male. Er wusste, dass sie die Sekunden leise mitzählte.

„Mutter …" Er versuchte seiner Stimme einen mitfühlenden Ton zu verleihen.

Sie hob die andere Hand und bedeutete ihm zu schweigen. Als sie sich zu ihm umwandte, lag ein gequältes Lächeln auf ihrem Gesicht. Feine Schweißperlen standen ihr auf der Stirn.

„Mir geht es gut", sagte sie und griff nach ihren rosafarbenen Spülhandschuhen, die sie umständlich überstreifte.

Als sie am Saum zog, um jeden Finger bis zum Ende des Futterals gleiten zu lassen, verursachte das Gummi ein klatschendes Geräusch auf ihrer Haut. Wortlos begann sie, das saubere Geschirr aus der Spülmaschine ins Becken zu räumen. Während sie heißes Wasser einlaufen ließ, in das sie einen Spritzer Spülmittel gab, räumte sie das benutzte Kaffeeservice in den Geschirrspüler. Dabei achtete sie peinlich genau auf die Reihenfolge: Tasse neben Tasse, den Henkel exakt zur Mitte ausgerichtet, Teller hinter Teller, immer im gleichen Abstand. Den Besteckkorb füllte sie, indem sie die Kuchengabeln in ein Fach stellte, das Messer mit der Klinge nach unten in ein anderes. Niemals hätte sie es ertragen, wenn die Ordnung nicht eingehalten wurde. Als Letztes folgte die Kuchenplatte. Sie trocknete sich die behandschuhten Hände ab, entnahm dem Besenschrank einen Spülmaschinentab, löste ihn aus der Verpackung und gab ihn in die vorgesehene Kammer. Nachdem sie die Tür geschlossen und die Starttaste gedrückt hatte, wandte sie sich wieder dem sauberen Geschirr im Spülbecken zu. Für jeden Wochentag verwendete sie ein Küchentuch mit einer anderen Farbe. An diesem Tag war es ein blaues. Sie stellte den Hahn ab und begann, die Teller abzuwaschen. Immer wieder kontrollierte sie im Gegenlicht, ob der unsichtbare Schmutz endgültig beseitigt war. Die kreisenden Bewegungen über das blanke Porzellan schienen sie zu beruhigen.

„Hast du nichts Besseres zu tun, als deiner Mutter bei der Arbeit zuzuschauen?", fragte sie nach einer Weile, da sie seinen Blick in ihrem Nacken spürte.

Statt zu antworten ging er zu ihr, bemerkte einen leichten Zitrusduft, der vom Spülwasser aufstieg, und drückte ihr einen flüchtigen Kuss auf die Wange. Er wusste, dass sie auch noch den Küchenboden feucht wischen würde, sobald er das Haus verlassen hatte.

„Ich bin weg", verabschiedete er sich.

„Nimm dir ein paar Flaschen Desinfektionsmittel aus dem Schrank."

„Ist gut."

Widerwillig folgte er ihrer Aufforderung. Bei jedem Besuch drängte sie ihm ihre neuesten Errungenschaften an besonders aggressiven Reinigungsmitteln auf. Er fragte sich, wie er als Kind in dieser sterilen Umgebung überlebt hatte.

Fünf Minuten später verließ er das Haus durch die Terrassentür. Bevor er sich auf den Heimweg machte, ging er ein paar Schritte in den Garten. Die Dämmerung war inzwischen hereingebrochen. Die Äste einer Reihe Obstbäume zeichneten sich scharf gegen den Herbsthimmel ab. Er betrat den Steinpfad, der sich über das kurz geschnittene Gras schlängelte und zum Gartenteich führte. Eine leichte Brise wehte über die Wasseroberfläche, in der sich die angestrahlte Steinmauer spiegelte, und ließ die Farne und Gräser am Ufer sich sanft hin und her wiegen.

Er blieb stehen, griff in seine Manteltasche und tastete nach den Spülmaschinentabs, die er unbemerkt aus dem Küchenschrank genommen hatte. Mit einem Lächeln öffnete er mehrere Verpackungen und ließ die Reinigungskapseln in den Teich fallen. Mit einem leisen Glucksen sanken sie zu Boden. Es dauerte nicht lange, bis aus der Tiefe ein bleicher Körper zwischen den Seerosen auftauchte und konzentrische Kreise auf dem Wasser verursachte. Kurz darauf trieben weitere tote Koi-Karpfen in verschiedenen Gold- und Orangefarben an die Oberfläche, die einer morbiden Choreographie folgten.

Die Viecher hatten seine Mutter ein Vermögen gekostet. Zu gerne hätte er ihr Gesicht gesehen, wenn sie das Massensterben ihrer Lieblinge am nächsten Morgen entdeckte.

Fische hatte er noch nie gemocht.

32

Bevor Hirschfeld seinen Haustürschlüssel ins Schloss gesteckt hatte, hatte der Tag kein Ende nehmen wollen. Mit jeder Treppenstufe hoch zu seinem Apartment fiel jedoch die Anspannung der letzten Stunden allmählich von ihm ab. Als Hirschfeld seine Wohnung betrat, fragte er sich, ob Renee noch da war. Wenn sie es sich nicht anders überlegt hatte, wollte er sie nicht wecken. Sie musste zur Ruhe kommen. Obwohl er sehr gut allein zurechtkam, wenn es um private Angelegenheiten ging, hatte der Gedanke an ihre Nähe nichts Beunruhigendes. Hirschfeld kannte sich selbst genug, um zu wissen, dass er die Flucht nach vorne antrat, sobald jemand versuchte, ihn einzuengen, und ihm die Luft zum Atmen nahm.

In den unteren Räumen war sie nicht. Das schmutzige Geschirr vom Nachmittag stand im Spülbecken. Er warf einen Blick auf den Küchentisch, doch sie hatte ihm keine Nachricht hinterlassen. Hirschfeld nahm ein Glas aus dem Schrank, füllte es mit Leitungswasser und trank es in einem Zug leer.

Nach dem Zähneputzen verließ er in T-Shirt und Shorts die Wohnung, um sich einen Stock höher schlafen zu legen. Die Tür zur Dachkammer knarzte leise. Fahles Mondlicht fiel durch die schrägen Fenster auf sein Bett, auf dem sich unter der Decke eine dunkle Silhouette abzeichnete. Hirschfeld trat näher und entdeckte Renees schwarzen Haarschopf auf dem Kissen. Sie lag auf dem Bauch und hatte das Gesicht zur Seite gedreht. Seitlich an ihre Kniekehle geschmiegt lag ein zusammengerolltes Fellknäuel, das sich bei jedem Atemzug hob und senkte. Der rote Kater, dachte Hirschfeld und musste lächeln. Renee hatte offenbar Freundschaft mit dem Streuner geschlossen. Vorsichtig hob er die Decke und legte sich neben Renee. Er war so überrascht, dass er keine Sekunde darüber nachdachte, eine Etage tiefer auf die Couch umzuziehen. Der Kater hob kurz den Kopf, funkelte ihn für einen Moment mit seinen meergrünen Augen an, um sich in der nächsten Sekunde wieder einzurollen. Er schien Hirschfelds Anwesenheit zu akzeptieren und begann wie eine Nähmaschine zu schnurren, als er ihm die Ohren kraulte. Renee drehte sich zur Seite und zog die Hälfte der Decke mit sich. Hirschfeld rückte näher und legte seinen Arm vorsichtig auf ihre Hüfte. Er wollte ihre Nähe spüren.

„Schön, dass du da bist", murmelte Renee schlaftrunken, als er sein Gesicht in ihr Haar vergrub, das nach Apfel roch.

Sie griff nach seiner Hand und legte seinen Arm ganz um sich. Ihr Körper war warm und weich. Zum ersten Mal nach langer Zeit spürte Hirschfeld wieder, wie sich Glück anfühlte.

33

Seit gestern fühlte sie sich beobachtet.

Rebecca sagte sich immer wieder, dass sie sich das nur einbildete, wieder mal übertrieb. Ihre Eltern hatten sie immer mit übergroßer Vorsicht behandelt, als wäre sie ein rohes Ei. Irgendwann hatte sie selbst daran geglaubt, dass hinter jeder Ecke ein Monster lauerte.

Sie hatte Angst im Dunkeln.

Sie hatte Angst vor dem Meer, weil sie nie wusste, was auf dem Grund auf sie wartete, bereit, jede Sekunde an die Oberfläche zu schießen und sie in die schwarze Tiefe hinabzuziehen.

Und sie hatte Angst vor ihrem eigenen Herzschlag. Wenn sie die

Hand auf die Brust legte, fürchtete sie, dass ihr Herz jede Sekunde aufhörte zu schlagen.

Manche würden behaupten, sie hätte ein Problem.

Seit dem Vorfall auf der Straße hatte sie die schreckliche Nachbarin und ihre kleine Tochter nicht mehr gesehen. Es war Ruhe im Mietshaus eingekehrt, aber die Stille war Rebecca nicht geheuer.

Im Gegenteil: In der letzten Nacht war sie schweißgebadet aufgewacht. Einmal meinte sie, hinter der Gardine eine Silhouette auf dem Balkon gesehen zu haben, die sich scharf vor dem Mondlicht abzeichnete. Sie hatte die Bettdecke über den Kopf gezogen und sich nicht mehr gerührt. Bis zum Morgengrauen hatte sie so dagelegen. Steif vor Angst und mit aufgerissenen Augen.

Sie hatte das Gefühl, als liefe sie auf einen Abgrund zu. Immer schneller und schneller.

Jetzt, bei Tageslicht, schämte Rebecca sich für ihre Ängste. Es wurde Zeit, dass das Wintersemester endlich begann. Nur ein paar Tage noch … Bis dahin musste sie sich irgendwie beschäftigen. Sie trank einen Kaffee zum Frühstück und beschloss, ihre Wohnung auf Vordermann zu bringen. Die Fenster hatten es nötig, außerdem stapelte sich schmutziges Geschirr im Spülbecken. Gerade als sie Wasser einlaufen ließ, um die Essensreste einzuweichen, klingelte das Telefon.

„Ja?“, meldete sich Rebecca außer Atem, nachdem sie den Wasserhahn wieder zugedreht und hektisch nach dem Mobilteil gesucht hatte, das sie unter einem Kopfkissen auf ihrem Bett hervorgeholt hatte.

„Ja, was ist denn passiert?“, fragte ihr Bruder in seiner gewohnt ironischen Art.

„Ich musste erst das verdammte Telefon finden, Tim“, antwortete sie und ließ sich aufs Bett fallen.

Er lachte.

„Wenn man so eine große Wohnung hat wie du. Die ganzen Zimmer … Ich hätte da auch meine Schwierigkeiten, ehrlich.“

„Sehr witzig“, erwiderte Rebecca und sah sich in ihrem Apartment um, das kaum größer war als ein Schuhkarton.

„Im Ernst: Wie geht es dir?"

„Alles in Ordnung, Tim", antwortete Rebecca und versuchte, fröhlich zu klingen. Sie wollte nicht, dass ihr Bruder sich Sorgen um sie machte.

„Bist du sicher? Du hörst dich gerade nicht so an."

„Quatsch, ich hab nur schlecht geschlafen."

Bei dem Gedanken an den Schatten vor ihrem Fenster lief es Rebecca wieder kalt über den Rücken.

„Dir ist klar, dass du jederzeit wieder zurückziehen kannst, oder?", meinte Tim.

„Nein, nein, ich komm schon klar."

Die Aussicht, bei ihrer Mutter oder ihrem Vater zu wohnen, die sich nach der Scheidung ständig in der Wolle hatten, machte sie nicht gerade glücklicher.

„Ich muss auf eigenen Beinen stehen", sagte Rebecca eine Spur lauter, als sie vorhatte. „Außerdem habe ich keine Lust, jeden Tag zu pendeln."

„Ist schon gut, ich will dich nicht dazu überreden, Becky. Hast du eigentlich noch mal was von Malte gehört?"

Rebecca dachte an ihren Ex: athletisch, blond, Sommersprossen. Und sehr von sich selbst überzeugt. Zu überzeugt.

Am Anfang war sie sehr verliebt gewesen. Nie hätte sie gedacht, dass es jemals anders sein könnte. Aber schon nach wenigen Monaten gab es wichtigere Dinge in seinem Leben als sie. Er wohnte noch bei seinen Eltern und plante, für ein Jahr ins Ausland zu gehen. Was sie davon hielt, hatte er nicht gefragt. Am Ende war er jedem Streit darüber aus dem Weg gegangen.

Jetzt war er Geschichte.

Endgültig.

„Nö, sollte ich?"

„Was hast du heute vor?", wechselte Tim das Thema.

„Hausputz."

„Langweilig", erwiderte ihr Bruder gedehnt. „Du solltest dir mal die Stadt anschauen, bevor die Uni losgeht."

„Hab ich schon, gestern."

„Braves Mädchen. Ich komm dich bald besuchen, dann ziehen wir mal durch die Altstadtkneipen, einverstanden?"

Rebecca zwirbelte eine Haarsträhne um ihren Zeigefinger und überlegte sich, dass sich unter ihrer überschaubaren Garderobe nur Klamotten befanden, die sie sofort als Landei entlarvten.

„So ein Mist!", ärgerte sie sich plötzlich über sich selbst. „Ich muss auflegen, ich habe meine Wäsche in der Waschmaschine vergessen."

Sie hatte gestern Abend im Keller, in dem zwei Waschmaschinen und ein Trockner für die Mieter untergebracht waren, eine Ladung Wäsche gewaschen. Hoffentlich war niemandem aufgefallen, dass sie die Maschine so lange blockiert hatte.

„Alzheimer lässt grüßen, Schwesterherz. Erst das Telefon und jetzt die Wäsche."

Tim schnalzte mit der Zunge.

„Ich ruf dich später noch mal an, ja?", verabschiedete Rebecca sich und legte auf.

Dann zog sie sich hastig Jogginghose und -jacke über und schlüpfte mit nackten Füßen in ihre Turnschuhe. Noch bevor sie die Kellertür geöffnet hatte, wusste sie, dass etwas nicht stimmte:

Auf dem Boden stand ein gefüllter Wäschekorb. Es dauerte ein paar Sekunden, bis Rebecca begriff, dass es ihre Wäsche war.

Irgendjemand hatte ihre Klamotten von der Waschmaschine in den Trockner geworfen und später wieder zurück in den Korb gelegt.

Rebecca schluckte.

Schließlich nahm sie den Wäschekorb auf, drehte sich um und rannte die Treppe nach oben. Sie kam erst wieder zu Atem, als sie ihre Wohnungstür hinter sich geschlossen hatte. Keuchend sank sie mit dem Rücken an der Tür zu Boden, den Korb immer noch umklammert. Am liebsten würde sie ihre Wäsche noch einmal waschen.

Jemand hatte sie *angefasst.*

Darin herumgewühlt.

In ihren Sachen!

Mit Tränen in den Augen begann sie, die Wäschestücke zu sortieren und zusammenzulegen. Als sie fertig war, erstarrte sie und begann, den Wäschestapel durchzusehen. Doch so sehr sie auch suchte:

Ihr weißer Slip mit dem aufgestickten roten Herz war nicht mehr da!

34

Jens Schröder stand am Kopfende des Konferenztisches und begrüßte die Neuankömmlinge mit einem Kopfnicken. Erst als sie vollzählig waren, richtete er das Wort an die Anwesenden:

„Guten Morgen. Wie die meisten von euch bereits wissen, haben sich neue Ansätze im Fall der unbekannten jungen Frau ergeben, die in der Nacht vom 23. auf den 24. September mit schweren Verletzungen am Autobahnkreuz Bonn-Nord aufgefunden worden ist. Aus gegebenem Anlass müssen wir unsere Ermittlungen intensivieren und in eine andere Richtung lenken. Unterstützt werden wir mal wieder von Kriminaloberkommissarin Kris Pauly vom KK 21."

Neun Augenpaare richteten sich auf die junge Kollegin, der Schröder freundschaftlich die Hand auf die Schulter gelegt hatte.

„Ist mir immer wieder eine Freude", erwiderte Pauly.

An diesem Tag trug sie zur schwarzen Jeans einen grauen Rollkragenpulli aus Wolle. Ihre kurze Lockenmähne hatte sie mit einem Haarband aus der Stirn geschoben.

„Um alle auf den neuesten Stand zu bringen, wird Lutz euch als Erstes einen Abriss über die drei anonymen Briefe geben, die das KK 11 in den letzten Tagen erhalten hat. Wir sehen eine Verbindung zwischen den beiden Fällen. Bevor wir auf diesen Zusammenhang näher eingehen, übergebe ich das Wort an dich, Lutz."

In den nächsten Minuten fasste Hirschfeld in knappen Worten den Inhalt der drei Briefe zusammen und berücksichtigte dabei auch die bisherigen Ergebnisse der kriminaltechnischen Untersuchung, bei der keine verwertbaren Finger- und DNA-Spuren gefunden worden waren.

„Aus meiner Sicht besteht kein Zweifel an der Authentizität der Briefe", schloss er, „die nach Schriftbild, Stil und Ton aus der Feder ein und desselben Verfassers stammen. Wir haben es mit einem Täter zu tun, der beginnt, seine sadistischen Fantasien auszuleben. Mit dem Angriff auf die junge Frau, die wir dem Rotlichtmilieu zuordnen, hat er bewiesen, dass er zu allem bereit und fähig ist."

„Wir konnten uns selbst davon überzeugen, wie brutal der Angriff gewesen sein muss", meldete sich Kirchhoff zu Wort, der neben ihm Platz genommen hatte. „Die behandelnde Ärztin teilte uns gestern mit, dass der Zustand der Frau zwar stabil ist, sie jedoch immer noch an den Folgen ihrer Verletzungen sterben kann. Da sie noch im künstlichen Koma liegt, scheidet sie – momentan zumindest – als Zeugin aus."

„Die Frage ist auch, inwieweit sie sich überhaupt an die Tatnacht erinnern kann, wenn sie wieder aufwacht", gab Hirschfeld zu bedenken. „Wir müssen uns daher darauf konzentrieren, weitere mögliche Zeugen zu ermitteln, die etwas zum Tathergang sagen können."

Bevor die Bordsteinschwalben ihre Stammplätze bezogen hatten, hatten sie am Vorabend die Huren in der Immenburg weitere drei Stunden befragt. Das Ergebnis war jedoch mehr als ernüchternd gewesen, denn bis auf Rita, die gute Seele des Hauses, hatte niemand etwas gesehen oder gehört.

Jens Schröder nickte und sagte:

„Die beiden Ermittlungsteams mit Pauly und Hellmann sowie Kirchhoff und Hirschfeld haben gestern im Erotikcenter auf der Immenburgstraße ganze Arbeit geleistet. Insgesamt wurden dort 48

Prostituierte angetroffen und befragt. Leider konnte die mögliche Hauptzeugin noch nicht ermittelt werden."

Obwohl sie bis weit nach Mitternacht nach Jacqueline gesucht hatten, war die Rothaarige nicht aufzufinden gewesen.

„Ich brauche für heute noch einmal zwei Teams, die Immenburg und Straßenstrich untereinander aufteilen."

Sie einigten sich schnell darauf, dass die Teams des Vortags die Befragungen fortsetzen sollten.

„Gut, kommen wir nun noch einmal zu den Umständen, unter denen die unbekannte junge Frau auf dem Randstreifen der A 555 gefunden worden ist. Ich habe mich gestern mit dem bisher zuständigen Verkehrskommissariat Köln in Verbindung gesetzt."

Schröder stand von seinem Stuhl auf.

„Aufgrund der lebensrettenden Sofortmaßnahmen, die der Taxifahrer und später die Sanitäter am Fundort vorgenommen haben, können wir über die ursprüngliche Auffindesituation nur mutmaßen", fuhr er fort und ging zu der lang gestreckten weißen Magnettafel, die die gesamte Stirnseite des Raumes einnahm. „Nach Aussage des Taxifahrers lag das Opfer auf der linken Seite am Fahrbahnrand."

Schröder blieb neben der Tafel stehen und deutete mit einem Laserpointer, den er aus der Hemdtasche gezogen hatte, auf eine Reihe stark vergrößerter Fotografien.

„Ich habe hier mehrere Fotos vom Fundort", sagte er und ließ den roten Punkt über die Bilder wandern. „Hier zunächst ein paar Detailaufnahmen."

Schröder blickte kurz in die Runde, um sich zu vergewissern, dass er fortfahren konnte.

„Wie zu sehen ist", fuhr er fort, „gibt es keinerlei Bremsspuren in der Nähe des Fundortes."

Die nächsten Fotos zeigten mehrere Blutlachen auf dem Asphalt.

„Anhand des Verletzungsbildes ist die Blutmenge, die hier zu sehen ist, vergleichsweise gering. Durch die neuen Ermittlungsansätze erhärtet sich die Vermutung, dass die junge Frau bereits vorher an einem anderen Ort verletzt worden ist. Die Kollegen vom Verkehrskommando konnten keine Glassplitter oder Lackspuren auf der Kleidung des Opfers feststellen. Dies allein schließt natürlich noch keinen Unfallhergang aus."

Der Laserpointer tanzte in die nächste Reihe Fotos.

„Hier sind noch ein paar Aufnahmen des Straßenverlaufs bei Tageslicht."

„Wie ist das Opfer mitten in der Nacht dorthin gelangt?", wollte Pauly wissen.

„Diese Frage haben sich die Kölner Kollegen von Anfang an gestellt", antwortete Schröder. „Eine Variante war, dass die junge Frau als Anhalterin unterwegs gewesen ist."

„Wahrscheinlicher ist jetzt aber, dass der Täter motorisiert gewesen ist", sagte Hirschfeld. „Er hat kurz angehalten und die Frau aus dem Wagen geworfen. Damit ist er allerdings auch ein hohes Risiko eingegangen."

Schröder nickte zustimmend und wandte sich als Letztes einer Handskizze über die genaue Lage des Opfers zu. Für Fotoaufnahmen war keine Zeit geblieben, denn die junge Frau war umgehend ins St.-Petrus-Krankenhaus gebracht worden.

„Ohne das schnelle Eingreifen des Taxifahrers", beendete Schröder seine Erläuterungen und ging zurück zu seinem Platz, „wäre die junge Frau höchstwahrscheinlich nicht mehr am Leben. Um diese Uhrzeit und dazu noch an einem normalen Werktag ist die Strecke kaum befahren."

„Die Frage ist, ob der Täter davon ausgegangen ist, dass sein Opfer tot ist, als er es auf dem Randstreifen abgelegt hat", stellte Kirchhoff zur Diskussion.

„Ich vermute, der Täter hat es darauf ankommen lassen", antwortete Hirschfeld. „Wenn wir den Zustand berücksichtigen, in dem er die junge Frau zurückgelassen hat, war ihm ihr Schicksal vollkommen gleichgültig."

Ein betroffenes Schweigen breitete sich über den Köpfen der Anwesenden aus.

„Davon müssen wir leider ausgehen", gab Schröder langsam zurück. „Umso wichtiger ist es, dass wir den Täter so schnell wie möglich fassen!"

35

Schweißnass wachte er auf. Er setzte sich kerzengerade in seinem viel zu großen Bett auf und krallte seine Finger in die Decke.

„Verdammt", fluchte er und schloss die Augen für einen Moment.

Dann kramte er in der Nachttischschublade nach dem Schlafmittel, das sein Arzt ihm verschrieben hatte. Mit zittrigen Fingern holte er den Blister aus der Schachtel, drückte eine Tablette heraus, warf sie in den Mund und schluckte hart. Er war zu matt, um sich ein Glas Wasser zu holen. Nach ein paar Minuten spürte er, wie die Müdigkeit sich über ihn legte. Er sank zurück auf die Kissen und wartete darauf, dass er wieder einschlief. Gerade als die Panikattacke nachließ und der Schlaf ihn übermannte, tauchten Bilder an die Oberfläche seines Unterbewusstseins, gegen die er nicht mehr ankämpfen konnte. Wie Seifenblasen stiegen die Erinnerungen auf und tanzten erbarmungslos vor seinem geistigen Auge:

Ein unrasiertes Gesicht blickte ihm tausendfach entgegen. Die blutleeren Lippen darin näherten sich unaufhaltsam. Sie wuchsen und wuchsen zu zwei monströsen Fleischwülsten an und drohten ihn zu verschlingen. Fast konnte er den fauligen Atem spüren. Der alte Mann lachte und entblößte dabei seine nikotingelben Zähne. Jede Sekunde würde er ersticken. Er versuchte zu schreien, aber kein Laut drang aus seiner Kehle.

Er wusste, dass er verloren hatte. Obwohl das Schwein ihm nichts mehr antun konnte, holte ihn die Vergangenheit fast jede Nacht wieder ein. Er drehte sich auf die Seite, winkelte beide Beine an und begann bitterlich zu weinen wie ein Kind.

36

„Langsam glaube ich, wir jagen einen Geist", brummte Kirchhoff und zog die Schultern fröstelnd hoch.

Sein trauriger Blick schweifte über die leicht bekleideten Prostituierten, die im Schein der Straßenlaternen und zwischen parkenden Autos auf ihren nächsten Freier warteten. Er sah noch unglücklicher aus als sonst.

Hirschfeld schaute auf seine Armbanduhr: 22.57 Uhr. Die zweite Befragung im Erotikcenter war ähnlich unerfreulich verlaufen wie am Vortag: Das Bordell war nicht einladender, die Huren waren nicht gesprächiger gewesen. Ihre einzige Chance war, die rothaarige Jacqueline ausfindig zu machen. Doch bisher gab es keine Spur von ihr.

„Stimmt, geht mir genauso", entgegnete Hirschfeld. „Aber wenigstens kommt Hellmann auf seine Kosten."

Der junge Kriminalkommissar sprach gerade angeregt mit einer schwarz gelockten Schönheit in knappem Body und kniehohen Lackstiefeln. Eine Kollegin, die nur ein paar Meter entfernt stand, rief ihm zu:

„Hey, Kleiner, willst du nur reden oder kommst du irgendwann auch mal zur Sache?"

Hellmann wandte sich in ihre Richtung und entgegnete:

„Moment noch, ich komme in einer Minute …"

„Länger brauchst du nicht?", unterbrach ihn die Schwarzhaarige und warf ihre Mähne lachend zurück.

„Jetzt könnte er einem schon fast leidtun", murmelte Kirchhoff und wandte sich ab.

„Ja, aber nur fast", grinste Hirschfeld. Hellmann war immer für einen Spaß zu haben, wenn auch nicht immer ganz freiwillig.

Auf der anderen Straßenseite kam ihnen Kris entgegen. Sie schüttelte den Kopf und signalisierte, dass sie bisher auch kein Glück gehabt hatte.

Immer wieder fuhren Autos mit gedrosseltem Tempo an ihnen

vorbei. Ausnahmslos befand sich nur eine Person im Fahrzeug: Männer, die ihre Hälse reckten und auf der Suche nach der schnellen Nummer waren. Die meisten Huren auf ihrer Seite des Bürgersteigs hatten Hirschfeld und Kirchhoff in dieser Nacht bereits befragt. Immer wieder fuhren die Frauen mit gierig blickenden Freiern in die Verrichtungsboxen. Mehr als einen Bretterverschlag, der die benachbarten Parzellen voneinander trennte, konnte man die Holzkonstruktion eigentlich nicht nennen. Wenn die Prostituierten auf ihre Plätze zurückkehrten, brachten sie ihre spärliche Kleidung in Ordnung und zogen ihre Lippen nach. Sobald der nächste Wagen langsamer fuhr, spulten sie das gleiche Programm ab: Sie steckten ihren Kopf in das heruntergelassene Seitenfenster, den Rücken gerade, den Po aufreizend in die Höhe gestreckt.

„Ich weiß nicht, ob Jacqueline um diese Uhrzeit noch hier aufschlägt", meinte Hirschfeld und holte eine zerbeulte Schachtel Zigaretten aus der Manteltasche.

Er klopfte eine Zigarette aus der Packung, steckte sie in den Mundwinkel und suchte die Taschen seines Ulster-Mantels nach einem Feuerzeug ab.

„Brauchst du Feuer?", hörte er plötzlich eine Stimme hinter sich.

Hirschfeld drehte sich um und traute seinen Augen kaum.

„Jacqueline?"

Vor ihm stand eine junge Frau in den Zwanzigern. Sie hatte glattes rotes langes Haar und trug nur einen goldenen BH und einen Jeansminirock mit einem dazu passenden breiten Strassgürtel. Ihre Füße steckten in durchsichtigen Plateaupumps mit mindestens 20-Zentimeter-Absätzen. Warm angezogen sah anders aus.

„Sie holen sich noch den Tod hier draußen, Kind", sagte Kirchhoff fassungslos.

Es fehlte nicht viel und er würde ihr seinen Mantel anbieten.

„Ach, das bisschen Kälte macht mir nichts aus", erwiderte sie und rückte Kirchhoffs Krawatte zurecht. „Da bin ich ganz andere Sachen gewohnt. Außerdem muss frau ja zeigen, was sie hat. Habt ihr kein Auto?"

„Wir suchen Sie seit zwei Tagen“, ignorierte Kirchhoff ihren Kommentar und sah sie immer noch hilflos an.

„Würden Sie uns kurz zu unserem Dienstwagen begleiten?“, fragte Hirschfeld. „Es ist wirklich wichtig.“

„Seid ihr etwa Bullen?“, gab Jacqueline schroff zurück und musterte die beiden Kriminalhauptkommissare jetzt abschätzig. „Ich hab meine Steuern für diese Nacht schon gezahlt.“

Damit zog sie das Ticket aus der winzigen Rocktasche und hielt es Kirchhoff unter die Nase. Auch ihre manikürten Fingernägel hatten eine nicht unbeträchtliche Länge. An dieser Frau schien alles XXL zu sein.

„Wir sind nicht vom Finanzamt, Ihre Steuern interessieren uns nicht. Aber wir haben erfahren, dass Sie seit ein paar Tagen eine Freundin und Kollegin vermissen“, sagte Hirschfeld und zeigte ihr unauffällig seine Kriminalmarke.

Die junge Frau zog die Stirn in Falten. Ihre Ablehnung war mit einem Mal verflogen.

„Ja, das stimmt: Candy. Woher wissen Sie das?“

„Rita aus der Immenburg hat uns den Tipp gegeben.“

„Ach, ja, die gute alte Rita. Was ist mit Candy? Ist alles in Ordnung mit ihr?“

„Ich fürchte nein“, antwortete Hirschfeld.

Einige Bordsteinschwalben in ihrer Nähe begannen, sich für ihre Unterhaltung zu interessieren.

„Ich wohne gleich um die Ecke“, meinte Jacqueline, der die Blicke ihrer Kolleginnen nicht entgangen waren. „Wir sollten hier nicht zu viel Aufmerksamkeit erregen. Ist schlecht fürs Geschäft.“

Während sie der Hure in eine Seitenstraße folgten, verständigte Hirschfeld Pauly übers Handy, dass sie Jacqueline gefunden hatten. Die Kollegin versprach, Hellmann zu informieren und die Befragung allein fortzusetzen. Vielleicht erinnerten sich die Prostituierten an den Mann, der Candy so übel zugerichtet hatte.

„Na, dann herein in die gute Stube“, drehte Jacqueline sich wenig später zu ihnen um und hielt die Tür zu ihrer Wohnung auf.

„Ich hab allerdings nicht aufgeräumt, also erwarten Sie nicht zu viel."

Hirschfeld und Kirchhoff bahnten sich einen Weg durch einen vollgestellten Flur und fanden sich kurz darauf in einem Zimmer wieder, das eine Kombination aus Wohn- und Schlafzimmer darstellte. Überall lagen Berge von Kleidung herum. Reizwäsche mischte sich mit diversen T-Shirts, Kapuzenjacken und Jogginghosen. Eine ganze Armee an Stiefeln und High Heels säumte die Fußleiste auf der rechten Seite des Zimmers. Kirchhoff sah sich leicht gequält um. Sein Blick blieb schließlich an einem Puppenkopf auf dem Schminktisch gegenüber dem zerwühlten Bett hängen.

„Meinen Sie, ich ruiniere mir die Haare für ein bisschen Farbe?", lachte Jacqueline abschätzig und zog die Perücke samt Haarnetz ab, unter der blondes schulterlanges Haar zum Vorschein kam. „Wir verkaufen alle nur einen Traum. Außerdem gibt es hier für meinen Geschmack ein paar Blondinen zu viel."

„Verstehe", meinte Hirschfeld und holte die Fotos des Opfers aus der Innentasche seines Mantels.

„Was ist das?", wollte Jacqueline wissen und zog sich jetzt doch einen Morgenmantel über.

„Ist das Ihre Freundin?"

Die Prostituierte trat näher und betrachtete das erste Foto. Augenblicklich erblasste sie. Eine Reaktion, die Hirschfeld und Kirchhoff in den letzten Tagen schon häufiger erlebt hatten.

„Oh, mein Gott! Wer hat ihr das angetan?"

„Das versuchen wir herauszufinden", antwortete Hirschfeld ernst.

„Wurde das in einem Krankenhaus aufgenommen? Kann ich sie besuchen?"

„Ja, das lässt sich einrichten, auch wenn ihr Zustand nach wie vor kritisch ist."

Jacqueline las sicher keine Zeitung, dachte Hirschfeld, sonst hätte sie früher von dem Übergriff an ihrer Freundin erfahren.

„Wann haben Sie Candy zum letzten Mal gesehen?", kam Hirschfeld zum Wesentlichen.

„Vor etwa anderthalb bis zwei Wochen, schätze ich. Ganz genau weiß ich das nicht mehr, aber wir waren in jedem Fall an dem darauffolgenden Samstag zum Kaffeetrinken verabredet. Dazu ist sie nicht mehr erschienen. Ich hab Candy danach mehrmals versucht anzurufen, aber sie ging nicht dran. Wenn Sie ihr Handy finden sollten, werden sie auf dem AB ein paar unschöne Nachrichten von mir finden." Sie zuckte entschuldigend mit den Schultern. „Ich hatte ja keine Ahnung."

„Nach unseren Ermittlungen muss Candy dem Täter um den 23. September herum begegnet sein", meldete sich Kirchhoff zu Wort „Können Sie sich vielleicht an diesen speziellen Abend erinnern?"

„Sie machen Witze, oder?", erwiderte Jacqueline. „Bei uns gleicht ein Tag dem anderen."

„Das geht den meisten Menschen so, aber vielleicht ist Ihnen irgendetwas Ungewöhnliches aufgefallen. Vielleicht haben Sie den Täter selbst gesehen? Denken Sie bitte noch einmal darüber nach, das ist wirklich wichtig."

Die junge Frau stemmte die Hände in die Hüften und schwieg für einen Augenblick.

„Welcher Wochentag war das?", wollte sie schließlich wissen.

„Ein Donnerstag."

„Jeden vierten Donnerstag im Monat gehen wir zur Maniküre", sagte sie langsam.

Kirchhoff starrte auf ihre künstlichen Fingernägel und bewegte lautlos die Lippen, als führe er ein inneres Selbstgespräch, um sich diese fremde Welt zu erklären.

Hirschfeld griff nach seinem Handy und wählte die Kalenderfunktion über das Menü aus.

„Dann sind Sie beide an diesem Tag bei der Maniküre gewesen", stellte er fest.

„Ja, jetzt erinnere ich mich. Ich hatte Stress …"

„Im Erotikcenter?", fragte Kirchhoff dazwischen.

„Ja", antwortete die Mittzwanzigerin kühl und zog den Morgenmantel enger um ihren schlanken Körper. „Sie sind gut informiert. Jedenfalls bin ich an dem Abend dort rausgeflogen und hab mir erst mal die Kante gegeben."

„Haben Sie Ihre Freundin abends noch gesehen?"

„Nein, Candy ist auf den Strich. Sie ist immer etwas später als die anderen aufgebrochen."

„Warum haben Sie Candy nicht als vermisst gemeldet?", erkundigte sich Hirschfeld weiter.

„Was soll ich sagen?", sagte sie leise. Das Thema war ihr unangenehm. „Jede macht ihr eigenes Ding. Manchmal kommt es vor, dass ein Kerl dir das Blaue vom Himmel verspricht. Dann hast du deine Mädels ganz schnell vergessen. Bis der Typ dich wieder vor die Tür setzt."

„Kennen Sie ihren richtigen Namen?", wollte Kirchhoff als Letztes wissen.

„Nein", schüttelte die Blondine den Kopf.

„Oder ihre Adresse?"

Wieder Kopfschütteln.

Enttäuschung zeichnete sich auf seinem Gesicht ab.

„Aber ich kann sie hinführen."

37

Er wusste ganz genau, dass er träumte. Aber das machte seinen Zustand kaum erträglicher. Dieser Traum suchte ihn immer und immer wieder heim.

Seit er *ihm* begegnet war.

Zuerst nahm er das hässliche Quietschen des Bettgestells wahr. Die Sprungfedern ächzten unter seinem Gewicht. Sie bogen sich und klagten, als ahnten sie das Unheil, das schon bald wieder über ihn hereinbrechen würde.

Als es zum ersten Mal passierte, hatte er keine Angst gehabt. Er war neugierig wie jedes Kind in seinem Alter. Und er wollte ihm gefallen. Weil er der einzige Mensch auf der Welt war, der ihn nicht wie Luft behandelte. Im Gegenteil: Bei ihm fühlte er sich erwachsen.

Nicht klein. Oder unbedeutend.

Für ihn schien er der Mittelpunkt der Erde zu sein. Das zeigte er ihm jeden Tag. Zuerst bekam er eine Tasse warmen Kakao und Kekse, die es zu Hause nie gab. Sie stapelten sich in einer bunten runden Metalldose und steckten in knisternden weißen Papierförmchen. Am liebsten mochte er die mit den Kokosflocken. Er durfte sich immer eine Handvoll Plätzchen aus der Dose nehmen. Die Kokoskekse aß er immer zum Schluss. Danach musste er sich ausruhen. Damit er groß und stark wurde.

Viele Male war er bei ihm gewesen, bevor es passierte. Es begann mit einer leichten Berührung am Knie. Er streifte es wie beiläufig und lächelte ihn dabei an, als wäre nichts geschehen. Und dann fragte er ihn ruhig, ob er endlich ein Mann werden wolle.

Natürlich wollte er!

Echte Kerle, sagte er, stellten keine Fragen, sondern taten das, was nötig war.

Er war ein gelehriger Schüler. Er lobte ihn für seine Anstrengungen, seinen Anweisungen zu folgen.

Später redeten sie kaum noch. Wenn er auf das Plumeau klopfte und auf dem Bett auf und ab wippte, wusste er, was er sich wünschte. Wenn sie fertig waren, vermischte sich jedes Mal der Geruch von Mottenkugeln mit seinem Schweiß. Wenn er nicht genug hatte, fing das Spiel von vorne an.

Das Quietschen der Sprungfedern schwoll zu einem unerträglichen Konzert von Misstönen an. Obwohl es keinen Zweck hatte, hielt er sich jedes Mal die Ohren zu und schrie gegen die Kakophonie an.

Bis er wieder aufwachte.

38

Jacqueline oder besser gesagt Simone Wilken, wie sie mit bürgerlichem Namen hieß, wartete im Dienstwagen. Sie hatte sich bereit erklärt, nicht zum Straßenstrich zurückzukehren, falls noch dringliche Fragen auftreten sollten. Der Schock über den Zustand ihrer Freundin stand ihr bei aller Härte, die sie wie ein Schutzschild vor sich her trug, noch ins Gesicht geschrieben.

Zu Kirchhoffs Beruhigung hatte Simone sich immerhin davon überzeugen lassen, sich etwas anderes anzuziehen.

„Candy wohnt mitten in der Reutersiedlung“, bemerkte Kirchhoff, als sie die Treppe bestiegen, die vom Bürgersteig hoch zu einer Reihe sandfarbener sechsgeschossiger Mehrfamilienhäuser führte. „Als Bonn zur Bundeshauptstadt gewählt wurde, hat man diese Betonklötze hochgezogen. Damals wohnten hier Angestellte der Bundesverwaltung Tür an Tür mit bekannten Politikern und Journalisten.“

Hirschfeld hörte nur mit halbem Ohr hin, während er die Steinstufen in zwei Sätzen nahm. Ein zerbeultes Schild mit der Aufschrift „Privatweg“ warnte sie, dass sie das Grundstück auf eigene Gefahr betraten. Sie passierten eine Versicherung, die im Erdgeschoss des ersten Gebäudes untergebracht war, und steuerten auf den Eingang zu. Im flackernden Schein einer windschiefen Außenbeleuchtung studierten sie die Klingelschilder. Simone hatte ihnen gesagt, dass ihre Freundin im zweiten Haus wohnte. Hirschfeld fuhr mit dem Finger die in die Jahre gekommene Klingeltafel ab und drückte auf eine der unteren Schellen. Um diese Uhrzeit wollte er nicht das gesamte Haus wecken. In einem Fenster im Erdgeschoss flammte Licht auf.

„Ja, bitte?“, meldete sich kurz darauf die dünne Stimme einer älteren Frau durch die Gegensprechanlage.

„Kripo Bonn, mein Name ist Hirschfeld. Bitte machen Sie auf.“

Der Türsummer ertönte. Hirschfeld drückte auf und betrat den Hausflur, aus dem ihm eine Mischung aus Knoblauch, altem Fett und Fisch entgegenschlug.

„Mahlzeit“, murmelte Kirchhoff, der ihm ins Haus folgte und den Lichtschalter betätigte.

Die rechte der drei Wohnungstüren öffnete sich einen Spalt, in dem das Gesicht einer älteren Frau im Morgenmantel erschien. Unter einem Haarnetz wölbten sich bunte Lockenwickler.

„Guten Abend, bitte entschuldigen Sie die Umstände, aber wir suchen die Wohnung dieser Frau“, begrüßte Hirschfeld die Rentnerin und hielt ein Foto von Candy hoch, das ihnen ihre Freundin Simone überlassen hatte. Darauf trug sie ein schlichtes Sommerkleid und schenkte dem Fotografen ein hinreißendes Lächeln.

„Warten Sie einen Augenblick.“

Die alte Dame machte die Tür wieder zu und ließ die beiden Kriminalhauptkommissare im Flur stehen. Hirschfeld und Kirchhoff tauschten einen Blick. Gefühlte fünf Minuten und zwei Treppenhauslichtintervalle später öffnete das Mütterchen ihnen wieder. Jetzt trug sie eine Lesebrille um den Hals, durch die sie mit zusammengekniffenen Augen das Foto studierte, ohne sie aufzusetzen.

„Das muss diese Dobris aus dem ersten Stock sein“, nickte sie. „Svenja heißt die oder so etwas in der Art. Sie können die Wohnung nicht verfehlen. Über diesen Schandfleck vor ihrer Tür habe ich mich schon mehrfach beschwert, aber …“

„Na, zum Glück wohnen Sie ja im Erdgeschoss“, entgegnete Hirschfeld so freundlich wie möglich und wandte sich zum Gehen.

„Danke, Frau …“, unterbrach ihn Kirchhoff, bevor er noch etwas hinzufügen könnte, und warf einen Blick auf das Namensschild über der Klingel. „… Mäder. Gibt es hier einen Hausmeister?“

„Ja, aber der ist mal wieder in Kur. Wie der das immer wieder anstellt. Denn überarbeiten tut der sich hier nicht, wenn Sie mich fragen.“

„Aha“, erwiderte Kirchhoff geduldig. „Wissen Sie, ob sonst noch jemand über einen Ersatzschlüssel verfügt?“

„Nein. Da müssen Sie sich an die Hausverwaltung wenden.“

Hirschfeld war bereits auf der Treppe. Kurz darauf stand er vor Candys Wohnungstür und konnte ein Lächeln nicht unterdrücken.

Auf der schwarzen Fußmatte prangten in weißen Lettern die Worte: *Hinknien, anklopfen, Schnauze halten!*

„Worüber amüsierst du dich?", wollte Kirchhoff wissen, als er neben ihm stand.

Hirschfeld deutete mit der Schuhspitze auf den Spruch.

„Nett. Kein Wunder, dass die alte Dame sich darüber echauffiert. Das ist nichts für zarte Gemüter."

„Man kann es aber auch übertreiben mit der Ordnungsliebe", meinte Hirschfeld und klappte mit dem Schuh eine Ecke der Fußmatte hoch. „Siehst du diesen Umriss? Hier hat vorher ein Schlüssel gelegen!"

„Wie leichtgläubig muss man sein?", schüttelte Kirchhoff den Kopf. „Dann kann man gleich die Tür sperrangelweit offen stehen lassen."

In diesem Moment schaltete sich das Flurlicht wieder aus. Fast gleichzeitig entfuhr es ihnen leise:

„Verdammt!"

Unter dem Türspalt drang ein schmaler Streifen Licht auf den Gang. Irgendjemand musste sich Zugang zu Candys Wohnung verschafft haben.

Hirschfeld drückte lautlos auf den Lichtschalter. In Kirchhoffs Augen las er die gleiche Frage, die ihm sofort durch den Kopf geschossen war: Wer war in Candys Wohnung? Ihr Peiniger, der seine Tat noch einmal durchleben wollte, indem er in ihre Privatsphäre eindrang?

„Wir müssen da rein!", zischte Hirschfeld.

Kirchhoff nickte stumm, zog seine Waffe aus dem Schulterholster und entsicherte sie. Hirschfeld stellte sich in Position, nahm kurz Anlauf und ließ sich mit aller Kraft gegen die Wohnungstür fallen. Das Holz ächzte im Türrahmen, gab jedoch keinen Zentimeter nach.

„Was zur Hölle tun Sie hier?"

Ein älterer Mann hatte den Lärm bemerkt und seine Wohnungstür geöffnet. Er trug nur ein fleckiges weißes Unterhemd und eine schlabbrige blaue Trainingshose.

„Gehen Sie sofort zurück in Ihre Wohnung!“, rief Kirchhoff dem Nachbarn zu.

Sofort setzte Hirschfeld nach. Ein stechender Schmerz schoss ihm durch die Schulter, aber diesmal flog die Tür krachend auf. Hirschfeld riss ebenfalls seine Dienstwaffe aus dem Holster und sprintete durch den hell erleuchteten Flur. Zu seiner Rechten registrierte er eine verwaiste Küche, die kaum größer war als eine Abstellkammer. Kirchhoff stürmte hinter ihm her und stieß eine Tür auf der linken Seite des Gangs auf.

„Sauber!“, meldete er schwer atmend.

Im selben Moment splitterte irgendwo Glas.

„Da vorne“, rief Hirschfeld und rannte auf einen kitschig pinkfarbenen Vorhang zu, dessen Perlen im Windzug klackten.

Als er den Durchgang erreichte, sah er gerade noch, wie ein Kopf hinter der Balkonbrüstung verschwand.

„Scheiße, der Kerl haut ab!“, rief Hirschfeld. Und lauter: „Stehen bleiben, Polizei!“

Als er auf die geöffnete Balkontür zuhechtete, war von dem Eindringling nichts mehr zu sehen. Keuchend beugte er sich über die Brüstung. Unter ihm hatte der Mann sich gerade auf den darunterliegenden Balkon fallen gelassen.

„Versuch's von draußen, Peter!“, brüllte Hirschfeld Kirchhoff zu, steckte die Waffe wieder zurück ins Holster und schwang sich ebenfalls übers Geländer. Er hörte, wie der Flüchtling auf dem Gras landete, und tastete mit den Füßen nach einem Halt. Wenige Augenblicke später streifte er das untere Geländer und ließ los. Gerade als er drohte das Gleichgewicht zu verlieren, schaffte er es, auf den darunterliegenden Balkon zu springen. Die Wohnung lag im Hochparterre, sodass ein weiterer Satz ihn in einen gestutzten Busch beförderte, der ein karges Blumenbeet einrahmte. Hirschfeld kämpfte sich zwischen den Ästen hindurch und fluchte, als er an einer Wurzel hängen blieb und nur in letzter Sekunde einen Sturz abfangen konnte. Er nahm die Verfolgung wieder auf und erkannte in 50 Metern Entfernung schemenhaft eine massige Gestalt, die quer über den Rasen zwischen den Häuserreihen lief. Der Mann drehte sich im Laufen zu Hirschfeld um, zog seine Kapuze über den Kopf und versuchte, sein Tempo zu beschleunigen. Sein grotesk großer Schatten wurde gegen die gegenüberliegende Häuserwand geworfen.

„Sofort stehen bleiben!“, brüllte Hirschfeld erneut.

Er schien die bessere Kondition zu haben, denn der Abstand zwischen ihnen verkürzte sich zusehends.

Dennoch ließ der Hüne sich nicht beirren und schlug einen Haken nach links, um zurück zur Straße zu gelangen. Wenn er dort ein Fahrzeug geparkt hatte, schoss es Hirschfeld durch den Kopf, hätte der Kerl sie abgehängt, bevor sie bis drei zählen konnten. Hirschfeld sprintete weiter und spürte, wie seine Lunge brannte. Nach drei weiteren Sätzen warf er sich keuchend auf den Mann. Die Wucht des Aufpralls riss beide Männer zu Boden. Bevor Hirschfeld sich auf ihn stürzen konnte, rollte der Hüne sich erstaunlich wendig zur Seite und verpasste ihm einen kräftigen Tritt in die Magengrube. Hirschfeld blieb für eine Sekunde die Luft weg. Zwischen zusammengebissenen Zähnen stöhnte er auf und krümmte sich vor Schmerz. Der Mann stand jetzt über ihm und zögerte, ob er nachsetzen oder weiter die Flucht nach vorne antreten sollte. Sein Gesicht lag im Dunkeln. Hirschfeld kam wieder auf die Beine und griff reflexartig nach seiner Walther P99, da der Kerl jeden Augenblick eine Waffe ziehen konnte. Bevor er die Pistole zu fassen bekam, rammte der Hüne ihm seine Rechte eisenhart ins Gesicht. Etwas knackte ohrenbetäubend. Sterne explodierten in Hirschfelds Kopf. Etwas Warmes rann seine Kehle hinunter. Er duckte sich weg, um dem nächsten Fausthieb auszuweichen. Für einen Moment war sein Blick verschleiert, dennoch gelang es ihm, mit der Linken den dritten Schlag abzuwehren und gleichzeitig mit der Rechten auf den Solarplexus seines Gegners zu zielen. Der Hüne strauchelte. Ein weiterer Kinnhaken brachte ihn zu Fall.

„Rühr dich nicht vom Fleck, Freundchen!“, keuchte Hirschfeld und hielt ihn mit dem Knie unten.

Er legte dem schwer atmenden Mann unter ihm Handschellen an und rappelte sich auf.

„Respekt", meinte Kirchhoff anerkennend, der ein paar Augenblicke später zu ihnen aufgeschlossen hatte. „Du hast ihn gefällt wie einen Baum."

„Steh auf!", befahl Hirschfeld und zog den Hünen am Arm hoch.

Der protestierte und versuchte, sich aus Hirschfelds Griff zu winden. Die Situation schien ihm gar nicht zu gefallen.

„Mach keine Mätzchen – ist besser für dich!"

Als der stämmige Mann sich zu ihm umdrehte, riss Hirschfeld ihm die Kapuze vom Kopf und konnte seine Überraschung nicht verbergen:

„Sieh einer an, so trifft man sich wieder!"

39

„Ich nehme mir zuerst das Badezimmer vor", hörte Hirschfeld Kirchhoff sagen und stieß die Tür zum Schlafzimmer auf.

Seine Rippen schmerzten empfindlich, von seiner Nase ganz zu schweigen. Hirschfeld schaltete das Licht an und duckte sich unter der Hängeleuchte aus Muscheln her. Der rosa gestrichene Raum bot gerade einmal Platz für ein Doppelbett mit einer brombeerfarbenen Tagesdecke, auf der ein paar weiße Kissen lagen. An allen vier Ecken hingen zusammengeraffte Vorhänge. In diese Höhle hatte Candy sich nach ihrem Job auf der Straße zurückgezogen, dachte Hirschfeld und durchsuchte ihre Garderobe, die auf einer schmalen Kleiderstange hing. Als er fertig war, widmete er sich dem Kleinkram auf der Fensterbank über dem Bett: ein paar ausgeleierte Haargummis, ein Labello, diverser Modeschmuck. Nichts Persönliches. Nichts, das an den Strich erinnerte. Hirschfeld griff hinters

Bett. Erneut durchfuhr ihn eine Schmerzwelle. Er riss sich zusammen und ertastete ein zerknittertes Foto, das er behutsam glatt strich. Es zeigte einen Holzsteg an einem See in der Abenddämmerung. Wie oft musste Candy sich zurück an diesen Ort gewünscht haben? Hirschfeld legte das Foto zurück auf die Fensterbank und warf routinemäßig einen Blick unter Bett und Matratze.

Nichts.

Er trat zurück auf den Flur und ging in die Küche. Systematisch öffnete er alle Schranktüren und Schubladen. Hinter einem Stapel Teller fand er in einer Teedose ein Bündel Geldscheine. Hirschfeld zählte 7320 Euro und pfiff leise durch die Zähne. Bis zu jener Nacht war Candy gut im Geschäft gewesen. Und wie alle ihre Kolleginnen vertraute sie keiner Bank. Als Letztes nahm er sich den Besenschrank vor, in dem neben ein paar Putzutensilien eine Futtertonne und ein Sack Vogelsand untergebracht waren. Hirschfeld wechselte ins Wohnzimmer und traf auf Kirchhoff, der sich gerade über einen Vogelkäfig beugte. Als er Hirschfeld bemerkte, schüttelte er den Kopf:

„Verdurstet."

„Scheiße."

Hirschfeld warf ebenfalls einen Blick in den Käfig. Auf dem Sandboden lagen ein grün-gelber und ein blau-weißer Wellensittich. Sie sahen aus wie angespültes Treibholz. Ihre kleinen Körper waren steif, die Federn stumpf.

„Wir können die Vögel nicht hierlassen", entschied er. „Wer weiß, wann Candy zurückkehrt. Den Anblick sollten wir ihr ersparen."

„Okay, ich sage der Spurensicherung Bescheid, dass sie sich darum kümmern", stimmte Kirchhoff ihm zu und öffnete die Balkontür.

Der kühle Luftzug vertrieb den leichten Modergeruch, der sich über die Möbel gelegt hatte, und ließ sie stumm weiterarbeiten. Doch ebenso wie im Schlafzimmer fanden sie nur wenig persönliche Gegenstände.

„Kein Handy, kein Perso", fasste Kirchhoff schließlich zusammen.

„Die muss der Täter noch in seinem Besitz haben, wenn er die Sachen nicht schon längst entsorgt hat", entgegnete Hirschfeld und massierte sich den Nacken. Die Deckenbeleuchtung brannte ihm in den Augen. „Falls nicht, war er sicher so schlau, die SIM-Karte aus dem Handy zu entfernen."

Trotz dieser Befürchtung würden sie das Mobilfunktelefon orten lassen.

„Dafür habe ich einen abgelaufenen Pass gefunden. Das Mädchen heißt Svetlana Dobris."

Candy hieß also Svetlana. Ihren Nachnamen hatten sie bereits von der Nachbarin gehört. Nur den Vornamen hatte sie nicht richtig erinnert.

„Wie alt ist Svetlana?", wollte Hirschfeld wissen und betrachtete das Passfoto, das mindestens vier bis fünf Jahre alt sein musste.

„Sie ist vor Kurzem 21 geworden."

„Fast noch ein Kind …"

„Svetlana wurde in Litauen geboren", brach Kirchhoff das Schweigen.

Der Traum, in Deutschland das große Geld zu machen, war geplatzt. Hirschfeld sprach den Gedanken nicht aus. Stattdessen wollte er wissen:

„Bist du wenigstens im Badezimmer fündig geworden?"

„Nein, Fehlanzeige. Nur das Übliche, dazu ein paar nicht verschreibungspflichtige Schmerztabletten. Und das war's auch schon."

„An der Nadel hing sie nicht", dachte Hirschfeld laut.

„Noch nicht", sagte Kirchhoff tonlos.

„Gut, dann hören wir uns mal an, was unser Freund dazu zu sagen hat."

Sie hatten vor der Wohnungsdurchsuchung zwei Streifenwagen angefordert: einen für Simone Wilken, um sie nach Hause zu fahren, und einen für den Türsteher der Immenburg, der bereits ins Polizeigewahrsam in Ramersdorf verfrachtet worden war.

„Ist wirklich alles in Ordnung mit dir?", wollte Kirchhoff auf dem Rückweg ins Polizeipräsidium wissen und warf einen Blick Richtung Beifahrersitz. „Du hast doch mehr abbekommen, als ich dachte."

„Mir geht's gut, danke", sagte Hirschfeld.

Sein Schädel dröhnte. Ein Blick in den Spiegel der Sonnenblende überzeugte ihn endgültig vom Gegenteil: Seine Nase war angeschwollen. Unter seinen Augen hatte sich ein Kranz rot-blauer Blutergüsse gebildet.

„Du musst zum Arzt damit", meinte Kirchhoff und lenkte den silbernen BMW M3 auf die Reuterstraße.

„Ich muss so einiges", erwiderte Hirschfeld und lächelte schief.

Eine halbe Stunde später betraten sie einen der Verhörräume im Präsidium, in dem der Türsteher bereits auf sie wartete. Kirchhoff setzte sich an den Tisch, während Hirschfeld sich gegen die Wand lehnte. Als der Uniformierte, der den Hünen bisher bewacht hatte, die Tür hinter sich geschlossen hatte, klappte Kirchhoff die Akte vor ihm auf.

„Dimitri Koslowski, geboren am 5. März 1980, wohnhaft in der Römerstraße 67, Bonn Castell."

Er fuhr mit dem Finger über die Zeilen und fuhr fort:

„Sie haben ein hübsches Vorstrafenregister, Koslowski: Körperverletzung, Betrug, Handel mit anabolen Steroiden und so weiter und so weiter."

Koslowski schwieg.

„Heute Nacht haben Sie der Liste gleich zwei weitere Delikte hinzugefügt", fuhr Kirchhoff fort und blätterte in der Akte, „Einbruch und tätlicher Angriff auf einen Polizeibeamten."

„Erstens: Ich bin nicht eingebrochen, der Schlüssel lag unter der Fußmatte. Und zweitens: Das war ein Reflex. Reine Selbstverteidigung. Wer kann denn ahnen, dass dieser Hänfling ein Bulle ist."

Kirchhoff hielt inne und blickte auf:

„Mein Kollege hat sich mehrfach als Polizist zu erkennen gegeben."

„Mag sein“, zuckte Koslowski mit den Achseln. „Ich hab was mit den Ohren.“

„Sie stehen unter dem dringenden Tatverdacht des versuchten Mordes an Svetlana Dobris“, ignorierte Hirschfeld den Seitenhieb.

„Ich kenne keine Svetlana“, knurrte Koslowski. Seine Augen funkelten angriffslustig.

„Aber Sie kennen eine Candy“, entgegnete Hirschfeld und schlug mit der Faust auf den Tisch. „Was hatten Sie heute Nacht in ihrer Wohnung verloren? Wollten Sie ein paar verdächtige Spuren beseitigen?“

Hirschfeld hatte sich wieder aufgerichtet und fixierte den Securitymann kalt.

„Reden Sie keinen Scheiß!“

„Ich will Ihnen sagen, wie es abgelaufen ist: Sie wollten sich nur ein bisschen amüsieren. Weil Svetlana Sie kannte, hat sie sich sicher gefühlt. Dann kam es zum Streit und Sie sind durchgedreht. Als es vorbei war, haben Sie das Mädchen einfach wie Müll entsorgt.“

„Ich schlage keine Frauen“, gab Koslowski trotzig zurück.

So langsam schien ihm das Verhör unangenehm zu werden.

„Ach ja?“, sagte Kirchhoff. „Ihre Akte sagt aber etwas anderes!“

„Das denken Sie sich doch alles nur aus! Als ich erfahren hab, dass Candy im Krankenhaus liegt, habe ich mir gedacht, ich seh mal bei ihr zu Hause nach dem Rechten.“

„Kommen Sie, das können Sie Ihrer Großmutter erzählen“, sagte Hirschfeld. „Sie derart zuzurichten hat Ihnen wohl nicht gereicht. Sie wollten Svetlana noch um ein paar Scheine erleichtern.“

„Nein, das ist eine Lüge!“

Hirschfeld stand jetzt hinter Koslowski.

„In ihrer Wohnung werden wir jede Menge Spuren von Ihnen finden, das ist Ihnen hoffentlich klar“, sagte er drohend.

„Na und? Ich war schon öfters bei der Nutte zu Besuch. Das beweist rein gar nichts.“

„Svetlana kämpft ums nackte Überleben“, verlor Hirschfeld jetzt doch fast die Beherrschung. „Also reden Sie nicht so über sie!“

„Schon gut, schon gut. Das mit der Kleinen tut mir echt leid", erwiderte Koslowski.

„Sie müssen uns schon etwas mehr bieten", sagte Kirchhoff.

Hirschfeld starrte auf die Nackenrollen des Mannes, der jetzt den Kopf hin und her bewegte, bis es unangenehm knackte.

„Also schön, ich geb zu, dass Candy mir Geld geschuldet hat. Das wollte ich mir zurückholen. Aber ich wusste nicht, dass sie verschwunden war, bis Sie mir ihr Foto gezeigt haben."

Hirschfeld dachte an ihre erste Begegnung zurück: Koslowski war vielleicht ein Schwein, aber er schien nicht beunruhigt gewesen zu sein, als sie im Bordell aufgetaucht waren. Außerdem war der Typ nicht helle genug, um der anonyme Briefeschreiber zu sein. Das war eindeutig ein paar Nummern zu groß für ihn. Kirchhoff schien den gleichen Gedanken zu haben:

„Nehmen wir an, Sie sagen die Wahrheit: Die Meldung war wochenlang in den Medien. Lesen Sie keine Zeitung?"

„Nur den Sportteil."

„Natürlich. Was sonst. Wo waren Sie in der Nacht vom 23. auf den 24. September?"

„Arbeiten."

„Meinen Sie damit eine legale oder illegale Tätigkeit?", wollte Kirchhoff wissen.

„Mann, was soll das? Ich war im Eros, ich hab ein Alibi!", blaffte Koslowski und warf den Kopf zurück. „Ich hab nichts mit dem Angriff auf Candy zu tun."

„Vielleicht, das werden wir überprüfen", entgegnete Kirchhoff und klappte die Akte wieder zu. „Aber Sie haben unsere Ermittlungen um mindestens einen Tag zurückgeworfen. Und das wegen ein bisschen Kohle?"

„Man muss halt sehen, wo man bleibt."

„Wenn durch Ihr Fehlverhalten eine weitere Frau zu Schaden kommen sollte", gab Kirchhoff zurück und erhob sich von seinem Stuhl, „dann wandern Sie wegen Behinderung der Ermittlungen für die nächsten Jahre ins Gefängnis, Koslowski!"

Mit einem halben Glas Wasser spülte Hirschfeld zwei Schmerztabletten herunter. Er stand im Bad seines Apartments und betrachtete sein zerschundenes Gesicht. Die Blutergüsse unter seinen Augen würden ihm noch ein paar Tage erhalten bleiben. Vorsichtig betastete er seine Nase und stellte fest, dass sie nicht gebrochen war.

Wenigstens etwas.

„Du siehst furchtbar aus", sagte Renee.

Sie war hinter ihn getreten und umschlang ihn mit beiden Armen. Ihre Blicke trafen sich im Badezimmerspiegel.

„Danke für die Blumen. Ich konnte ...", setzte Hirschfeld an und drehte sich zu ihr um.

Sie legte ihm ihren Zeigefinger auf den Mund:

„Schhhhhh."

Über ihrem Slip trug sie nur eines seiner alten T-Shirts. Sie musste sich auf die Zehenspitzen stellen, um ihn zu küssen. Hirschfeld erwiderte den Kuss und umfasste mit beiden Händen ihre schmalen Hüften. Renee drängte sich an ihn. Er spürte ihre festen Brüste und fuhr mit der Rechten unter das Shirt. Zuerst berührte er sanft ihren Rücken und tastete sich ihre Wirbelsäule entlang nach oben. Dann wanderte seine Hand nach vorne. Renee stöhnte leise, griff nach seinem T-Shirt und zog es ihm behutsam über den Kopf. Sie küssten sich erneut. Ohne seine Lippen von ihren zu lösen, dirigierte Hirschfeld sie rückwärts aus dem Badezimmer. Renee atmete schwer, als seine Hand ihren Bauch streichelte und in ihrem Slip verschwand.

40

Am nächsten Morgen hastete Hirschfeld durch die Flure des KK 11. Er war ohne einen Kaffee aufgebrochen, um pünktlich zur Morgenbesprechung im Präsidium zu erscheinen. In seinem Kopf dröhnte immer noch der Presslufthammer, daran hatte auch die zweite Dosis Schmerztabletten nichts geändert.

Als Hirschfeld um die Ecke bog, wäre er fast mit Ernst Friedrich Schumacher zusammengestoßen. Der Leiter der Kriminaldirektion 1 war wie gewöhnlich tadellos gekleidet. Die Wolke Aftershave, die ihn umhüllte, bereitete Hirschfeld Übelkeit.

„Na? Haben Sie es wieder mal übertrieben, Lutz?“, wollte Schumacher wissen, der stehen geblieben war und die Arme vor der Brust verschränkte.

Hirschfeld blickte entschuldigend auf seine Uhr und schob sich in den Konferenzraum, bevor der letzte Beamte der Mordkommission die Tür hinter sich schloss. Er hatte weder Lust noch Energie, sich vor dem General zu rechtfertigen. Der Kriminaldirektor war von Anfang an nicht gut auf ihn zu sprechen gewesen, höfliches Geplänkel würde ihn auch nicht vom Gegenteil überzeugen.

Hirschfeld suchte sich einen Platz. Kirchhoff, der bereits am anderen Ende des Konferenztisches neben Jens Schröder saß, grüßte ihn wortlos und bedeutete ihm, dass er die Zusammenfassung ihrer neuesten Ermittlungen übernehmen würde. Hirschfeld nickte dankbar und lächelte in sich hinein. Renee und er hatten es nicht einmal bis in die Dachkammer geschafft. Erst spät in der Nacht waren sie ins Schlafzimmer umgezogen, wo sie eng umschlungen eingeschlafen waren.

„Guten Morgen“, begrüßte Schröder die Runde. „Wir haben heute ein volles Programm, daher übergebe ich das Wort direkt an Peter, bevor wir zu den Gutachten aus Wiesbaden kommen.“

Kirchhoff räusperte sich und fasste seinen Bericht in knappe Worte. Bei der Verhaftung von Dimitri Koslowski warf Christian Hellmann Hirschfeld einen unverhohlen schadenfrohen Seitenblick zu. Doch Hirschfeld bemerkte ihn nicht, da er weiter seinen Gedanken nachhing. Renee hatte ihn mit einem leidenschaftlichen Kuss geweckt. Bevor er ins Polizeipräsidium aufgebrochen war, hatten sie sich noch einmal geliebt.

„Gut. Danke, Peter", sagte Schröder, als Kirchhoff geendet hatte, und erhob sich, um ein paar Kopien herumgehen zu lassen. „Diese Spur ist leider kalt, wie ihr gehört habt. Das Alibi von Koslowski ist wasserdicht, er ist bereits aus dem Gewahrsam entlassen worden. Außerdem hat die kriminaltechnische Untersuchung ergeben, dass es sich bei den Schreibutensilien, die der Verfasser verwendet hat, um Massenartikel handelt. Papier, Umschläge und Stifte mit schwarzer Tusche gibt es überall zu kaufen und lassen sich daher nicht zurückverfolgen."

Jens Schröder wartete, bis jeder einen Stoß Papiere vor sich auf dem Tisch liegen hatte.

„Die beiden Gutachten des BKA sind dagegen aufschlussreicher", fuhr er fort.

Hirschfeld langte über den Konferenztisch nach der Thermoskanne Kaffee und goss sich eine Tasse ein.

Die Kollegen aus dem Referat „Sprechererkennung, Tonträgerauswertung und Autorenerkennung" des Bundeskriminalamtes analysierten Schriftstücke, die im Zusammenhang einer Straftat standen oder selbst eine Straftat darstellten. Darunter fielen Erpressung, Bedrohung und Beleidigungen. In diesem Fall hatten sie es mit mehreren Bekennerschreiben zu tun. Hirschfeld brannte darauf, was die Analyse des kleinen Teams forensischer Linguisten ergeben hatte.

„In euren Händen haltet ihr das Basisprofil."

Hirschfeld legte die Blätter zu einem ordentlichen Stapel zusammen und versuchte, sich auf die ersten Zeilen zu konzentrieren. Das Gutachten enthielt keine grafologische Expertise. Die Zeiten, in denen man annahm, dass die persönliche Handschrift eines Menschen Rückschlüsse auf seine Persönlichkeit zuließ, gehörten der Vergangenheit an.

„Zunächst einmal steht fest, dass die Briefe von ein und demselben Verfasser stammen. FISH, das *Forensische Informationssystem Handschriften,* hat in diesem Punkt eindeutige Ergebnisse geliefert, was Strichführung, Schreibtiefe und Bewegungsfluss anbelangt. Das Wesentliche hierzu ist auf Seite 5 zusammengefasst."

„Wie funktioniert das eigentlich, wenn ich fragen darf?", hob Kris Pauly die Hand.

„Ich bin kein Experte, Kris, aber das Ganze läuft rechnergestützt ab. Ähnlich wie bei der Untersuchung von Fingerabdrücken vergleicht das Programm Muster im Schriftbild und berücksichtigt dabei auch solche Dinge wie Zeichnungen, Interpunktion und Abkürzungen."

„Okay, verstehe", entgegnete Pauly und machte sich Notizen.

„Die vorliegende Handschrift weist in der Tat einige Besonderheiten auf: Neben den ungewöhnlich vielen Unterstreichungen in den Briefen ist euch sicher sofort ins Auge gefallen, dass die Linienführung äußerst präzise ist."

Hirschfeld nickte.

„Die Abstände zwischen den Wörtern sind – mit dem bloßen Auge betrachtet – immer gleich. Auch die Höhe der Groß- und Kleinbuchstaben ist jeweils identisch. Diese Eigenschaften finden sich in der Normschrift wieder, die sich deutlich von der Alltagshandschrift abhebt. Dafür spricht insbesondere die Schreibweise des Buchstabens ‚y' mit einem leichten Bogen nach links am unteren Ende. Dasselbe gilt für das große ‚R', bei dem der letzte Strich nicht an der senkrechten Linie, sondern am Bogen angesetzt wird, wie in ‚TIER' im ersten und ‚Rausch' im zweiten Brief. In der Strichführung entstehen dadurch keine spitzen Winkel."

„Wozu soll das gut sein?", fragte Hellmann.

„Wenn ich die Gutachter richtig verstehe, geht es um eine saubere Schrift", antwortete Schröder. „Am deutlichsten wird dies im zweiten Brief. Die Ziffer ‚8' in der Altersangabe besteht aus zwei übereinandergesetzten Kreisen. Technische Zeichnungen sind so zum Beispiel besser lesbar, auch wenn sie vervielfältigt werden."

Bei aller Vorsicht, die der Verfasser bisher an den Tag gelegt hatte, dachte Hirschfeld, hatte er mit der Verwendung der Normschrift vielleicht den ersten entscheidenden Hinweis auf seine Identität gegeben.

„Gut, kommen wir zum nächsten Punkt: Die Analyse des Konkordanz-Programms – die Auswertung findet ihr auf Seite 7 – untermauert die These von ein und demselben Verfasser."

Hirschfeld hatte die Stelle im Gutachten gefunden und fuhr mit dem Finger über die Tabelle. Darin war nicht nur jedes einzelne Wort der vorliegenden Briefe aufgelistet, sondern auch das Wort, das jeweils davor- und dahinterstand.

„So kann man zum Beispiel erkennen, ob jemand ein ‚Dann – ja'- oder ein ‚Ja – dann'-Sager ist", erläuterte Schröder. „Dazu noch Fragen? Nein?"

Er strich sich mit der Hand über seinen Dreitagebart und erläuterte den nächsten Absatz des Gutachtens:

„Dritter Grundpfeiler beim Textvergleich ist die Stil- und Fehleranalyse. Sie beschäftigt sich mit den Stellen, die von der Norm abweichen. Die Expertise bescheinigt dem Briefeschreiber eine überdurchschnittliche Sicherheit im Verfassen von Texten. Es finden sich in den drei vorliegenden Briefen weder *Mistakes,* also unwillkürliche …"

Schröder schien nach Worten zu suchen.

„Flüchtigkeitsfehler?", fragte Kirchhoff.

„Ja, danke, Peter. Also Fehler, die vom Verfasser korrigiert werden können, noch *Errors,* das heißt Fehler, die auf der falschen Annahme oder Unkenntnis einer Grammatik- oder Duden-Rechtschreibregel beruhen. Selbst mit den oft falsch gesetzten Kommata hat der Verfasser keinerlei Probleme."

„Was heißt das im Klartext, Jens?", hakte Hirschfeld nach und versuchte, den pulsierenden Schmerz in seinem Kopf zu ignorieren.

„Ganz einfach: Unser Briefeschreiber hat sich bei Sprache und Stil nicht verstellt", antwortete der MK-Leiter.

„Gab es einen Treffer im KISTE?", wollte Kirchhoff wissen.

Das *Kriminaltechnische Informationssystem Texte* stellte eine umfangreiche Datenbank des BKA dar. Mehrere Tausend Texte konnten nach sämtlichen Fehlern und grammatikalischen Auffälligkeiten durchsucht werden. Gab es Zusammenhänge mit älteren Straftaten, erkannte der Computer diese in Sekundenschnelle.

„Ich weiß, worauf du hinauswillst", entgegnete Schröder. „Aber ich muss dich leider enttäuschen."

Seit Kurzem erfasste und verglich das KISTE auch nicht gemachte Fehler. War der Verfasser sehr sorgfältig, fiel er damit nun ebenfalls auf.

„Demnach ist er polizeilich noch nicht in Erscheinung getreten. Zumindest nicht mit anonymen Schreiben", stellte Hirschfeld fest.

Das war ein Rückschlag, von dem sich die Mordkommission nicht so schnell erholen würde, dachte er und nahm einen Schluck Kaffee.

41

Er fühlte sich wie erschlagen, als er aufwachte. Sein Schädel schien aus Glas zu sein und drohte jeden Augenblick zu zerspringen.

„Meyer", zischte er und spürte einen Würgereiz.

Als er ihn zum ersten Mal hinter die Garage führte, hatte er sich nichts dabei gedacht. Es war ein heißer Sommertag, der in seiner Erinnerung nicht mit den anderen zu einem einzigen Tag voll träger Hitze und gleißendem Sonnenlicht verschmolz.

Dieser Tag war anders.

Er hatte die Hühner schon oft gackern und scharren gehört. Aber bisher hatte er sich ihnen nie weiter als bis auf zwei, drei Meter genähert, wenn sie im Zickzackkurs durch das mit Maschendraht eingezäunte Gehege rannten. Der Stall war mehr ein notdürftig zusammengezimmerter fensterloser Verschlag, in dem das Licht zwischen den Holzbrettern auf den Sandboden fiel. In den hellen Streifen tanzten Staubkörner, die bei jedem Schritt auseinanderstoben.

„Geh ruhig näher ran“, sagte er mit seiner Reibeisenstimme zu ihm.

Der beißende Geruch von Hühnerkot stieg ihm in die Nase, als er sich den Käfigen näherte. Er musste so stark husten, dass er fast erstickte. Lachend schlug er ihm mit der flachen Hand auf den nackten Rücken, bis er sich wieder beruhigt hatte. Seine Hand war rau und von Schwielen übersät. Die langen Fingernägel starrten vor Dreck.

Diese Hände hatten ihn schon oft berührt. Auch an Stellen, die er selbst bisher nur im Dunkeln erforscht hatte. An diesem Tag öffneten sie eine Käfigtür und zogen ein verängstigtes Tier heraus. Das Huhn war nicht besonders groß. Es rollte mit seinen Knopfaugen und schlug wild mit den Flügeln. Ein paar Federn segelten zu Boden, bis er das Huhn auf die Werkbank geschafft hatte und mit eisernem Griff niederdrückte.

„Du erinnerst dich noch daran, was ich dir über die menschlichen Körperflüssigkeiten beigebracht habe?“, wollte er wissen, ohne ihn anzusehen.

Er nickte artig. Er war kein kleines Kind mehr. Trotzdem schlug ihm das Herz bis zum Hals. Er wusste, dass es wieder passieren würde, aber er wusste nicht, dass das, was folgte, über seine Vorstellungskraft hinausgehen würde.

„Wenn du erwachsen bist, wirst du mir dafür dankbar sein“, senkte er seine Stimme verschwörerisch.

Er kannte diesen feierlichen Tonfall, der ihn in den Kreis der Erwachsenen erhob.

„Es ist ganz einfach, du musst nur darauf achten, dass du den Hals nicht loslässt, sonst entwischt es dir.“

Später machte ihm das nichts mehr aus. Wenn ein Huhn die Prozedur nicht überstand, musste er es auf den Komposthaufen werfen, wo es zwischen Kartoffelschalen und welken Salatblättern verrottete.

Papier raschelte am Konferenztisch. Kein Mitglied der Mordkommission wollte eine unangenehme Stille aufkommen lassen.

„Wenden wir uns nun dem Inhalt der drei Bekennerschreiben zu", leitete Schröder zum nächsten Abschnitt über. „Laut Gutachten ist unser anonymer Verfasser männlich. Nicht nur der Gegenstand der Briefe, sondern auch die fehlenden Wortwiederholungen wie ‚sehr, sehr gut' oder ‚ganz, ganz schnell' deuten darauf hin. Diese wären eher für weibliche Verfasser typisch. Außerdem ist er deutscher Muttersprachler. Die regionale Herkunft konnten die Gutachter nicht zweifelsfrei klären. Unsere bisherigen Ermittlungen deuten jedoch darauf hin, dass der Täter im Bonner Einzugsgebiet wohnhaft ist oder sich zumindest sehr gut hier auskennt."

„Die Altersbestimmung ist ganz schön vage. Die Schätzung reicht von Mitte 30 bis Mitte 60", bemerkte Hirschfeld.

„Ich weiß. In der Handschriftenanalyse gibt es nur eine kategorische Alterseinschätzung wie ‚Jugendlicher' oder ‚älterer Mensch'. Das ist sicher dem Umstand geschuldet, dass das Gutachten auf Wahrscheinlichkeitsaussagen beruht, die absolute Realität wird es nie abbilden können."

„Verstehe."

„Daher sprechen forensische Sprachprofiler auch nicht von einem linguistischen Fingerabdruck. Ein menschlicher Fingerabdruck ist einzigartig und unveränderlich. Sprache kann sich dagegen über die Jahre durch einen Berufswechsel oder andere Erfahrungen verändern."

„Klingt einleuchtend", gab Hirschfeld zurück und streckte die Beine unter dem Konferenztisch aus. Zu gern wäre er in diesem Augenblick zurück in seinem Bett. Neben Renee.

„Die Rechtschreibreform muss der Täter bewusst erlebt haben, sonst hätte er diese nicht derart verinnerlichen können", nahm Jens Schröder den Faden wieder auf. „Darüber hinaus sagt das Gutachten, dass der Schreiber aufgrund seiner stilistischen Fähigkeiten über ein hohes Bildungsniveau und Schreiberfahrung verfügen muss."

Hirschfeld erinnerte sich an einen Satz, der ihm besonders im Gedächtnis geblieben war:

„Der Verfasser nannte sich selbst einen ‚Wissenschaftler' beziehungsweise einen ‚Forscher auf dem Gebiet der menschlichen Psyche'. Das würde nahelegen, dass er Akademiker ist."

„Das ist richtig, die Gutachter bestätigen das", meinte Schröder und blätterte in seinen Unterlagen. „Der Begriff ‚Maximalfantasie' aus dem dritten Brief spricht auch für psychologisches oder psychiatrisches Wissen."

„Ja, der Täter reflektiert sein Kopfkino. Er muss sich schon sehr oft ausgemalt haben, eine Frau in seine Gewalt zu bringen und sie zu quälen", stellte Hirschfeld fest und blickte in ernste Gesichter. „Er hat seine Fantasien wahrscheinlich schon über Jahre perfektioniert und weiß ganz genau, wie er sie jetzt in die Tat umsetzen will."

Für einen Augenblick herrschte Schweigen am Konferenztisch.

„Geben die Briefe vielleicht Aufschluss über Beruf oder den sozialen Hintergrund?", meldete sich Kirchhoff als Erster wieder zu Wort.

Hirschfeld schätzte den Pragmatismus seines Partners. Wenn nichts mehr ging, schaffte Kirchhoff es mit seiner nachdenklichen und bisweilen auch melancholischen Art, den Dingen ihren richtigen Stellenwert zu geben. Auch wenn sie einem Phantom nachjagten, war es nicht angezeigt, den Kopf in den Sand zu stecken.

„In der Tat", bejahte Schröder die Frage. „Den genauen Beruf konnten die Experten nicht benennen, aber sie sind zu dem Schluss gekommen, dass unser Anonymus einen technischen Beruf ausübt, etwas in Richtung Ingenieur oder Konstrukteur."

Hirschfeld fand den entsprechenden Absatz im Gutachten und betrachtete die Wortliste.

„‚Fassade', ‚Lebensentwurf', ‚eine Mauer um sich herum aufbauen', ‚zeitlos', ‚Wege kreuzen sich', ‚Asymmetrie des Körpers', ‚Detail' und ‚alles verläuft nach Plan'", las er laut vor. „Dann könnten wir es mit einem Architekten zu tun haben."

„Das wäre naheliegend", stimmte Jens Schröder ihm zu. „Dazu passt auch, dass die Briefe nicht mit Tinte, sondern mit Tusche geschrieben worden sind, die typisch für Zeichenstifte ist, und natürlich die verwendete Normschrift."

„Gibt es dafür nicht solche Schriftschablonen?", warf Kirchhoff ein.

„Stimmt", fielen Hirschfeld die durchsichtigen Schablonen aus orangefarbenem Kunststoff ein, die er schon öfters in Schreibwarengeschäften gesehen hatte.

„In puncto Mobilität", schaltete sich Kristin Pauly wieder ein, „können wir zumindest festhalten, dass der Täter motorisiert sein muss. Wenn er nicht mit dem eigenen Fahrzeug gefahren ist, hat er sich einen Mietwagen genommen, sonst hätte er das Opfer nicht am Autobahnkreuz Bonn-Nord ablegen können."

Der zweite Brief des Anonymus gab der Kollegin aus dem KK 21 recht, dachte Hirschfeld. Der Ort des Unfalls mit tödlichem Ausgang für Mutter und Tochter, der in ihm die dunkelsten Abgründe freigelegt hatte, war nur mit einem fahrbaren Untersatz wie einem Pkw zu erreichen. Viele Täter waren hochmobil. Die Zeit vor der Tat war oft geprägt von einer aufreibenden Rastlosigkeit. Nicht selten fuhren sie stundenlang ziellos mit ihrem Fahrzeug durch die Nacht. So begann die Jagd auf ihr späteres Opfer: eine unvorsichtige Anhalterin oder eine Prostituierte, die auf ihren nächsten Freier wartete.

„Die Briefe geben keinen Aufschluss darüber, ob der Täter über eine Schusswaffe verfügt", ging Hellmann zum nächsten Punkt des Gutachtens über. „Wir wissen nur von einem Skalpell und einem Messer, mit denen er Svetlana Dobris malträtiert hat."

„Natürlich ist nicht auszuschließen, dass er die junge Frau mit einer Schusswaffe bedroht hat, um sie gefügig zu machen", gab Hirschfeld zu bedenken.

Hellmann nickte.

„Bis auf das vermutete Berufsfeld, das wir dem Täter zuordnen, und die damit verbundenen technischen Kenntnisse", fügte Jens

Schröder hinzu, „verraten die drei Briefe nichts über seine politische Gesinnung, Weltanschauung, religiöse Einstellung oder die Zugehörigkeit zu bestimmten Gruppen. Außerdem enthalten die Briefe keine Information über eine mögliche delinquente Vergangenheit oder eventuelle Vorstrafen."

„Das hätte den Kreis der Verdächtigen stark einschränken können", meinte Kirchhoff bedächtig und legte den Kopf schräg.

„Das ist wohl wahr. Aber eines ist in jedem Fall sicher: Dem anonymen Verfasser ist es verdammt ernst", sprach Schröder die Befürchtung der gesamten Mordkommission aus. „Die Handschriftenanalyse und das psychologische Gutachten bestätigen, dass aus jeder Zeile der Geist eines pathologischen Narzissten spricht, der nicht aufgeben wird, wenn wir ihn nicht stoppen!"

43

Inzwischen hatte er geduscht. Wasserdampf hatte den großen Spiegel über dem Waschbecken beschlagen. Er wischte eine Stelle frei und betrachtete die Narbe auf seiner Unterlippe. Als Junge hatte er sich einmal vor Schmerz auf die Lippe gebissen:

Dieser Abend hatte sich für alle Zeit in seine Netzhaut eingebrannt.

Das verzerrte Gesicht schwebte wie eine gelbe Mondscheibe über ihm. Die Haut war aufgedunsen und ließ die halb geschlossenen Augen noch kleiner erscheinen. Über die geröteten Wangen zog sich ein Netz blauer Adern. Der bleiche Bauch drängte sich übermächtig gegen seinen schmalen Leib.

In seinem Nacken spürte er seinen heißen Atem. Obwohl er ihn nicht sehen konnte, spürte er die Hände überall, die jeden Zentimeter seines Körpers kannten. Mit größter Anstrengung versuchte er, mit den Zehenspitzen am Boden zu bleiben. Sobald er den Halt verlor, war der Schmerz zwischen seinen Beinen am unerträglichsten. Immer wieder hatte er das Bild eines aufgehängten Schweins vor Augen, das bei lebendigem Leib mit einem großen Beil in zwei Hälften geschlagen wurde. Einmal kam es ihm so vor, als hätte er das Bewusstsein für einen Moment verloren. Aber die rhythmischen Bewegungen holten ihn schneller zurück, als ihm lieb sein konnte.

Bisher hatte *er* noch nie jemanden eingeladen. Die Besuche im Hühnerstall wiederholten sich in mitleidloser Regelmäßigkeit. Am Anfang hatte er sich jedes Mal erbrochen, aber mit der Zeit hatte er sich an die toten Hühner gewöhnt. Irgendwann war es einfach geworden, die Schreie der Tiere zu ignorieren. Selbst der Kot, den die Hühner in ihrer Not abließen, schreckte ihn nicht mehr ab.

Er tat, was er tun musste.

An diesem Abend erfuhr er jedoch am eigenen Leib, welche Schmerzen die Behandlung bedeutete. Er hatte das Gefühl, jede Sekunde zu sterben. Noch eine Bewegung und er würde in der Mitte zerreißen.

Die beiden Männer achteten nicht auf ihn. Er war nur Mittel zum Zweck, ein Junge, der keine Widerworte gab und alles still ertrug, weil ihm sonst niemand Beachtung schenkte.

Später in der Nacht rollte er sich in seine Bettdecke und wünschte sich den Tod.

Es dauerte Wochen, bis er wieder richtig sitzen konnte.

44

„Dem Täter geht es für meine Begriffe um Selbstdarstellung.“ Jens Schröder sah vom Gutachten auf und blickte in die Runde.

„Hier steht, dass Menschen mit einer narzisstischen Persönlichkeitsstörung, kurz NPS, maßlos selbstbezogen und überheblich sind. In ihrer Grandiosität fühlen sich pathologische Narzissten überlegen und benutzen andere ohne Rücksicht auf Verluste für eigene Zwecke“, fuhr Schröder fort.

„Der Täter ist über das übliche Maß hinaus abhängig von der Bewunderung durch andere“, sagte Hirschfeld nachdenklich.

„Ja, so könnte man es ausdrücken. Er verspürt laut Gutachter wahrscheinlich eine innere Leere und Kälte und leidet an Minderwertigkeitskomplexen. Daher versucht er auch, mit allen Mitteln aus der Masse hervorzustechen.“

„Also ein klassischer Fall von Profilneurose“, dachte Hirschfeld laut. „Das könnte auch der Grund sein, weshalb er uns die Briefe schickt.“

Schröder nickte:

„Ganz genau, denn eines fürchten solche Täter am meisten: Mittelmaß und Durchschnittlichkeit.“

Kris Pauly hatte schon ein paar Seiten weitergeblättert und stellte fest:

„Die Gutachter halten den Täter für den aggressiven Typus des pathologischen Narzissten. Interessant. Dann haben wir es mit einem sexuellen Sadisten zu tun, der seine Befriedigung nur durch körperliche Gewalt oder – im schlimmsten Fall – durch Mord erlangen kann. Mit diesem Tätertypus hatte ich es im KK 21 schon öfter zu tun, als mir lieb war.“

Die Kriminaloberkommissarin wischte mit dem Ärmel ihres Pullovers einen Kaffeefleck vom Tisch und sagte:

„Solche Täter haben schon ganz früh die Erfahrung gemacht, dass die Eltern ihnen keine Anerkennung schenken. Das mangelnde Einfühlungsvermögen und die Beziehungsunfähigkeit, die zum Sadismus führen, sind im Prinzip darauf zurückzuführen, dass sie nie die Erfahrung von Nähe gemacht haben. Im Gegenteil. Meist haben sie physische oder psychische Gewalt erlebt beziehungsweise eine Kombination aus beidem. Das Kind lernt, dass es bessere Überlebenschancen hat, wenn Gefühle keine Rolle mehr spielen. Das führt dazu, dass diese Täter sich mit dem ursprünglichen Aggressor identifizieren und schließlich selbst Herr über Leben und Tod werden.“

„Das Opfer wird zum Täter", brachte Kirchhoff es auf den Punkt.

„Im ersten Brief schreibt der Täter, dass er als Kind oft Prügel bezogen hat", bestätigte Hirschfeld. „Vielleicht hat er dabei schon jegliche Empathie verloren."

„Inwieweit ist der Kerl dann überhaupt zurechnungsfähig und damit auch voll verantwortlich für seine Handlungen?", hakte Hellmann nach.

„Das ist ein berechtigter Einwand, Christian. Der hohe Grad an Planung spricht meines Erachtens für einen intakten Bezug zur Realität", antwortete Schröder. „Die Tat geschah nicht im Affekt."

„Aber eins verstehe ich trotzdem nicht: Wir hätten doch nie einen Zusammenhang zwischen dem Auffinden von Svetlana Dobris und dem Täter beziehungsweise seinem Erlebnis mit dem tödlichen Unfall auf der B 56 hergestellt, wenn er nicht selbst davon in seinen Briefen berichtet hätte", erwiderte Hellmann.

„Da stimme ich dir nur teilweise zu", wandte Kirchhoff ein. „Es wäre vielleicht nur eine Frage der Zeit gewesen, bis wir das ermittelt hätten. Ich gebe zu, dass wir nicht auf die Bedeutung des Unfalls gekommen wären. Wir hoffen aber weiterhin darauf, dass Svetlana aus dem Koma erwacht und befragt werden kann. Womöglich ist sie die einzige und damit wichtigste Zeugin in diesem Fall."

„Womit müssen wir jetzt rechnen?", wollte Hellmann wissen.

Ihm war anzusehen, dass er sich ganz und gar nicht wohlfühlte bei dieser Frage, die wie eine dunkle Wolke über ihren Köpfen schwebte.

„Eine solche psychodynamische Entwicklung endet nicht selten in einer Art Machtrausch und Mordlust", sagte Pauly.

„Wie können wir ihn stoppen?", fragte Kirchhoff ernst.

„Der Täter wird nicht von seinem Vorhaben abrücken, sich ein neues Opfer zu suchen", erwiderte Schröder. „Ich leite eine Öffentlichkeitsfahndung in die Wege, auch wenn wir nur wenige Hinweise an der Hand haben."

„Bitte erinnere mich daran, dass ich heute noch einen Abstecher in irgendeine Zoohandlung machen muss“, sagte Hirschfeld zehn Minuten später auf dem Weg zu ihrem Büro.

„Hab ich irgendetwas verpasst?“, wollte Kirchhoff wissen und legte den Kopf schräg.

„Ja, mag sein.“

„Oh, sehr geheimnisvoll, der Herr Kriminalhauptkommissar. Wenn du nicht redest, werde ich es früher oder später sowieso herausfinden“, lächelte Kirchhoff wissend.

„Bei mir wohnt jetzt ein Kater.“

„So, so. Und jetzt brauchst du einen Katzenkorb, eine Heizungsliege, Futternäpfe, eine Wassertränke, eine Katzenangel, ein Halsband und, und, und. Das volle Programm.“

„Um Gottes willen“, wehrte Hirschfeld ab. „Das wäre die reinste Beleidigung für Elvis. Ich will nur ein paar Dosen Katzenfutter kaufen.“

„Die Rollen sind also schon klar verteilt: Der Kater erzieht dich, richtig?“, stellte Kirchhoff fest.

„Nein, nicht wirklich, bisher ist das eher eine friedliche Koexistenz, würde ich sagen. Und vielleicht ist er ja auch nur auf der Durchreise.“

„Und warum ausgerechnet dieser Name?“

„Keine Ahnung, ist mir einfach eingefallen.“

„Und wie bist du überhaupt zu *Elvis* gekommen? Zeit, ins Tierheim zu gehen, hattest du in letzter Zeit jedenfalls nicht.“

„Nein, nein. Er ist mir quasi zugelaufen.“

„Wieso quasi?“

„Er saß vorgestern plötzlich auf der Dachterrasse gegenüber meiner Wohnung.“

„Und dann hast du ihm einfach die Tür geöffnet?“

„Nein.“

„Nein? Ich höre!“

„Also gut: Das war Renee.“

„Ah, jetzt verstehe ich.“

45

When routine bites hard.

And ambitions are low.

Johanna Hirschfeld schloss widerwillig die Tür zum Haus ihrer Eltern auf und betrat den Eingang mit den hellen Natursteinplatten, während die Stimme von Ian Curtis über die Kopfhörer ihres MP3-Players weitersang:

And resentment rides high.

But emotions won't grow.

Es war Samstagmorgen. Die ersten Sonnenstrahlen brachen durch die Lichtkuppel, als sie die Holztür mit den Bleiglaselementen zum Wohnbereich mit der Fußspitze aufstieß. Sie hatte dem frei stehenden Bungalow aus den Siebzigerjahren noch nie viel abgewinnen können. Ihre gesamte Kindheit hatte sie in Berlin-Charlottenburg verbracht. Im Alter von elf Jahren hatte sie ihr Vater von einem auf den anderen Tag aus ihrem gewohnten Umfeld gerissen. Er hatte es noch nicht einmal für nötig gehalten, sie in seine Umzugspläne nach Bonn einzuweihen. Ihre Mutter ertrug die plötzliche Veränderung mit Sanftmut und lächelte all ihre Sorgen und Wünsche weg.

Als sie starb, stand die Welt für Jo still. Monatelang lebte sie in einem Vakuum aus Betäubung und einer gefährlichen Gleichgültigkeit gegenüber dem Leben, das um sie herum pulsierte.

Sie stand im Auge des Sturms.

Allein.

Der Schmerz über den Verlust drang erst nach und nach zu ihr vor und brannte umso stärker in ihr. Seitdem befand sich Jo ständig auf der Flucht, auch wenn sie mit niemandem darüber sprach. Nicht einmal mit Lutz. Ihr Bruder war genug damit beschäftigt, sich um ihren störrischen Vater zu kümmern. Sie selbst hätte nicht die Kraft besessen, nach Bonn zurückzukehren und ihr Leben nach dem alten Herrn auszurichten. Nur ihr schlechtes Gewissen führte zu Besuchen wie diesem. Das redete sie sich zumindest ein.

Love, love will tear us apart again.

Love, love will tear us apart again.

Jo gähnte und ließ erst die beiden Plastiktüten in ihren Händen und dann den Treckingrucksack auf den Boden fallen. Im Nachtzug von Rom nach Bonn hatte sie kaum ein Auge zugetan. Ihre vierwöchige InterRail-Reise durch Europa war auch nicht viel erholsamer verlaufen. Jo freute sich auf ein paar Züge im hauseigenen Schwimmbad und etwas Schlaf, bevor sie bei ihrem Vater in der Psychiatrie vorbeischauen würde. Soweit Johanna wusste, hatte ihr Dad sich gut auf der Offenen eingelebt. Die Freiheiten, die damit verbunden waren, erleichterten ihm den Aufenthalt in der Klinik.

Why is the bedroom so cold?

Turned away on your side.

Johanna hatte immer noch die Kopfhörer auf den Ohren, als sie die Treppe zum ersten Stock hinaufging. Sie konnte die Stille nicht ertragen, die sie um jeden Preis aus diesen vier Wänden vertreiben wollte. Sie summte die Melodie des Joy-Division-Klassikers mit. Als der Refrain sich wiederholte, sang sie laut mit:

Love, love will tear us apart again.

Love, love will tear us apart again.

Unvermittelt überkam Jo ein seltsames Gefühl. Sie riss die Kopfhörer herunter, drückte die Pausetaste ihres MP3-Players und lauschte in den Flur.

Nichts.

Wahrscheinlich halluzinierte sie schon durch den Schlafmangel, dachte Jo und war im Begriff, die Kopfhörer wieder aufzuziehen, als sie leise Stimmen hörte.

Verdammt!

Wenn das ihr Bruder war, der sich am Wochenende hier vergnügte, würde sie ihm für den Schreck den Kopf abreißen. Jo verlangsamte ihren Schritt und blieb abrupt vor dem Schlafzimmer ihrer Eltern stehen.

Eine Frau lachte leise. Lutz würde doch nicht …

46

Ihr Name war Rebecca.

Das hatte er schon an dem Tag herausgefunden, als er ihr von der Buchhandlung zu ihrer Wohnung gefolgt war.

„Rebecca“, flüsterte er noch einmal vor sich hin.

Er wusste, dass der Name aus dem Hebräischen stammte und die Bestrickende, die Fesselnde bedeutete. Ja, sie hatte ihn in ihren Bann gezogen und vom ersten Augenblick an gefesselt.

Jetzt stand er wieder vor dem grau gestrichenen Altbau in der Dorotheenstraße und betrachtete die Klingelschilder. Viele Studenten zogen in die Bonner Altstadt. Die Mieten waren günstig und die Uni war nicht weit entfernt.

Er wusste, dass sie zu Hause war, und klingelte bei einem ihrer Nachbarn. Eine männliche Stimme meldete sich durch die Gegensprechanlage:

„Ja?“

„Post!“, rief er und drückte die Tür auf, als der Summer ertönte.

So war er auch beim letzten Mal ins Haus gelangt. Die Menschen waren einfach zu gutgläubig, dachte er und ging zu der Reihe Briefkästen. Bei seinem ersten Besuch war er dort nicht fündig geworden. Dafür hatte er Rebecca plötzlich die Treppe herunterkommen sehen. Sie hatte einen Korb Wäsche getragen und war damit in den Waschkeller gegangen. Er war ihr gefolgt und hatte sich in einem leer stehenden Kellerraum versteckt, bis sie wieder zurückgekehrt und im Treppenhaus verschwunden war. Nachdem er das Programm gestoppt hatte, hatte er nur ein paar Minuten warten müssen, um die Tür zu öffnen. Der weiße Slip mit dem aufgestickten roten Herz war ihm sofort aufgefallen. Ein paar Tage hatte er seine Freude daran gehabt. Jetzt wollte er mehr von Rebecca. Ihr näher kommen und ganz in ihre Welt eintauchen.

Bereits beim Eintreten hatte er den gepolsterten Umschlag entdeckt, der aus ihrem Briefkasten schaute. Er zog ihn heraus und verließ das Haus wieder. Ohne Eile ging er zurück zu seinem Wagen, den er um die Ecke geparkt hatte, und startete den Motor. Kurze Zeit später ließ er den Wagen auf den Parkplatz unter der Friedrich-Ebert-Brücke rollen und stellte ihn ab. Er langte nach dem Umschlag, den er auf den Beifahrersitz geworfen hatte, löste die beiden Musterklammern und öffnete vorsichtig den Klebestreifen. Er griff hinein und fühlte etwas Weiches. Als er es herauszog, erkannte er, dass es ein selbst gestrickter dunkelgrüner Wollschal war. Darauf lag ein zusammengefalteter Brief. Ein Blick auf die Unterschrift verriet ihm, dass er von Rebeccas Mutter stammte. Dann begann er zu lesen. Bereits nach wenigen Zeilen wusste er, dass sie sich Sorgen um ihre Tochter machte:

Kommst du mit dem Geld aus, das dir zur Verfügung steht? Isst du auch regelmäßig? Genug Obst und Gemüse?

Außerdem sprach ihre Mutter von Problemen im Umgang mit Rebeccas Vater, ihrem Exmann. Er konnte den mitleidheischenden Tonfall, in dem der Brief verfasst war, kaum ertragen. Sie war viel zu weich, fast armselig. Rebeccas Bruder, so machte es den Anschein, hatte jetzt die Rolle des Mannes im Haus übernommen. Mehr oder weniger freiwillig. Zwischen den Zeilen konnte er herauslesen, dass die beiden Geschwister eine eingeschworene Gemeinschaft waren. Der eine schützte den anderen.

Aber ihre Familie war nicht hier, lächelte er in sich hinein und fuhr mit der Hand über den weichen Schal. Er blieb noch eine Weile so sitzen. Dann verstaute er alles wieder im Umschlag und klebte ihn wieder zu. Wenig später startete er den Wagen und warf den Polsterumschlag in den nächstbesten Briefkasten.

47

Hirschfeld parkte seine schwarze Vespa auf dem Bürgersteig und betrat den Steinweg zum Bungalow seiner Eltern. Mit jedem Schritt wuchs seine Anspannung.

Seit dem letzten Brief des Täters war inzwischen fast eine Woche vergangen. Hatte die Mordkommission anfänglich jeden dritten Tag ein Schreiben erhalten, hüllte sich der Täter nun in Schweigen. Die Funkstille verhieß jedoch nichts Gutes, da waren sich alle Mitglieder der MK einig. Hinzu kam, dass Svetlana Dobris immer noch im künstlichen Koma lag. Hirschfeld hatte sich mehrfach im St.-Petrus-Krankenhaus telefonisch bei Dr. Stockmann nach dem Zustand ihrer vielleicht wichtigsten Zeugin erkundigt, doch die Ärztin musste ihn jedes Mal enttäuschen. Sie hatten die Ermittlungen daher weiter intensiviert, waren jedoch bei der Identifizierung des Täters keinen Schritt weitergekommen.

Nach diesen Rückschlägen hatte Hirschfelds Wochenende eigentlich mit einem ausgedehnten Frühstück mit Renee beginnen sollen, doch daraus war nichts geworden. Jo hatte ihn kaum zu Wort kommen lassen, nachdem sie bei ihm Sturm geklingelt hatte. Er konnte gut nachvollziehen, dass seine Schwester erst überrascht und dann stocksauer war, als sie ihren Vater mit Ellen Winter im Ehebett überrascht hatte. Jetzt saß Jo mit Renee an seinem Küchentisch, umklammerte einen Becher Tee und schüttete ihr Herz aus. Die beiden hatten sich von Anfang an gut verstanden. Daher nutzte Hirschfeld die Gelegenheit für einen kurzen Besuch bei seinem Vater. Seit ihrer Begegnung im Kaiser-Karl-Park hatte er den alten Herrn weder gesehen noch gesprochen. Jos Schilderungen hatten Hirschfeld jedoch einen lebhaften Eindruck davon vermittelt, in welcher Stimmung sein Vater gerade war.

Als Hirschfeld vor der Haustür stand, steckte er den Schlüssel zurück in die Manteltasche und drückte auf die Klingel. Nach dem dritten Läuten tauchte eine dunkle Silhouette hinter der Türverglasung auf.

„Ich bin's, Lutz", klopfte Hirschfeld gegen die Tür, die sich daraufhin einen Spaltbreit öffnete.

Darin erschien das zerknitterte Gesicht seines alten Herrn.

„Stör ich?"

„Hast du dich geprügelt?", brummte Heinrich Hirschfeld und musterte seinen Sohn kritisch.

Er war barfuß. Offenbar hatte er sich auf die Schnelle nur einen Bademantel übergeworfen, den er sich gerade enger um den Leib band.

„Kann ich reinkommen?"

Heinrich Hirschfeld drehte sich abrupt um. Hirschfeld trat ein, schloss die Haustür hinter sich und folgte seinem Vater in die Küche.

„Ich hab nie verstanden, warum du Polizist werden wolltest. Du hast doch Köpfchen, Junge! Damit musst du doch nicht deine Brötchen verdienen", meinte er und deutete auf die Blutergüsse unter Hirschfelds Augen, die in den letzten Tagen von einem satten Rot-Blau in ein verblassendes Gelb-Grün umgeschlagen waren.

„Wie geht es Ellen?"

„Wenn du vorhast, mir eine Predigt zu halten, kannst du gleich wieder gehen", erwiderte Heinrich Hirschfeld und ließ sich auf einen Küchenstuhl fallen.

„Nein …", begann Hirschfeld und brach ab, weil er eigentlich genau das vorhatte.

Er zog seinen schwarzen Ulster-Mantel aus und warf ihn über eine Stuhllehne. Während sein Vater den Kopf auf beide Hände stützte und ein Loch in die Tischplatte starrte, holte Hirschfeld zwei Tassen aus dem Schrank und schaltete den Kaffeeautomaten ein. Das Mahlwerk kreischte.

„Wir müssen reden."

Der Duft von frisch aufgebrühtem Kaffee breitete sich aus, als Hirschfeld die beiden Tassen auf den Tisch stellte und sich zu seinem Vater setzte. Heinrich Hirschfeld presste die Lippen aufeinander.

„Wir sind alle noch nicht über Mamas Tod hinweg. Das wird sich vielleicht nie ändern", begann Hirschfeld leise.

Plötzlich wusste er nicht mehr, was er eigentlich sagen wollte. Er nahm einen Schluck Kaffee und drehte die Tasse in seinen Händen.

„Das Leben geht weiter", fuhr er zögernd fort. „Irgendwie. Das hätte sie auch nicht anders gewollt."

Wahrscheinlich hätte seine Mutter seinem Vater auch jetzt verziehen, war Hirschfeld überzeugt und dachte an die vielen Augenblicke der Nähe. Sie hatten sich immer ohne Worte verstanden.

„Ich hab auch ein Leben!", brach es plötzlich aus Heinrich Hirschfeld hervor.

Er war ruckartig aus seiner Erstarrung erwacht und schlug mit der Faust auf den Tisch. Der Kaffee in seiner Tasse schwappte über den Rand und lief über das Holz.

„Zumindest, was davon übrig geblieben ist!"

Heinrich Hirschfeld funkelte seinen Sohn wütend an.

„Das bestreitet ja auch niemand", entgegnete Hirschfeld so ruhig wie möglich. „Aber versetz dich mal in Jo. Sie ist vier Wochen durch die Weltgeschichte gereist. Und was macht sie? Sie kehrt nicht zurück nach Berlin. Nein, sie fährt als Erstes nach Bonn, um dich zu besuchen. Obwohl sie sich hier nie wohlgefühlt hat, ist diese bescheidene Hütte doch so etwas wie ihr Zuhause. Verstehst du?"

Mit jedem Satz schien Heinrich Hirschfeld in sich zusammenzusacken und zog den Kopf ein, als erwarte er eine Tracht Prügel.

„Deine Tochter ist zu dir zurückgekehrt. Und dann muss sie mit ansehen, wie eine fremde Frau neben dir im Bett liegt."

Heinrich Hirschfeld wollte protestieren, schwieg aber.

„Wir haben alle nie darüber gesprochen, aber wir wussten es. Und sie wusste es auch. Und trotzdem ist sie bei dir geblieben, hat dich all die Jahre geteilt."

Hirschfeld strich sich den Pony aus der Stirn und lehnte sich auf seinem Stuhl zurück. Dieses Gespräch hätte er vielleicht schon viel früher führen müssen, dachte er und nahm zum ersten Mal die tiefen Furchen im Gesicht seines Vaters wahr. Die letzten Monate hatten ihn um Jahre altern lassen.

„Ich hätte deine Mutter nie verlassen", sagte Heinrich Hirschfeld fast unhörbar in die Stille hinein.

„Ich weiß."

„Sie war die Liebe meines Lebens."

„Das wusste sie."

„Als deine Mutter starb", flüsterte er, „habe ich fast den Verstand verloren."

Seine Augen wurden feucht. Er setzte die Brille ab, presste die Hand auf die Augenlider und ließ seinen Tränen freien Lauf.

„Ich vermisse sie", sagte er schließlich heiser. „Manchmal kommt es mir vor, als käme sie jeden Augenblick zur Tür herein, setzte sich an ihr Klavier und begänne zu spielen."

Hirschfeld nickte langsam. Der Schmerz zog sein Herz zusammen.

„Ich habe mir in den letzten Jahren oft gewünscht, ihr zu folgen."

So offen hatte sein Vater noch nie über seine Gefühle gesprochen, schoss Hirschfeld durch den Kopf und ließ ihn umso mehr die Verantwortung spüren, die auf ihm lastete.

„Was ist damals passiert?"

Hirschfeld erinnerte sich an den Polizeibericht über seinen Vater. Er hatte ihn nie gelesen und irgendwann verbrannt. Bis heute wusste er nicht, wie es zu seiner Zwangseinweisung in die Psychiatrie gekommen war.

„Hat Professor Konrad dir nichts erzählt? Ich war mir sicher, dass du ihm mit dieser Frage keine Ruhe lässt."

„Nein, er hat sich an seine Schweigepflicht gehalten. Du hast ihm oft genug deutlich gemacht, dass er über dieses Thema nicht mit mir reden soll."

„Das hätte ich dem Menschen gar nicht zugetraut …"

Heinrich Hirschfeld verfiel erneut in Schweigen. Es war ihm jedoch anzusehen, wie es hinter seiner Stirn arbeitete.

„Ich konnte mich erst Tage später wieder an alles erinnern", erwiderte sein Vater schließlich und ließ seinen Blick in die Ferne wandern. „Da war ich schon auf der Geschlossenen. Am Anfang packen sie dich noch in Watte, aber dann geht's ans Eingemachte."

Sein Vater putzte seine Brille am Bademantelärmel und setzte sie wieder auf.

„Es hat geklingelt und ich hab durch die Tür geschossen", sagte er schlicht. „Zu dem Zeitpunkt war mir vollkommen egal, ob ich jemanden dahinter treffe oder nicht."

„Du hast was?"

Das fiel eindeutig in die Kategorie der Geschichten, über die man nicht gerne sprach.

„Verhaftest du mich jetzt?"

Tausend Fragen bestürmten Hirschfeld, aber eine brannte ihm besonders auf den Nägeln:

„Warum? Warum um Himmels willen hast du das getan?"

„Ich war mir zu dem Zeitpunkt sicher, dass ich verfolgt werde."

„Von wem?"

Hirschfeld konnte noch immer nicht fassen, was er da hörte.

„Was weiß ich? Von irgendeinem Geheimdienst oder etwas in der Art", gab sein Vater zurück.

„Das verstehe ich nicht."

„Ich hatte einfach das Gefühl, dass jemand hinter mir her ist, um an Informationen ranzukommen."

„Von der Arbeit?"

Sein Vater arbeitete für das Statistische Bundesamt. Die Idee war trotzdem weit hergeholt.

„Ja, wahrscheinlich. So genau kann ich das jetzt auch nicht mehr nachvollziehen. Jedenfalls wurde es an diesem Tag brenzlig. Ich dachte, jetzt ist es so weit, jetzt holen sie dich."

„Aha. Und dann?"

„Ich hab x-mal die Polizei angerufen, aber deine Kollegen haben sich nicht zuständig gefühlt. Irgendwann sind sie dann doch rausgekommen. Und als es geklingelt hat, hab ich geschossen. Ich wusste ja nicht, dass die sich das noch anders überlegt hatten."

Sein Vater besaß schon lange einen Waffenschein. Ab und an ging er auf den Schießstand und schoss ein paar Ringe.

„Kein Wunder, warum du bisher nicht darüber sprechen wolltest."

Hirschfeld hatte in seiner Laufbahn oft erlebt, dass psychisch Kranke die Kontrolle über sich selbst verloren hatten und durchgedreht waren. Wenn sie einen Schub bekamen, bewegten sie sich immer weiter abwärts in einer Spirale aus Verfolgungswahn und Panik. Bisher hatte Hirschfeld sich von diesen Fällen distanzieren können, jetzt betraf es seine eigene Familie.

„Stört es dich, wenn ich eine rauche?"

„Gibst du mir eine ab?"

Hirschfeld griff nach der Zigarettenschachtel in seiner Manteltasche und klopfte zwei Zigaretten aus der Packung. Dann ließ er sein Sturmfeuerzeug aufschnappen, fuhr mit dem Daumen über das Zündrad und gab erst seinem Vater und dann sich selbst Feuer.

„Wie geht es dir jetzt damit?", wollte er wissen. Sein Blick folgte dem Rauch über ihren Köpfen.

Heinrich Hirschfeld zuckte mit den Achseln:

„Wie soll es mir damit gehen? Ehrlich gesagt, erinnere ich mich nicht gerne an diese Zeit zurück. Heute erscheint mir vieles so wirr."

„Es war bestimmt nicht einfach, das zu verarbeiten", entgegnete Hirschfeld und wusste, dass die meisten Patienten sich nach solchen Vorfällen bis auf die Knochen schämten.

Sein Vater war starrsinnig, aber dieses Erlebnis musste auch ihn in seinen Grundfesten erschüttert haben.

„Weißt du, was das Schlimmste ist?"

Hirschfeld wartete ab.

„Die Nächte. Dann holt mich diese verdammte Einsamkeit wieder ein. Unerbittlich."

„Du wirst gebraucht", gab Hirschfeld zurück. „Es ist an der Zeit, dass du für Jo da bist. Auch wenn sie sich die meiste Zeit rarmacht, bist du ihr wichtig. Du bist und bleibst ihr Vater, daran wird sich nichts ändern."

„Sie wird nie wieder mit mir reden."

„Doch, das wird sie."

Eine Weile tranken sie schweigend ihren Kaffee und rauchten eine weitere Zigarette.

„Wie findest du sie?", fragte Heinrich Hirschfeld unvermittelt.

„Wen? Ellen?"

„Ja. Die meiste Zeit hab ich sie zum Teufel gewünscht, das kannst du mir glauben."

Hirschfeld dachte an ihr Gespräch in der Eisdiele zurück und entgegnete:

„Sie ist anständig, das solltest du respektieren."

„Ich verstehe nicht ..."

„Sie konnte die Beziehung nicht fortsetzen, als Mutter starb. Ihren Tod hat sie genauso wenig verkraftet wie wir alle. Hat sie dir das nie gesagt?"

Sein Vater schüttelte langsam den Kopf.

„Manchmal geht es mir wie dem *Steppenwolf*."

Das war die Art seines Vaters, sich für den Roman von Hermann Hesse zu bedanken, den er ihm zum Geburtstag geschenkt hatte.

„Er musste auch erst lernen, richtig zu leben. Und Ellen gibt mir das Gefühl, jemand zu sein."

Sein Vater erlebte mit dieser Frau wahrscheinlich gerade seinen zweiten Frühling. Vielleicht war es gut, dass seine frühere Geliebte zu ihm zurückgekehrt war und seinem Leben wieder einen Sinn verlieh.

„Vielleicht lade ich euch alle zum Essen ein. Was denkst du?"

„Okay. Ich rede mit Jo und überzeuge sie, dass sie mitkommt. Und ich bringe eine Freundin mit, wenn du nichts dagegen hast."

„Freundin?", fragte Heinrich Hirschfeld und zog die Augenbrauen hoch.

Hirschfeld überlegte einen Moment. Er hatte Renee noch nie so genannt.

„Ja, genau. Meine Freundin. Ich hab dir schon von ihr erzählt. Renee ist Polizeifotografin. Du wirst sie mögen."

48

Es war ein Spiel, das er schon als Kind gespielt hatte. Er starrte auf ihren Hinterkopf und bohrte seinen Blick in ihr Gehirn. In der Schule hatte er über solche Übungen lange Strichlisten geführt. Die brauchte er an diesem Tag nicht, auch wenn er wie alle anderen einen Block und einen Stift vor sich liegen hatte. Ihm würde es genügen, wenn Rebecca seine Anwesenheit spürte und sich zu ihm umdrehte.

Sie war genau sein Typ.

Seit sie sich in der Buchhandlung begegnet waren, hatte sie ihn mit ihrer Präsenz in den Bann gezogen. Es waren weniger ihre schulterlangen rotblonden Haare, die sie an diesem Tag zu einem Pferdeschwanz zusammengebunden hatte, und ihre Stupsnase, sondern die Natürlichkeit, die sie ausstrahlte.

Sie war anders als Candy.

Nein, Rebecca war das komplette Gegenteil: die Unschuld in Reinform. Eine Aura der Verletzlichkeit umgab sie. Sie wirkte schüchtern und in sich gekehrt.

Für eine Sekunde löste er seinen Blick von ihrem Hinterkopf und schaute flüchtig zu der Witzfigur hinter dem Rednerpult. Der Professor bewegte den Mund, aber die Worte, die wie Seifenblasen daraus hervorquollen, schwebten nur langsam in sein Bewusstsein:

Mit der Sokratischen Wende verlagert sich das Interesse der antiken Philosophie von der Naturbetrachtung – was ist der Grundstoff der Welt? der Urgrund alles Seienden? – hin zur Frage nach der sittlich optimalen Gestaltung des menschlichen Lebens. Nach Aristoteles ist es für das Vernunftwesen Mensch unangemessen, sein Handeln von Instinkten, Konventionen oder Traditionen leiten zu lassen.

Es war Ironie des Schicksals, dass er ihr ausgerechnet in eine Philosophie-Grundvorlesung für Studenten im ersten Semester gefolgt war.

Hörsaal 1, in der ehrwürdigen Rheinischen Friedrich-Wilhelms-Universität:

ein Meer an dunklen Holzbänken mit tannengrünem Polster und holzvertäfelte Wände. Darüber spannte sich ein Glasdach. Der Geruch von alten Büchern, die die Jahrhunderte überdauert hatten, lag in der Luft, beeindruckte ihn jedoch wenig.

Er hatte sich einen Platz in einer der hinteren Reihen gesucht und damit den Überblick über den gesamten Hörsaal. Bis auf ein paar Ausnahmen umgaben ihn nur junge Studenten. Bereits als er den Sitz hinuntergeklappt und darauf Platz genommen hatte, war er mit der großen Menge der Wissbegierigen verschmolzen.

Im Gegensatz zum Tier kann der Mensch über sein Verhalten reflektieren. Dies befähigt ihn dazu, sich nach seinem Werturteil und aufgrund seiner Willensfreiheit zu einer bestimmten Handlung zu entscheiden. Damit, so halten wir fest, ist jeder Mensch in der Lage, sein Leben verantwortlich zu führen.

Im Gegensatz zum Tier?

Fast musste er laut auflachen. Sie waren alle Schafe, die ihrer Herde folgten. Und es gab einfachere Wahrheiten wie: Jeder ist sich selbst der Nächste. Wer etwas anderes behauptete, war ein gottverdammter Heuchler!

Platon führt die Idee des Guten ein, die alle Tugenden umfasst und ihnen damit übergeordnet ist. In der „Politeia", seiner Staatsschrift, nähert er sich ihrer Bestimmung in drei Gleichnissen an.

Richtig, er erinnerte sich. Im Höhlengleichnis verglich Platon gewöhnliche Menschen, die die sichtbare Welt für die Wirklichkeit hielten, mit gefesselten Gefangenen in einer Höhle. Diese sahen nur Schattenbilder, Abbilder der Wirklichkeit.

Die Welt außerhalb der Höhle ist der Bereich der Ideen.

Damit, so schloss der Professor seinen Gedankengang, *ist es am Menschen, die Welt der Ideen durch kritisches Hinterfragen zu erschließen, um die wahre Wirklichkeit und damit auch die Tugend zu erkennen.*

Eine schöne Theorie, doch die Praxis sah anders aus!

Gab es überhaupt noch kritische Menschen? Oder genügte es, sich intellektuellen Gedankenspielen hinzugeben, um sein Gewissen zu beruhigen? Sie belogen sich doch alle selbst und merkten es nicht einmal.

Im Gegensatz dazu definiert Epikur das Gute im Erreichen der Lust. Bitte verwechseln Sie dies nicht mit der sinnlichen Befriedigung, meine Damen und Herren.

Warum nicht?, fragte er sich und begann, Rebeccas Gesicht auf den Notizblock vor ihm zu skizzieren.

Bereits als Kind strebt der Mensch nach Lust und Vermeidung der Unlust. Nur vernunftgegründete Einsicht gleicht dieses Schwanken aus und führt zu einer stabilen und konstanten Daseinslust und Lebensfreude.

Die Bleistiftlinien begannen, sich zu verselbstständigen. Sie schlug die Augen nieder, um ihn im nächsten Moment anzulächeln. Welch ein Strahlen!

Ich zitiere: „Gewöhne dich daran zu glauben, dass der Tod keine Bedeutung für uns hat. Denn alles, was gut, und alles, was schlecht ist, ist Sache der Wahrnehmung. Der Verlust der Wahrnehmung aber ist der Tod." Und etwas weiter heißt es: „Das schauerlichste aller Übel, der Tod, hat also keine Bedeutung für uns; denn solange wir da sind, ist der Tod nicht da, wenn aber der Tod da ist, dann sind wir nicht da."

Der letzte Satz holte ihn erneut ins Hier und Jetzt zurück. Was für ein beruhigender Gedanke. Wenn man sich lange genug den Kopf zerbrach, fand man eine Erklärung für alles.

Fassen wir noch einmal zusammen: Die griechische Philosophie der Antike hat immer das Glück zum Ziel, das durch den Verstand erreicht wird und in einer gewissen Form der Seelenruhe mündet.

Nein, er musste sich keine Vorwürfe machen. Jetzt war er an der Reihe, dachte er. In diesem Moment drehte Rebecca sich zu ihm um und schenkte ihm ein Lächeln. Er lächelte zurück. Er würde sich viel Zeit für sie nehmen. Es langsam angehen.

Und alles auskosten, bis zur letzten Minute.

49

„Einfach zurücklehnen und entspannen“, sagte die junge Frau Kaugummi kauend, die sich Hirschfeld als Cornelia Riedmüller vorgestellt hatte.

Ihr fransiger blonder Bob steckte unter einem schwarzen Herrenhut.

„Aber das ganze Zeug landet hoffentlich nicht in meinem Gesicht?“, fragte Hirschfeld schief lächelnd, während er auf die Kopfstütze sank, und deutete auf die Ansammlung an Tiegeln und Töpfen auf dem Schminktisch vor ihm.

„Schau’n ’mer mal“, gab die junge Frau in tiefstem Bayerisch zurück, löste einen der Haarclips, die an ihren schwarzen Hosenträgern klemmten, und steckte damit Hirschfelds Pony hoch. „Da haben Sie aber ganz schön was abbekommen.“

Cornelia Riedmüller, die hinter dem Friseurstuhl stand, blickte in den beleuchteten Schminkspiegel und musterte seine Blessuren unter den Augen und an der Nase. Ihre Blicke kreuzten sich.

„Berufsrisiko“, zuckte er mit den Achseln und kam sich reichlich dämlich vor mit dem Haarclip auf dem Kopf.

„Dauert nicht lange“, beruhigte Cornelia Riedmüller ihn und begann, Make-up mit einem Pinsel aufzutragen.

Hin und wieder testete sie die Farbnuancen auf ihrem Handrücken und hielt sie zum Vergleich neben Hirschfelds Wangen. Bei den Blutergüssen, die sich inzwischen grün-gelb gefärbt hatten, trug sie vorsichtig mehrere Schichten Schminke auf.

„Und? Lampenfieber?“, versuchte sie das Gespräch am Laufen zu halten und schob den Kaugummi von einer Backe in die andere.

„Wird sicher nicht mehr lange auf sich warten lassen“, antwortete Hirschfeld und betrachtete die Autogrammkarten, die hinter dem Spiegel hervorschauten.

Alles B-Promis, dachte er und wollte den Friseurumhang möglichst schnell wieder loswerden.

„Waren Sie schon mal in einem Aufnahmestudio?“

„Nein."

Hirschfeld schloss die Augen, um seinen Text noch einmal durchzugehen.

„Wenn Sie gut vorbereitet sind, kann nichts schiefgehen."

„Mmh", nickte Hirschfeld verhalten, da er sich nicht länger als nötig dieser Prozedur unterziehen wollte.

Die Fakten konnte er inzwischen im Schlaf aufzählen, aber es kam darauf an, sie richtig zu präsentieren und seine Anspannung gleichzeitig in den Griff zu bekommen.

„Sobald Sie auf Sendung sind, vergessen Sie die Kameras. Das geht den meisten so."

Auf dem Flug nach München hatte Hirschfeld bereits am Vortag versucht, sich das einzureden. Im XY-Studio in Unterföhring hatte er am Nachmittag ein Vorgespräch mit dem Moderator geführt, der – wie er freimütig erzählte – Ende der Siebzigerjahre selbst einmal auf dem Düsseldorfer Flughafen verhaftet wurde, da man ihn für den RAF-Terroristen Christian Klar gehalten hatte, und zwei Probeläufe gemacht. Obwohl es sich nur um einen Test gehandelt hatte, war Hirschfeld nervös gewesen.

„Ich mach Ihnen noch etwas in die Haare", sagte Conny, griff mit Zeige- und Mittelfinger in eine Dose und verrieb rosafarbenes Glibberzeug zwischen ihren Händen.

„Sie sind der Boss", gab Hirschfeld zurück und schaute auf seine Armbanduhr.

Noch eine knappe halbe Stunde, bis er zu Millionen von Fernsehzuschauern sprechen würde.

Es war Mittwochabend. Mit einem Handtuch um die Hüften verließ er das Badezimmer und rubbelte sich die Haare mit einem zweiten trocken. Seit der letzten Begegnung im Hörsaal wusste er, dass Rebecca ihm nicht mehr entkommen würde. Die letzten beiden Tage hatte er damit zugebracht, sie wie ein Schatten auf dem Campus zu verfolgen. Vor ein paar Monaten wäre er längst ungeduldig geworden, dachte er und warf sich auf die rote Ledercouch.

Aber er hatte jede Zeit der Welt.

Alles war vorbereitet.

Er lehnte sich zurück und angelte nach der Fernbedienung seines Flachbildfernsehers. Er schaltete das Gerät ein und zappte sich durch die Programme.

Meine Liebe zu dir zeigt sich in Kleinigkeiten. Diese Liebe zu dir …

Eine blond gelockte Frau gestand ihrem Angebeteten in schiefen Tönen trällernd ihre Liebe. Ein Gesicht wie ein Turnschuh: reintreten und wohlfühlen. Wenn der Kerl sich in einer Partnerbörse anmelden musste, hatte er nichts Besseres verdient.

ZAP.

Die Wirtschaftslage hatte sich verbessert. Und Hitler und seine Partei lebten ja eigentlich davon, dass es in Deutschland schlecht zuging.

Eine Schwarz-Weiß-Aufnahme flimmerte über den Bildschirm. Hitler in einem langen grauen Mantel sprach auf einem Balkon zu seinen Anhängern:

KA-PI-TU-LIE-REN WER-DEN WIR NICHT!

Der Demagoge zehrt von Krisen, von der Erblast des verlorenen Kriegs …

ZAP.

Ein übergewichtiger Hüne stolperte in einem XXL-T-Shirt durchs Bild auf dem Weg zu einem Weltrekord im Riesenschnitzel-Braten.

Kannst du dir vorstellen, dass aus diesem Haufen, das jetzt – mit Verlaub – aussieht wie 'n schwerer Wildschaden, wie einer mit'm Auto was zusammengefahren hat, dass aus diesem Stück Fleisch das wirklich längste, in einem Stück zusammenhängende Schnitzel wird?

Brot und Spiele für das Volk.

ZAP.

… muss Ihnen was ganz Privates erzählen. Vielleicht kennen Sie das ja auch, dass man sich so … so unwohl fühlt. Irgendwie hier so aufgebläht. Ich hab immer gedacht, das wäre normal.

Leute, die man nicht mehr im TV sehen wollte, schoss es ihm durch den Kopf. Die reinste Gehirnwäsche.

ZAP.

Die Stumpfsinnigkeit der Sendungen und Werbespots langweilte ihn. Gab es wirklich Menschen, die sich davon beeindrucken ließen? Gerade als er den Fernseher wieder ausschalten wollte, hielt er inne und starrte gebannt auf die Mattscheibe.

„Candy", flüsterte er und konnte den Blick nicht vom Foto der Prostituierten abwenden, das dort im Großformat eingeblendet war.

... bittet die Kriminalpolizei wieder um Ihre Mithilfe.

Aktenzeichen XY ungelöst.

Live aus München mit Rudi Cerne.

Der Moderator begrüßte die Zuschauer. Nach einer kurzen Einleitung begann die Stimme aus dem Off die Fälle der Sendung vorzustellen.

Bonn. Eine junge Prostituierte wird mitten in der Nacht schwer verletzt am Autobahnkreuz Bonn-Nord aufgefunden. Dahinter steckt ein eiskalt geplantes Verbrechen.

„Wird schon schiefgehen", sagte Conny.

Hirschfeld tastete seine Jacketttasche ab, während er ins Studio ging. Seine Karteikarten mit den Notizen waren noch an Ort und Stelle. Die Aufnahmeleiterin winkte ihn zu sich heran. Sie trug ein Headset und ein Gurt-Tragesystem, in dessen Taschen rechts und links von ihren Hüften Handschuhe, Klebeband, Werkzeug und eine Unmenge weiterer Utensilien steckten. In der Hand hielt sie ein Klemmbrett und sah aus wie ein menschliches Känguru.

„Sie sind als Zweites dran. Halten Sie sich bereit, ja?"

Hirschfeld nickte und ließ seinen Blick über die Tische mit den Telefonen gleiten, an denen nach und nach eingeladene Kollegen Platz nahmen. Später würde er sich dazusetzen und die Anrufe der Zuschauer entgegennehmen, die etwas über ihren Fall wussten.

„Denken Sie daran, dass das eine Live-Sendung ist", sagte die Aufnahmeleiterin.

„Natürlich", gab Hirschfeld zurück und sehnte sich nach einer Zigarette.

Während er dem ersten Fall nur mit halbem Ohr zuhörte, kaute er an seinen Fingernägeln. Erst als die Erkennungsmelodie der Sendung erklang, um zum nächsten Fall überzuleiten, richtete er seine Augen wieder auf den Bildschirm.

Der nächste Fall führt uns in eine Welt, die den meisten von Ihnen fremd sein dürfte. Das Schicksal einer Bonner Prostituierten nimmt in der Nacht vom 23. auf den 24. September dieses Jahres seinen Lauf. Wahrscheinlich ist die junge Frau zum Täter in den Wagen gestiegen. Stunden später wird sie mit schwersten Verletzungen an einem Autobahnkreuz aufgefunden. Bis vor Kurzem waren die Umstände der Tat äußerst mysteriös. Vielleicht hat der Täter sich nun mit der Bonner Kripo in Verbindung gesetzt. Aber sehen Sie selbst.

Die erste Szene des Filmfalls zeigte den Bonner Straßenstrich.

Bonn an einem Donnerstagabend im Herbst. Die 21-jährige, aus Litauen stammende Prostituierte Svetlana – auf der Straße auch bekannt unter dem Namen „Candy" – begibt sich zwischen 20 und 22 Uhr zu ihrem Stammplatz auf dem Bonner Strich in der Immenburgstraße. Nach den bisherigen Ermittlungen hat sie mehrere Freier bedient und ist dann gegen 23 Uhr auf ihren späteren Peiniger getroffen. Aller Wahrscheinlichkeit nach konnte der Mann die junge Frau davon überzeugen, nicht in eine der Verrichtungsboxen zu fahren, sondern das Industriegebiet zu verlassen.

Die nächste Szene zeigte zwei Personen in einem fahrenden Pkw. Im Autoradio lief *Highway to Hell.*

Was für ein billiger Abklatsch, dachte er und fühlte sich trotzdem plötzlich sehr gut unterhalten. Eines musste er dem Produktionsstudio lassen: Candys Rolle war von einer Schauspielerin besetzt worden, die der Hure wie aus dem Gesicht geschnitten war.

Was in den nächsten Stunden passiert, darüber können die Ermittler nur spekulieren. Erst gegen 2.30 Uhr taucht Svetlana wieder auf und wird mit schweren Verletzungen von einem Taxifahrer auf dem Seitenstreifen am Autobahnkreuz Bonn-Nord entdeckt. Ihm ist es auch zu verdanken, dass die junge Frau überlebt hat. Hätte er nicht sofort den Notarzt verständigt, wäre das Opfer sicher noch am Fundort verstorben.

Der Filmbeitrag endete. Die Kamera machte einen Schwenk durch das Aufnahmestudio und verharrte auf dem Moderator:

Dieser ungewöhnliche Fall hat durch die regionalen Medien für große Aufmerksamkeit im Köln-Bonner-Raum gesorgt. Heute Abend haben wir hier Kriminalhauptkommissar Lutz Hirschfeld von der Kripo Bonn zu Gast. Guten Abend, herzlich willkommen bei uns im Studio.

„Guten Abend", erwiderte Hirschfeld den Gruß und versuchte sich auf das Gespräch zu konzentrieren.

Der erste Fall hatte von einem Trickbetrüger gehandelt, der seit sieben Jahren untergetaucht war und sich unter verschiedenen Identitäten in Deutschland aufhielt. Um ihn aufzuspüren, hatten die Ermittler die Aufnahme seines markanten Lachens abgespielt. Die nervtötende Stimme ging ihm seitdem nicht mehr aus dem Kopf.

Zu ihrer Linken war ein großer Monitor in die Studiokulisse eingelassen, auf dem ein etwas älteres Foto von Svetlana Dobris zu sehen war.

„Ja, in diesem Fall war es schwierig, den genauen Tathergang zu rekonstruieren", begann der Moderator und wandte sich an Hirschfeld.

„Das ist richtig. Der ursprüngliche Verdacht richtete sich auf einen Unfall mit Fahrerflucht."

„Die Auffindesituation am Autobahnkreuz hat diese Vermutung ja auch nahegelegt", führte der Moderator aus.

„Genau. Die Rechtsmedizin ist jedoch in ihrem Gutachten zu anderen Ergebnissen gekommen. Die Verletzungen passten nicht zu einem Unfall. Svetlana ist schwer misshandelt und wahrscheinlich einfach aus dem Fahrzeug geworfen worden. Aus ermittlungstaktischen Gründen werden wir hier nicht auf nähere Einzelheiten eingehen."

„Gut", gab der Moderator zurück. „Unser Filmteam hat den Original-Fundort – wie wir das nennen – abgedreht. Auf der Übersichtskarte sehen Sie nun die wichtigsten Orte zu diesem Fall."

Auf der Luftbildaufnahme von *Google Earth* auf dem Monitor waren der Bonner Strich und das Autobahnkreuz Bonn-Nord farbig gekennzeichnet.

„Warum gibt es kein Phantombild?", fragte der Moderator, als die Aufnahme wieder ausgeblendet wurde.

„Leider liegt das Opfer seit der Tat im Koma", antwortete Hirschfeld.

„Das sind dann jetzt fast drei Wochen. Wie ist Svetlanas Zustand?"

„Die Ärzte haben sie so weit stabilisiert, aber ihr Zustand ist nach wie vor kritisch. Falls sie aufwacht, können Spätfolgen leider nicht ausgeschlossen werden."

Hirschfeld hatte ins Gespräch gefunden und sein Lampenfieber vergessen. An die grellen Scheinwerfer, die ihnen direkt ins Gesicht leuchteten, würde er sich allerdings nicht gewöhnen.

„Welche markanten Gegenstände könnten Hinweise für Ihre Ermittlungen liefern?", leitete der Moderator zu einem wichtigen Punkt über.

„Ja, nach intensiven Zeugenbefragungen hat sich folgendes Bild ergeben: In der Tatnacht war Svetlana mit einem dünnen champagnerfarbenen Cocktailkleid, schwarzen Nylonstrümpfen und schwarzen High Heels bekleidet. Darüber trug sie eine helle Bolerojacke aus Pelz oder Kunstfell."

Auf dem Monitor wurden Vergleichsstücke der Kleidung eingeblendet.

„Außerdem muss Svetlana eine Handtasche oder etwas Ähnliches bei sich getragen haben. In jedem Fall haben wir keine persönlichen Gegenstände bei ihr gefunden, obwohl der Abschnitt der betreffenden Autobahnstrecke von den Kollegen des Kölner Verkehrskommandos mehrfach gründlich abgesucht worden ist. Wir wissen, dass Svetlana ihr Handy dabeihatte, ohne das sie nie die Wohnung verließ."

„Wurde das Mobilfunkgerät geortet?"

„Nein, leider nicht. Wir gehen davon aus, dass der Täter die

SIM-Karte entfernt hat. Das Handy könnte sich jedoch nach wie vor in seinem Besitz befinden."

„Sie sehen hier ein vergleichbares Modell", kommentierte der Moderator das Telefon, das nun auf dem Monitor hinter ihm erschien.

„Bei dem Klapphandy in Metallic-Rot handelt es sich um das schon etwas ältere Modell ‚Gleam' der Marke *Motorola*", sagte Hirschfeld.

„Sie sehen das Handy hier einmal im auf- und einmal im zugeklappten Zustand", erklärte der Moderator und richtete sich wieder an Hirschfeld: „Welcher Mensch ist zu einer solchen Tat fähig?"

„Das ist eine Frage, die sich nicht ohne Weiteres beantworten lässt. Das BKA in Wiesbaden hat ein psychologisches Profil erstellt, nach dem der Täter eine schwere Persönlichkeitsstörung hat", entgegnete er ernst. „Er ist mit äußerster Brutalität vorgegangen und hat seine Tat genau geplant. Die junge Frau hatte keine Chance zu entkommen."

Das Telefon musste bereits drei- oder viermal geklingelt haben, bevor das Läuten in sein Bewusstsein drang. Er sprang von der Ledercouch auf und verlor auf dem Weg zum Sideboard das Handtuch um seine Hüften.

„Ja?", meldete er sich ungehalten.

Er wollte in diesem Augenblick nicht gestört werden. Dafür war er viel zu wütend: Er sollte eine Persönlichkeitsstörung haben? Das war blanker Hohn!

„Hans-Christer, hier spricht deine Mutter."

Er hatte ihr Bild genau vor Augen: Mit ihren manikürten Fingern strich sie die Tischdecke auf dem Esstisch im Wohnzimmer glatt und beseitigte mit hektischen Handbewegungen unsichtbare Krümel.

„Sprichst du nicht mehr mit mir, mein Junge?"

„Was? Nein, ich höre dich klar und deutlich", entgegnete er und ging zurück, um das Handtuch auf dem Boden aufzuheben.

„Gut, schaust du gerade zufällig Fernsehen?", wollte sie wissen.

„Nein", log er und stellte das TV-Gerät auf lautlos. „Ich habe etwas Besseres zu tun, als mir den Abschaum der Menschheit im Fernsehen anzuschauen."

„Natürlich, du hast ja vollkommen recht", lachte seine Mutter nervös in den Hörer. „Wann kommst du wieder zu Besuch?"

„Keine Ahnung, ich bin beschäftigt."

„Hast du ein neues Projekt an Land gezogen?"

„Ja."

So könnte man es nennen, fügte er in Gedanken hinzu und beruhigte sich ein wenig.

„Ich gratuliere."

„Danke. Kann ich dir sonst noch irgendwie weiterhelfen?"

So langsam verlor er die Geduld.

„Nein. Doch, ja. Hör mal: Diese junge Frau, die in Bonn entführt und misshandelt worden ist ..."

„Ich weiß nicht, wovon du redest."

Wahrscheinlich hatte sie sich an ihr Gespräch am Kaffeetisch bei seinem letzten Besuch erinnert. Sie ahnte oder wusste, dass er der Täter war, aber das würde sie nicht über ihre Lippen bringen. Sie würde ihn niemals verraten.

„Nun ja, ich meine ... Vielleicht hast du davon in der Zeitung gelesen?"

„Kann sein. Aber was kümmert dich das?"

„Ich habe nur gedacht, was für ein schreckliches Verbrechen."

„Ich glaube, du hast genug eigene Sorgen, oder? Du solltest dir nicht den Kopf über die Probleme anderer Menschen zerbrechen, Mutter."

„Sicher ..."

„Ich muss jetzt auflegen, ich rufe dich die Tage zurück. Einverstanden?"

Er wartete ihre Antwort nicht mehr ab, sondern drückte auf die Trenntaste.

„Ist es richtig, dass der Täter sich selbst an die Kripo gewandt hat?“, fragte der Moderator Hirschfeld.

„Ja, das KK 11 erreichte seit dem Angriff auf Svetlana drei anonyme Bekennerschreiben. Besonders ungewöhnlich ist, dass der Absender diese handschriftlich verfasst hat.“

„Heutzutage sollte man meinen, dass nichts mehr ohne Computer geht. Vielleicht wollte der Verfasser seine Briefe mit einer persönlichen Note versehen?“

„Das ist gut möglich“, nickte Hirschfeld. „Wir gehen davon aus, dass der Täter männlich und zwischen 30 und 60 Jahre alt ist. Er ist gebildet und dürfte einen Beruf mit einem technischen Hintergrund haben. Vielleicht ist er im Baugewerbe beschäftigt. Außerdem ist er ungebunden, zumindest fällt niemandem in seinem Umfeld auf, wenn er über Nacht nicht nach Hause kommt.“

Die Mordkommission hatte lange darüber beraten, ob sie dieses Detail öffentlich machen sollten. Sie konnten sich auch irren, aber die Mehrheit der Ermittler ging davon aus, dass ihr Täter unverheiratet war und allein lebte.

„Wir erhoffen uns nun mit dieser Sendung verwertbare Hinweise aus der Bevölkerung“, schloss Hirschfeld seine Ausführungen.

„Welche zentralen Fragen haben Sie an unsere Zuschauer?“

„Zum einen möchten wir wissen, wer Svetlana in der Nacht vom 23. auf den 24. September gesehen hat. Wir suchen nach Zeugen, die Angaben zu ihrem letzten Freier machen können. Insbesondere interessieren uns Personen, die sich in dieser Nacht auf dem Straßenstrich auffällig verhalten haben, und die dazugehörigen Fahrzeuge. Weiterhin ist nicht auszuschließen, dass der Täter beim Ablegen des Opfers beobachtet worden ist.“

Der Moderator wiederholte die Uhrzeiten und übergab das Wort wieder an Hirschfeld.

„Außerdem haben wir auf richterlichen Beschluss Auszüge aus den drei anonymen Briefen öffentlich gemacht.“

„Sie sehen jetzt eine Auswahl“, sagte der Moderator, während die entsprechenden Fotos das Logo der Sendung auf dem Monitor ablöste. „Selbstverständlich finden Sie diese Angaben wie immer auch auf unserer Website.“

„Wir möchten wissen: Wer kennt diese Handschrift?“, fügte Hirschfeld hinzu. „Und wem sind in den letzten Wochen ungewöhnliche Verhaltensweisen einer Person in seinem Umfeld aufgefallen?“

„Woran denken Sie als erfahrener Ermittler da?“, hakte der Moderator sofort nach.

„Vielleicht hat jemand aus Versehen oder absichtlich über diese schwere Tat gesprochen“, antwortete Hirschfeld. „Jede scheinbar noch so unbedeutende Kleinigkeit könnte uns weiterhelfen.“

„Wichtig zu erwähnen ist, dass wir ein Vertrauenstelefon eingerichtet haben“, sagte sein Gastgeber. „Die Nummer ist jetzt eingeblendet. Alle Hinweise, die über diese Leitung eingehen, bleiben anonym.“

Der Moderator legte seine Notizen weg und blickte direkt in die Kamera:

„Wenn Sie, liebe Zuschauer, der Kripo also weiterhelfen können, melden Sie sich. Unsere Telefone sind wie immer bis 23 Uhr scharf geschaltet. In diesem Fall ist auch eine recht hohe Belohnung ausgesetzt worden. Diese beläuft sich auf …“

Der Moderator blickte Hilfe suchend zu seinem Gast.

„Auf 5000 Euro“, ergänzte Hirschfeld.

„5000 Euro, gut. Das war Kriminalhauptkommissar Hirschfeld aus Bonn zu einem schrecklichen Fall aus der ehemaligen Bundeshauptstadt. Hoffentlich können Sie ihn bald klären und weitere Taten verhindern.“

„Vielen Dank“, erwiderte Hirschfeld und verstaute seine Karteikarten wieder in der Innentasche seines Jacketts.

Doris stellte das Mobilteil des Telefons zurück auf die Station. Bevor sie losließ, spürte sie bereits einen ganzen Staat Ameisen, der von den Zehenspitzen aus ihre Beine hochwanderte. Sie holte tief Luft, um das Zittern zu unterdrücken, doch es half nichts. Das

Kribbeln hatte inzwischen ihre Hände erreicht und kroch in ihre Fingerspitzen. Fast war sie unfähig, sich zu bewegen, doch sie zwang sich, sich umzudrehen und langsam einen Fuß vor den anderen zu setzen.

„Mach nicht so lang im Bad, Doris, ich will heute zeitig zu Bett gehen“, hörte sie die Stimme ihres Mannes aus dem Arbeitszimmer.

Das Fernsehprogramm interessierte ihn selten. Stattdessen konnte er sich stundenlang mit seiner Schmetterlingssammlung beschäftigen.

Doris antwortete nicht, sondern bewegte im Gehen nur lautlos die Lippen:

Das ist nicht wahr.
Das darf nicht wahr sein!
Das ist nicht wahr.
Das darf nicht wahr sein!
Das ist nicht wahr.
Das darf nicht wahr sein!

Als sie das Badezimmer erreichte, zog sie den Pulloverärmel über die Hand und drückte die Klinke herunter. Mit dem Ellenbogen betätigte sie den Lichtschalter und stieß die Tür hinter sich zu. Für einen kurzen Moment war sie erleichtert, dass sie erst am Morgen drei Maschinen Handtücher gewaschen hatte. Doch dann kehrte die Wut zurück, die sie nicht unter Kontrolle bringen konnte, wenn sie nichts dagegen unternahm.

Sie trat ans Waschbecken, hielt die Hand unter den Seifenspender und wartete, dass sich die hellgrüne Flüssigseife darauf ergoss. Die Menge war jedes Mal exakt abgemessen. Außerdem musste sie den Spender dafür nicht einmal berühren.

Mit eingeseiften Händen drehte sie den Wasserhahn auf, wusch die desinfizierende Seife ab und wiederholte den Vorgang zwei weitere Male.

Sie erinnerte sich daran, dass Hans-Christer ihr einen seltsamen Blick zugeworfen hatte, als sie von den Meyers erzählt hatte. Ihr Sohn hatte früher fast täglich den Hof der Nachbarn besucht. Einmal war er vollkommen aufgelöst nach Hause gekommen. Seine Hände waren dreckverschmiert und stanken. Sie hatte ihn sofort unter die Dusche gestellt und abgeschrubbt, bis er sauber war. Er hatte geweint, aber davon hatte sie sich nicht abhalten lassen. Die wunden Stellen, die er danach am Körper hatte, hatte sie mit einer Salbe eingecremt und ihn ohne Abendessen auf sein Zimmer geschickt.

Damals war er vielleicht acht, neun Jahre alt gewesen. Jetzt sah sie sein Gesicht wieder vor sich. Hans-Christer hatte sich gut entwickelt. Er hatte jegliche kindliche Weichheit verloren. Aber irgendwann war er ihr unheimlich geworden. Am Anfang waren es nur Kleinigkeiten gewesen: seine Gleichgültigkeit und das unterkühlte Lächeln, mit dem er sie gern bestrafte. Später war es die Leere in seinem Blick. Er war in einer anderen Welt, das wusste sie tief in ihrem Inneren.

Ob er ihre Fische vergiftet hatte?

Und jetzt tanzten wieder diese geschwungenen Buchstaben vor ihrem geistigen Auge. Diese akkurate Linienführung. Sie hatte diese Schrift schon viele Male gesehen. Sie schluchzte und fühlte, wie sich ihre Kehle zuschnürte. Eine Träne löste sich und rann ihre Wange hinab.

Erst jetzt bemerkte sie, dass sie vergessen hatte, die Hand zurückzuziehen. Die schleimige Seife tropfte zäh zwischen ihren Fingern hindurch. Sie verzog angeekelt das Gesicht und drehte das Heißwasser weiter auf. Dann nahm sie die Nagelbürste dazu und begann zu scheuern:

Das ist nicht wahr.

Das darf nicht wahr sein!

Erst als ihre Hände krebsrot waren und begannen zu bluten, hörte sie auf und lächelte.

Nein, sie musste sich keine Vorwürfe machen. Alles war so, wie es sein sollte.

50

„Netter Auftritt gestern Abend", meinte Christian Hellmann. „Vielleicht nur'n bisschen viel Spachtelmasse in der Visage, oder?"

Hirschfeld ignorierte den Kommentar und das breite Lächeln, das Hellmann hinterherschickte. Er stand zusammen mit Kirchhoff und Kris Pauly in der Teeküche und nippte an seinem Kaffee.

„Ich habe gehört, dass die Aufklärungsrate bei 40 Prozent liegt", meinte Kirchhoff.

„Wenn man bedenkt, dass nicht jeder die Sendung sieht, ist das ein großer Erfolg, würde ich sagen", entgegnete Hirschfeld.

Die Hinweise, die am Vorabend über das Zuschauertelefon eingegangen waren, hatten bisher zwar noch keine heiße Spur ergeben. Die Auswertung war allerdings noch nicht abgeschlossen.

„Ich habe nach der Live-Sendung was Kurioses im Fernsehen gesehen", wechselte Pauly grinsend das Thema. „Wusstet ihr, dass Charlie Chaplin mal an einem Charlie-Chaplin-Ähnlichkeitswettbewerb teilgenommen hat?"

„Nee", sagte Hirschfeld und verbrannte sich beim nächsten Schluck Kaffee fast die Zunge.

„Und? Was ist daran so bemerkenswert?", wollte Hellmann wissen.

„Na, er hat verloren!"

Die Runde lachte lauthals. Selbst ihr Musterschüler konnte sich nicht zurückhalten. In diesem Moment steckte Jens Schröder den Kopf durch die Tür:

„Ich weiß, ihr habt alle eine Pause verdient, aber ich habe gerade einen Anruf aus dem Petrus-Krankenhaus erhalten: Svetlana Dobris ist aus dem Koma erwacht!"

Hirschfeld und Kirchhoff tauschten einen Blick. Endlich konnten sie Svetlana befragen.

„Wir machen uns sofort auf den Weg", sagte Hirschfeld und stellte seine Kaffeetasse ab.

„Gut, aber geht behutsam mit ihr um", gab Schröder zurück.

„Doktor Stockmann meinte, dass sie sich in einer schlechten psychischen Verfassung befindet. Auch körperlich ist sie noch sehr geschwächt."

„Natürlich", erwiderte Hirschfeld.

„Erinnert sie sich daran, was passiert ist?", wollte Kirchhoff wissen.

„Nein. Laut der behandelnden Ärztin ist Svetlana ansprechbar. Sie weiß, wer sie ist und welches Jahr wir haben. Aber mit weiteren Fragen hat Doktor Stockmann sie nicht bedrängt."

„Ist sie schon in der Lage, mit einem Kollegen vom LKA zu sprechen?", fragte Hirschfeld.

„Zur Erstellung eines Phantombilds?"

„Ja."

„Nein, leider nicht. Doktor Stockmann hat ausdrücklich davon abgeraten. Zumindest so lange, bis sie sich etwas mehr erholt hat."

Das konnte Tage dauern, dachte Hirschfeld. Und diese Zeit hatten sie nicht. Aber die Ärztin hatte sicher recht: Eine Phantombildsitzung konnte mehrere Stunden in Anspruch nehmen und dem Opfer viel abverlangen. Es war etwas anderes, über einen Handtaschendieb zu sprechen als über seinen Angreifer.

„Ich habe aber bereits die Kollegen im LKA informiert. Ein Einsatzsachbearbeiter hält sich bereit und könnte ganz kurzfristig nach Bonn kommen, sobald Svetlana Dobris fit genug ist. Eure Aufgabe ist es, sie vorsichtig an die Ereignisse heranzuführen", fuhr Schröder fort. „Wenn wir Glück haben, kehren ihre Erinnerungen nach und nach zurück. Dann ist sie vielleicht in der Lage, etwas über ihren Angreifer zu sagen."

„Gut", gab Hirschfeld zurück.

„Wenn sie noch zu stark traumatisiert ist und Erinnerungsblockaden hat, müssen wir im Zweifelsfall einen Psychologen zur Befragung hinzuziehen", fügte Schröder hinzu.

Hirschfeld hoffte, dass es nicht dazu kommen musste, denn jede Sekunde zählte. Der Täter hatte nichts mehr von sich hören lassen, aber das war nur die Ruhe vor dem Sturm.

Keine halbe Stunde später betraten Hirschfeld und Kirchhoff zum zweiten Mal das St.-Petrus-Krankenhaus. Svetlana Dobris war immer noch auf der Intensivstation untergebracht. Wie die Pforte ihnen mitgeteilt hatte, war sie jedoch in ein anderes Zimmer verlegt worden, das sie mit niemandem teilen musste. Vor der Tür stand ein Streifenpolizist, der die beiden Kriminalhauptkommissare eintreten ließ, nachdem sie ihre Dienstausweise vorgezeigt hatten.

Hirschfeld zog die Tür hinter sich zu und klopfte noch einmal von innen dagegen, als Svetlana nicht reagierte. Sie lag kerzengerade im Krankenbett. Ihre Augen waren geschlossen.

„Sie scheint zu schlafen", sagte Kirchhoff im Flüsterton und deutete auf ihre Brust, die sich in regelmäßigen Abständen hob und senkte.

Die junge Frau war nicht mehr intubiert und kam ohne Beatmungsgerät aus. Hirschfeld bemerkte, dass sie einen neuen Kopfverband trug, sich jedoch seit ihrem letzten Besuch ansonsten äußerlich kaum verändert hatte.

„Svetlana", sagte er und berührte sanft ihre Hand, in der nach wie vor ein Zugang steckte.

Die junge Frau bewegte leicht den Kopf. Auf ihrer Stirn zeichneten sich für einen Moment ein paar Sorgenfalten ab, dann entspannten sich ihre Gesichtszüge wieder.

„Svetlana?", versuchte Hirschfeld es erneut.

Ihre Augen flatterten. Sie bewegte lautlos die Lippen.

„Vielleicht sollten wir zuerst mit Doktor Stockmann sprechen", schlug Kirchhoff vor.

Er stand mit verschränkten Händen am Fußende des Bettes und wirkte, als sei ihm mehr als unbehaglich. In den letzten Wochen hatten sie alles darangesetzt, den Mann aufzuspüren, der Svetlana fast umgebracht hätte. Hirschfeld konnte nachvollziehen, dass Kirchhoff sich sträubte, ihr nun die grausame Wahrheit zu offenbaren. Nach allem, was sie durchgemacht hatte. Bevor er etwas erwidern konnte, zuckte Svetlana heftig zusammen.

„Sie sind in Sicherheit“, versuchte Hirschfeld sie zu beruhigen.

Svetlana murmelte etwas. Hirschfeld beugte sich über sie, um sie besser zu verstehen.

„Ich glaube, das ist Litauisch“, sagte er. „Das ist nicht zufällig eine Sprache, die du verstehst?“

„Bedaure“, antwortete Kirchhoff gedämpft.

Plötzlich riss Svetlana die Augen auf und griff sich reflexartig an den Hals. Die Überwachungsgeräte schrillten. Auch die Monitore zeigten an, dass ihr Puls sich schlagartig erhöhte.

„Es wird alles wieder gut“, redete Hirschfeld beruhigend auf sie ein und suchte nach der Schwesternklingel.

„Wo bin ich?“

Ihre Stimme war nur ein raues Kratzen. Der Tubus hatte ihr hörbar zugesetzt.

„Sie sind im Krankenhaus, Svetlana.“

Die junge Frau hob den Kopf und wirkte orientierungslos. Ihre Augen schweiften ruhelos über ihren Körper.

„Was ist mit mir passiert? Wer sind Sie? Woher kennen Sie meinen Namen?“

Ihre Worte überschlugen sich. Erst jetzt fiel Hirschfeld ihr breiter baltischer Akzent auf.

„Mein Name ist Lutz Hirschfeld, das ist mein Partner Peter Kirchhoff.“

„Partner?“, fragte sie und sank vor Erschöpfung zurück aufs Kissen.

Hirschfeld ließ die Schwesternklingel wieder los.

„Wir sind von der Kripo Bonn.“

Früher oder später mussten sie Svetlana sagen, wer sie waren. Hirschfeld hatte sich für früher entschieden.

„Ich … ich verstehe nicht …“

Ihr Mund war trocken. Während Kirchhoff auf einem Besucherstuhl Platz nahm und sein Notizbuch hervorholte, schenkte Hirschfeld Mineralwasser nach und reichte ihr das Glas.

„Trinken Sie erst einmal etwas.“

„Danke“, sagte sie schwach und nahm mit zittrigen Händen ein paar Schlucke.

Hirschfeld zog sich ebenfalls einen Stuhl heran und setzte sich: „Wie fühlen Sie sich, Svetlana?“

„Ich ... ich weiß nicht.“

„Ich kann mir vorstellen, dass das gerade keine leichte Zeit für Sie ist“, meinte Hirschfeld. „Aber Sie kommen wieder auf die Beine, das ist das Wichtigste.“

„Gibt es irgendetwas, was wir für Sie tun können?“, fragte Kirchhoff.

Svetlana dachte einen Moment lang nach, dann schüttelte sie langsam den Kopf.

„Vielleicht brauchen Sie etwas aus Ihrer Wohnung. Wir können jemanden dorthin schicken, um Ihnen etwas anderes zum Anziehen zu holen, wenn Sie möchten. Das ist kein Problem.“

Sie nickte, schwieg aber.

„Gibt es vielleicht jemanden, den wir für Sie benachrichtigen sollen?“, wollte Hirschfeld wissen. „Ihre Freundin Jacqueline hat sich große Sorgen um Sie gemacht. Wir geben ihr gerne Bescheid, dass Sie aufgewacht sind.“

„Jacqueline ...“

Der Anflug eines Lächelns glitt über ihr zerschundenes Gesicht. Hirschfeld ließ Svetlana einen Augenblick Zeit, dann versuchte er, das Gespräch auf die Ereignisse der Tatnacht zu lenken:

„Können Sie sich an irgendetwas erinnern, Svetlana?“

Es war besser, ihr keine Worte in den Mund zu legen.

„Das hat mich die Ärztin auch gefragt.“

„Sie sind hier gut aufgehoben.“

Svetlana gab ihm das Glas zurück und fuhr sich mit den Fingern über ihren Kopf. Als sie ihre Haarstoppeln berührte, zog sie die Hand erschrocken zurück.

„Wir sind sehr froh, dass es Ihnen besser geht. Wir haben Sie in der letzten Woche schon einmal besucht.“

Svetlana zog die Stirn kraus.

„Letzte Woche?“, sagte sie leise. „Wie lange bin ich schon hier?“

Hirschfeld wusste, dass Dr. Stockmann ihr das bereits gesagt hatte, wiederholte aber die Antwort:

„Seit drei Wochen.“

„Jesus-Maria …“

„Sie brauchten Zeit, um sich wieder zu erholen“, versetzte Kirchhoff.

Ihr Blick richtete sich auf ihn, um dann wieder zu Hirschfeld zurückzukehren.

„Ich erkenne Ihre Stimme wieder“, entgegnete Svetlana unvermittelt.

Hirschfeld lächelte und drückte ihre Hand erneut. Das war immerhin ein Anfang. Ihr Kurzzeitgedächtnis schien gelitten zu haben, aber länger zurückliegende Ereignisse waren ihr offenbar noch gegenwärtig.

„Sagen Sie mir, was mit mir geschehen ist. Bitte!“

„In der besagten Nacht haben Sie wie üblich gearbeitet.“

Ihre Augen wanderten nach oben links. Sie schien sich an etwas zu erinnern, das sie gesehen hatte.

„Es muss etwa gegen 22 oder 23 Uhr gewesen sein.“

Sie nickte.

„Wir gehen davon aus, dass Ihr letzter Freier Ihnen das angetan hat.“

Eine Träne löste sich aus ihren Augen und rann ihre Wange hinab. Sie versuchte etwas zu sagen, musste sich jedoch räuspern, als würde etwas ihre Kehle zuschnüren.

„Da … da war ein Mann“, brachte Svetlana schließlich mit belegter Stimme hervor.

„Können Sie ihn beschreiben?“, fragte Hirschfeld.

„Ich … ich weiß es nicht. Nur … diese Augen! Er hatte einen stechenden Blick. Nicht wie ein Mensch.“

„Können Sie vielleicht etwas zu seinem Fahrzeug sagen?“, setzte Hirschfeld die Befragung fort.

„Nein … nein. Kann sein, dass es eine Limousine gewesen ist.“

„Kommen Sie eventuell auf die Marke?"

Svetlana schüttelte den Kopf.

„Wir glauben, dass Sie einige Zeit mit ihm verbracht haben."

Sie schaute Hirschfeld fragend an und begann zu schluchzen.

„Wohin hat er Sie gebracht?"

Sie schloss die Augen, presste die Lippen zusammen und schüttelte wieder den Kopf. Sie sah aus wie ein Kind, das sich vor der Dunkelheit zu Tode fürchtete.

„Svetlana", sagte Hirschfeld leise. „Bitte denken Sie nach. Es ist sehr wichtig, dass wir diesen Mann finden."

Die junge Frau wurde von einem Weinkrampf geschüttelt.

„Ich kann nicht", presste sie hervor und hielt die Tränen jetzt nicht mehr zurück. „Ich … kann nicht!"

„Ist ja gut", erwiderte Hirschfeld und spürte Kirchhoffs bekümmerten Blick auf sich ruhen. „Das ist alles etwas viel für Sie."

Svetlanas Augen röteten sich. Sie wischte sich mit dem Ärmel ihres OP-Hemds durchs Gesicht und weinte weiter.

„Vielleicht kommen wir später noch einmal vorbei", beschloss Hirschfeld.

Sie durften Svetlana nicht zu viel zumuten, dachte er und stand auf.

„Sie brauchen keine Angst mehr zu haben", sagte er zum Abschied. „Vor Ihrer Tür steht ein Polizist und sorgt für Ihre Sicherheit."

Als sie das Krankenzimmer fast verlassen hatten, richtete Svetlana sich noch einmal auf und flüsterte:

„Ich hab den Mond gesehen. Diese große gelbe Scheibe sehe ich immer vor mir."

51

„Wie war dein Tag?“, fragte Hirschfeld, strich Renee den Pony aus der Stirn und küsste sie.

Mit einem Glas Rotwein in der Hand lehnten sie an der Brüstung seines Balkons und fröstelten in der kühlen Nachtluft. Als sie sich wieder voneinander lösten, antwortete sie:

„Ganz okay. Ich hab mich langsam wieder eingewöhnt. Außerdem: Das Leben geht weiter, es hat keinen Zweck, sich ewig zu verkriechen.“

Renee hatte nach dem Übergriff im Polizeigewahrsam zwei Tage Urlaub genommen und war danach wieder zum Dienst erschienen, als wäre nichts passiert. Hirschfeld wusste, dass es in ihrem Inneren anders aussah, und bewunderte ihre Stärke, sich dem Leben mit all seinen Unwägbarkeiten zu stellen.

„Und bei dir?“

„Wir stecken bei unseren Ermittlungen fest“, erwiderte Hirschfeld und nahm einen Schluck Rotwein. „Heute konnten wir zum ersten Mal mit Svetlana sprechen.“

„Wie geht es ihr?“

„Sie ist stark traumatisiert. Wir haben daher nicht viel aus ihr herausbekommen, dafür sind ihre Erinnerungslücken noch zu groß.“

„Ich hoffe, ihr kriegt das Schwein, das ihr das angetan hat!“, entgegnete Renee heftig.

Hirschfeld schwieg für einen Moment.

„Sie erinnert sich nur daran, den Mond gesehen zu haben“, fuhr er schließlich fort. „Das heißt: Es gibt nur zwei Möglichkeiten.“

„So?“

„Ja, wir gehen davon aus, dass der Täter Svetlana in seinem Wagen mitgenommen und irgendwohin gebracht hat.“

„Okay.“

„Dann hat die Tat entweder irgendwo im Freien stattgefunden oder Svetlana war in einem Zimmer, von dem aus sie den Vollmond sehen konnte.“

Kirchhoff und er waren am Nachmittag nach dem Besuch im St.-Petrus-Krankenhaus frustriert ins Polizeipräsidium zurückgekehrt, denn der Hinweis war einfach zu vage. Sie mussten warten, bis Svetlana dazu in der Lage war, bei der Erstellung eines Phantombilds zu helfen.

„Verstehe", gab Renee zurück, blickte hoch in den Nachthimmel und deutete auf die bleiche runde Scheibe über ihnen. „Meine Mutter behauptet immer, dass sie bei Vollmond nicht schlafen kann. Ich hab gelesen, dass das absoluter Unsinn ist."

„Wieso? Glaubst du etwa deiner eigenen Mutter nicht?", lächelte Hirschfeld.

„Nee, ich hab's nicht so mit Esoterik."

„Beruhigend", entgegnete Hirschfeld und zog Renee an sich.

„Das ist nur so eine selbsterfüllende Prophezeiung: Du fürchtest, dass du schlecht schläfst, also schläfst du auch schlecht. So einfach ist das."

„Ich wusste gar nicht, dass ich hier mit Freud auf dem Balkon stehe."

Renee boxte ihn in die Seite:

„Du bist ganz schön frech, weißt du das?"

„Daran wirst du dich gewöhnen müssen."

„So, so."

Sie küssten sich erneut, dann fragte Renee:

„Sag mal, hat Svetlana wirklich von Vollmond gesprochen?"

„Wie kommst du darauf?", wollte Hirschfeld wissen.

„Wir haben jetzt Vollmond."

„Na und?"

Unten in der Fußgängerzone vor dem Haus zog eine Gruppe Nachtschwärmer vorbei. Ein paar Stimmen, die sich mit lautstarkem Gelächter vermischten, wehten zu ihnen nach oben.

„Wie lang ist die Tat her?"

„Auf den Tag genau drei Wochen."

„Na also. Eine Mondphase dauert vier Wochen. Zu diesem Thema musste ich mir schon viel von meiner Mutter anhören."

„Und das bedeutet?“

„Dass vor drei Wochen kein Vollmond war.“

„Dann hat Svetlana sich vielleicht geirrt. Oder ihre Erinnerungen haben sich mit den Halluzinationen vermischt, die sie im künstlichen Koma hatte.“

„Ja, du hast bestimmt recht“, erwiderte Renee. „Können wir reingehen? Langsam wird es mir hier draußen zu kalt.“

Er ließ ihr den Vortritt und folgte ihr ins Wohnzimmer.

„Stell dir vor, das Letzte, was du vielleicht vor deinem Tod siehst, ist der Mond“, drehte Renee sich im Türrahmen zu ihm um. „Für andere Menschen gibt es dagegen nichts Romantischeres.“

Hirschfeld hielt in der Bewegung inne. Genau dasselbe hatte er vor nicht allzu langer Zeit selbst gedacht!

52

„Wie kann ich Ihnen heute behilflich sein?“, fragte Henning Schneider und schüttelte Hirschfeld und Kirchhoff nacheinander die Hand.

Der Manager schien an diesem Morgen noch unglücklicher über ihren Besuch zu sein als bei ihrer letzten Begegnung.

„Sie haben sicher von dem brutalen Angriff auf eine junge Prostituierte aus Bonn gehört, Herr Schneider“, erklärte Hirschfeld.

„Ja …“, antwortete der Anzugträger zögernd. „Ich habe darüber in der Zeitung gelesen.“

„Wir haben Grund zu der Annahme, dass Täter und Opfer sich in der Tatnacht in Ihrem Hotel aufgehalten haben.“

„Wie bitte? Ich verstehe nicht …“

„Es ist sogar möglich, dass die Tat in einem Ihrer Zimmer verübt worden ist.“

Schneider griff an seine Krawatte, um den Knoten zu lockern. Mit dieser Eröffnung hatte er augenscheinlich nicht gerechnet.

„Das ist nicht Ihr Ernst!“, stammelte er. „Erst dieser Drogentote und dann …“

„Ich fürchte schon“, gab Hirschfeld zurück.

„Kommen Sie bitte in mein Büro“, sagte Schneider, als sich die nächsten Gäste der Rezeptionsinsel näherten.

Er winkte die junge Kollegin im mausgrauen Kostüm zu sich, die ihn über den Besuch der Kriminalhauptkommissare verständigt hatte, und bedeutete den beiden, ihm zu folgen. Wenig später fanden sie sich in einem fast schlicht eingerichteten Büro wieder, dem der Neobarock der Eingangshalle fehlte.

„Nehmen Sie doch bitte Platz“, bot der PR-Manager ihnen einen Besucherstuhl an und ließ sich selbst auf einem ergonomischen Chefsessel nieder. „Darf ich Ihnen etwas zu trinken anbieten? Einen Kaffee vielleicht?“

Er hatte die Hand schon über dem Telefonhörer, aber Hirschfeld und Kirchhoff setzten sich und lehnten dankend ab.

„Es wäre hilfreich, wenn Sie uns Einblick in Ihre Reservierungsdaten geben könnten“, kam Kirchhoff direkt zum Punkt.

Der Manager seufzte, berührte die optische Maus und ließ anschließend die Finger über die schnurlose weiße Tastatur vor seinem eleganten Apple-Computer gleiten.

„Um welchen Zeitraum geht es?“, wollte er wissen.

„Wir interessieren uns für die Nacht vom 23. auf den 24. September“, antwortete Hirschfeld und knöpfte seinen Ulster-Mantel auf.

„Und eventuell auch für davorliegende Tage. Vielleicht hat der Täter bereits früher eingecheckt“, gab Kirchhoff zu bedenken.

„Ich weiß nicht“, erwiderte Hirschfeld. „Das hätte die Gefahr für ihn erhöht, entdeckt zu werden.“

„Wieso?“

„In dem Fall hätte es mehr Zeugen gegeben, die ihn später wiedererkannt hätten.“

„Das ist nicht von der Hand zu weisen“, stimmte Kirchhoff zu.

„Nehmen Sie sich bitte zuerst alle Gäste vor, die am besagten

Abend angereist und nur eine Nacht geblieben sind. Ehepaare, die vorreserviert haben, können Sie direkt von der Liste streichen."

„Sie suchen also nach einer männlichen Einzelperson?", fragte Henning Schneider.

„Nicht unbedingt", entgegnete Hirschfeld, „aber das wäre das Naheliegendste."

„Ja, er wird seine Begleitung beim Einchecken sicher nicht namentlich angegeben haben", dachte sein Partner laut. „Wenn er sie da überhaupt bei sich hatte."

Kirchhoff hatte recht. Svetlana wäre in ihrer aufreizenden Aufmachung sicherlich aufgefallen.

„Gut, dann kommen wir auf 17 Gäste", sagte der Manager kurz darauf.

„17?", fragte Kirchhoff und zog die Augenbrauen hoch. „Das ist eine Menge für einen Wochentag außerhalb der Ferienzeiten."

„Wir haben 190 Zimmer und 63 Suiten. Außerdem steigen bei uns auch viele Geschäftsleute ab."

„Verstehe."

„Können Sie sehen, wer mit EC- beziehungsweise Kreditkarte und wer in bar bezahlt hat?", wollte Hirschfeld wissen.

„Selbstverständlich", antwortete Schneider. „Ich drucke Ihnen die Liste aus."

Während sie auf den Ausdruck warteten, erkundigte sich der Manager:

„Und Sie sind ganz sicher, dass …"

„Ja", schnitt Kirchhoff ihm das Wort ab, streckte die Hand aus und nahm das Blatt Papier entgegen.

Er überflog die Namen. Hirschfeld beugte sich zu ihm herüber.

„Nur zwei männliche Personen haben bar bezahlt", stellte er fest.

Kirchhoff nickte:

„Welcher Gast hat ein Zimmer mit einem Vollmond über dem Doppelbett bezogen?"

Der Hotelmanager blickte auf seinen Bildschirm und las den

Namen vor. Hirschfeld griff zu seinem Handy und rief über Kurzwahl die Leitstelle an. Als er verbunden war, sagte er:

„Ich brauche eine Personenüberprüfung."

Er wartete, dann fuhr er fort:

„Genau. Der Name ist Christian Hansen. ... Nein, kein Geburtsdatum oder -ort, wohnhaft im Landgrabenweg 151 in 53227 Bonn."

„Wir haben öfters Gäste, die nicht ihre richtige Identität angeben", wandte sich der PR-Manager unterdessen an Kirchhoff. „Gerade unter Prominenten, die nicht behelligt werden möchten, ist das üblich."

„Oder unter Menschen, die nach einem Verbrechen nicht gefasst werden wollen", erwiderte Kirchhoff lakonisch.

Der Hotelmanager warf ihm einen entgeisterten Blick zu. Er war ganz und gar nicht amüsiert.

„Ja, das dachte ich mir", sprach Hirschfeld ins Handy. „Trotzdem vielen Dank."

Er nahm das Telefon vom Ohr und drückte die Trenntaste:

„Fehlanzeige. Es gibt niemanden mit diesem Namen, der in Bonn oder im Rhein-Sieg-Kreis gemeldet ist. Können Sie uns trotzdem den Meldeschein, den der Gast bei seiner Ankunft ausgefüllt hat, heraussuchen?"

„Sicher."

Es bestand eine Meldepflicht in Beherbergungsstätten. Die Erhebung der Daten wurde in jedem Bundesland durch das Meldegesetz geregelt. Neben seinem Familien- und gebräuchlichen Vor- und Rufnamen und der Anschrift musste der Gast bei seiner Anreise auch den Tag der Ankunft und den der voraussichtlichen Abreise, seinen Geburtstag und die Staatsangehörigkeit handschriftlich auf dem Meldeschein eintragen. Gäste aus dem Ausland mussten sich darüber hinaus mit einem gültigen Identitätsdokument ausweisen können. Überschritt der Aufenthalt zwei Monate, musste der Gast bei einer Meldebehörde vorstellig werden.

Hirschfeld wusste, dass viele Hotels es mit dieser Vorschrift aus Zeitgründen oder Höflichkeit nicht so genau nahmen.

„Landgrabenweg 151", sprach Henning Schneider mehr zu sich selbst und runzelte die Stirn.

„Was ist mit dieser Adresse?"

„Ich bin mir nicht sicher, Herr Hirschfeld", entgegnete der Manager und tippte erneut etwas in den Computer ein. „Da ... da sitzt die Telekom."

„Na wunderbar", meinte Kirchhoff.

Er legte die Hände in den Schoß und neigte den Kopf zur Seite.

„Nach allem, was wir vom Täter wissen, steht wohl eines fest: Er ist nicht dumm", erwiderte Hirschfeld. „Ich glaube nicht, dass es sich um eine spontane Tat gehandelt hat. Der Täter hat sich vorbereitet und vielleicht nur eine günstige Gelegenheit abgepasst."

„Sie meinen, er hat sich unser Hotel ganz gezielt für diese schreckliche Sache ausgesucht?"

Der Hotelmanager konnte das Wort ‚Täter' immer noch nicht über die Lippen bringen.

„Das wissen wir nicht mit Bestimmtheit, Herr Schneider."

Mit dieser Aussage musste sich der PR-Manager begnügen.

„Welcher Ihrer Mitarbeiter hatte an dem besagten Abend Dienst an der Rezeption gehabt?", fragte Hirschfeld.

„Augenblick ... Das war Frau Hiller."

„Ist sie zufällig im Hause?"

Schneider bemühte erneut seinen Computer und antwortete:

„Nein, aber ihre Schicht beginnt in einer Dreiviertelstunde."

„Gut. Würden Sie ihr bitte Bescheid sagen, dass wir sie gleich sprechen möchten?"

„Natürlich."

„Ich nehme an, dass Ihr Hotel videoüberwacht ist", schlussfolgerte Kirchhoff.

„Ja, wenn auch nicht in allen Bereichen."

„Wie sieht es mit der Rezeption aus?"

„Dort sind Kameras installiert", nickte Schneider.

„Hat der Gast auch für einen Parkplatz in der Tiefgarage bezahlt?", fiel Hirschfeld noch ein.

„Ja, das ist richtig."

„Dann müsste sein Fahrzeug auch auf den Überwachungsbändern erkennbar sein. Können wir die Aufnahmen sehen?"

„Da wir über sehr viele Kameras verfügen, wird das etwas dauern."

„Uns genügt es, wenn wir eine Kopie von sämtlichen Aufnahmen von Ihnen bekommen, die die Tatnacht betreffen", gab Hirschfeld zurück.

„Ja, in Ordnung", erwiderte der Hotelmanager, griff jetzt zum Hörer und gab ein paar kurze Anweisungen.

„Können wir in der Zwischenzeit das Zimmer sehen?"

„Ja, sicher, Herr Kirchhoff. Ich bringe Sie beide dorthin. Seit dem Einchecken dieses Gastes haben elf weitere Personen dieses Zimmer bewohnt."

Henning Schneider erhob sich:

„Bitte, nach Ihnen."

Wie bei ihrem ersten Besuch fuhren sie mit dem Aufzug ein paar Stockwerke höher und liefen durch einen der vom Boden bis zur Decke in Rot gehaltenen Flure. Schließlich blieb der Hotelmanager vor einem Zimmer stehen:

„Das ist es."

Wieder öffnete er die Tür mit seiner Keycard und entließ die beiden Kriminalhauptkommissare in das unbewohnte Doppelzimmer.

„Wenn Sie mich brauchen: Sie wissen ja, wo Sie mich finden. Oder Sie wählen auf dem Telefon die Null und lassen sich verbinden."

Damit ließ Schneider Hirschfeld und Kirchhoff allein. Sie zogen sich Einweghandschuhe über und begannen mit der Durchsuchung des Zimmers.

„Die Putzkräfte haben inzwischen sicher alle Beweise vernichtet", befürchtete Kirchhoff, der gerade den Kleiderschrank öffnete.

„Wahrscheinlich, wir sollten das Zimmer trotzdem versiegeln und die Kollegen von der KTU benachrichtigen. Vielleicht haben wir Glück. Jede noch so winzige Faser könnte uns weiterbringen."

Sie setzten ihre Suche schweigend fort.

„Das ist gar keine Fototapete“, stellte Hirschfeld erstaunt fest, als er neben dem Bett stand, und fuhr mit dem Finger über den Vollmond. „Das ist eine in die Wand eingelassene Lampe.“

„Vielleicht hat sich Svetlana deshalb so eindrücklich an den Mond erinnert.“

„Weil das Licht eingeschaltet war, meinst du?“, fragte Hirschfeld.

„Ja, das wäre zumindest eine plausible Erklärung. Aber ich frage mich: Was ist hier passiert? Der Täter bringt Svetlana vom Straßenstrich hierher. Sie wartet vielleicht im Wagen. Er checkt ein und holt sie anschließend ab. Gemeinsam fahren die beiden von der Tiefgarage aus mit dem Aufzug in den dritten Stock.“

„Das war ein riskantes Unterfangen.“

„Ja, aber sie in diesem Zimmer anzugreifen war noch riskanter, wenn du mich fragst.“

Hirschfeld nickte:

„Gut, nehmen wir an, er hat sie geknebelt und nach der Tat alle verdächtigen Spuren beseitigt. Dafür musste er sehr organisiert sein und die entsprechenden Utensilien bereits mit ins Hotel gebracht haben. Aber wie hat er sie anschließend weggeschafft?“

„Vielleicht in einem Wäschewagen?“, tippte Kirchhoff.

Hirschfeld nahm mit der behandschuhten Hand den Telefonhörer ab, wählte die Rezeption an und ließ sich mit Schneider verbinden. Nachdem er die Frage an ihn weitergegeben hatte, legte er wieder auf und schüttelte den Kopf:

„Nein, laut Manager sind diese Wäschewagen nicht öffentlich zugänglich, in jedem Fall nicht mitten in der Nacht. Das Putzpersonal beginnt erst in den Vormittagsstunden mit der Reinigung der Zimmer.“

„Dann bleibt nur ein Seesack oder ein großer Koffer. Gepäckstücke würden nicht auffallen. Der Weg vom Zimmer zurück zum Wagen ist dafür kurz genug. In ihrem Zustand hätte der Täter Svetlana nicht aus dem Zimmer getragen.“

„Ja, sie war zu dem Zeitpunkt auch sicher nicht mehr in der Lage, selbstständig zu gehen. Wahrscheinlich war sie bereits bewusstlos.“

„Dann hoffen wir, dass die Bilder der Überwachungskameras darüber Aufschluss geben.“

53

Er stellte sich mit den Zehenspitzen an den Rand seines Swimmingpools, beugte den Oberkörper nach unten, dass seine Finger den Rand berührten, und verlagerte das Gewicht nach vorne. Mit gebeugten Kniegelenken stieß er sich vom Beckenrand ab, streckte den Körper und tauchte in einem Winkel von 20 Grad in das leicht temperierte Wasser ein. Als er die Mitte des Beckens erreicht hatte, hob er zum ersten Mal den Kopf zur Seite, um Luft zu holen, und begann mit den ersten Kraulzügen. Das Wasser rauschte in seinen Ohren. Am Ende angelangt drehte er sich zur Seite und berührte den Beckenrand. Fast lautlos hob er den Arm bogenförmig über den Kopf und stieß sich gleichzeitig mit den Beinen ab, um zu wenden.

Nach der zwanzigsten Bahn schwamm er in die Mitte des Pools, füllte seine Lungen mit einem tiefen Atemzug mit Sauerstoff, um sich dann im Schneidersitz auf den Boden sinken zu lassen. Nachdem seine Pulsfrequenz sich wieder etwas stabilisiert hatte, öffnete er die Augen und betrachtete die blau gefliesten Seitenwände des Pools. Hier fand er Ruhe. Die Welt über ihm gab es in diesem Augenblick nicht mehr.

54

Henning Schneider hatte ihnen sein Büro überlassen.

Claudia Hiller war Anfang 20 und hatte schulterlanges dunkelblondes Haar, das sie zu einem lockeren Zopf zusammengebunden hatte. Sie zog ihren schwarzen Rock übers Knie und rang sich ein Lächeln ab.

„Ich nehme an, dass Herr Schneider Sie schon informiert hat", sagte Kirchhoff.

Die Empfangsdame schüttelte den Kopf:

„Nein. Es geht doch nicht um den Toten aus Zimmer 311?"

Das wäre vergleichsweise harmlos, dachte Hirschfeld. Ihm tat die Frau jetzt schon leid.

„Für diesen Herrn interessieren wir uns nicht."

Die Empfangsdame atmete erleichtert auf und wollte gerade etwas entgegnen, als Hirschfeld fortfuhr:

„Wir ermitteln im Fall der schwer misshandelten Prostituierten, die vor drei Wochen am Autobahnkreuz Bonn-Nord aufgefunden worden ist."

Sie schluckte hart und griff zu dem Tablett mit Getränken, die der PR-Manager doch noch hatte kommen lassen. Mit zittrigen Händen goss sie sich ein Glas Mineralwasser ein und vergaß, Hirschfeld und Kirchhoff auch etwas anzubieten.

„Wir glauben, dass Sie den Täter gesehen haben."

„Was, ich?", fragte sie entsetzt und blickte ungläubig von einem zum anderen.

„Der Mann ist allein gewesen, zumindest beim Check-in, und hat in bar bezahlt. Sagt Ihnen das etwas?"

„Sie müssen entschuldigen, aber ich erinnere mich nicht an jeden einzelnen Gast", versuchte die Empfangsdame abzuwehren.

Sie schien ehrlich schockiert zu sein.

„Das verstehen wir vollkommen, aber dieser Herr ist Ihnen vielleicht doch aufgefallen. Lassen Sie sich Zeit. Jedes Detail könnte hilfreich sein", versuchte Hirschfeld sie zu beruhigen.

Sie starrte für einen Moment schweigend in das sprudelnde Wasser.

„Um wie viel Uhr soll das gewesen sein?“, fragte sie schließlich und blickte wieder auf.

„Gegen 23.30 Uhr, Frau Hiller, am 23. September. Das war ein Donnerstag.“

Sie dachte nach.

„Besagter Gast hat auch für einen Stellplatz in Ihrer Tiefgarage bezahlt“, ergänzte Hirschfeld.

„Ja, ich erinnere mich vage.“

Kirchhoff beugte sich nach vorne, als könne er ihre Erinnerungen an diese Nacht an einem Faden aus ihrem Gedächtnis ziehen.

„Aber sein Gesicht habe ich nicht gesehen.“

Kirchhoff atmete hörbar die Luft aus.

„Wie dürfen wir das verstehen?“, fragte Hirschfeld.

Seine Nerven waren zum Zerreißen gespannt.

„Er trug einen Hut und eine getönte Brille.“

„Meinen Sie eine Sonnenbrille?“

„Nein, nein, nicht so dunkel. Mir fällt wieder ein, dass ich noch dachte: Na, der Gast hat aber einen extravaganten Geschmack. Er war gepflegt, gut gekleidet und hat nach einem teuren Aftershave gerochen.“

„Wie sah er aus?“, begann Kirchhoff seine Checkliste durchzugehen.

„Er war eher schlank und durchtrainiert. Das ist aber nur so ein Eindruck, ich habe ja nicht gerade viel von ihm gesehen.“

„Wie groß war er?“

„Wie groß ist Ihr Kollege?“

„1,85 Meter“, antwortete Hirschfeld an seiner Stelle.

„Ja, das kommt ungefähr hin, würde ich sagen.“

„Welche Haarfarbe hatte er?“

„Dunkelblond, blond.“

„Was können Sie uns noch über ihn sagen?“, wollte Hirschfeld wissen. „Hatte er einen Akzent?“

„Nein, er sprach hochdeutsch. Ich hatte das Gefühl, dass er viel Wert auf seine Wortwahl gelegt hat."

„Inwiefern?", hakte Kirchhoff nach.

„Er hat nur das Nötigste gesprochen. Wenn er etwas gesagt hat, dann irgendwie … druckreif."

„Hatte er sonst noch auffällige Kennzeichen wie Narben oder Tätowierungen?"

„Ich glaube nicht. Aber er hatte solche Lederhandschuhe, die sportliche Autofahrer gerne tragen."

Hirschfeld ahnte die Pointe bereits:

„Hat er die Handschuhe auch getragen, als er den Meldeschein ausgefüllt hat?"

„Ja", bestätigte Claudia Hiller.

Damit standen die Chancen, dass die KTU verwertbare daktyloskopische oder DNA-Spuren darauf fand, gleich null.

„Welchen Eindruck hat er sonst auf Sie gemacht?", ließ sich Hirschfeld seine Enttäuschung vor der Empfangsdame nicht anmerken. „War er nervös? In Eile?"

„Nein, im Gegenteil, er war die Ruhe selbst."

„Dann hat er sich sicher gefühlt", sagte Kirchhoff gedämpft in Hirschfelds Richtung.

„Meinst du, er ist schon öfters hier abgestiegen? Nur ohne diese Aufmachung?"

„Das wäre denkbar."

„Gut, das wäre es fürs Erste, Frau Hiller", wandte sich Hirschfeld wieder an die Empfangsdame, erhob sich und reichte ihr seine Visitenkarte. „Wir werden Ihre Aussage noch einmal im Präsidium aufnehmen. Falls Ihnen noch etwas einfallen sollte, rufen Sie uns bitte an."

55

Unter Wasser fühlte er sich fast wieder so leicht wie an jenem Herbstmorgen, als er die junge Frau hatte sterben sehen. Unwillkürlich zählte er die Sekunden. Das monatelange Training zahlte sich jetzt aus, denn ihm blieben fast drei Minuten, bis er an die Wasseroberfläche zurückkehren musste, um seine Lungen wieder mit Sauerstoff zu füllen. Drei Minuten, die ganz ihr gehörten: Rebecca.

Sie war von überirdischer Schönheit und strahlte eine Reinheit aus, von der Candy weit entfernt gewesen war. Die Hure war nur ein Vorgeschmack auf das gewesen, was ihn bald erwarten würde. Er hatte erfahren, welche Grenzen er zu überschreiten in der Lage war. Rebecca würde ihm die Unbeflecktheit schenken, die er seit Caroline nicht mehr erfahren hatte. Als Junge hatte er sich jede Nacht nach dem Mädchen mit den geflochtenen Zöpfen gesehnt, bis er selbst die Unschuld verloren hatte.

Jahre voller dunkler Fantasien waren inzwischen vergangen. Es war an der Zeit, dass sie ihre Erfüllung fanden. Rebecca würde keinen Verdacht schöpfen, wenn er sie in seine Gewalt brachte. Sie würde seine Lügen glauben und seinem Lächeln trauen. Ja, Rebecca würde ihm blind folgen. Er konnte es kaum erwarten, ihr Gesicht zu sehen, wenn sie erkannte, dass ihr Leben in seinen Händen lag. Immer wieder hatte er sich diesen Augenblick ausgemalt, so oft, dass er beinahe glaubte, Rebecca sei längst in seinem Haus:

Er hatte alles vorbereitet. Wenn sie erst einmal aus der Ohnmacht erwachte, gab er ihr ausreichend Gelegenheit, ihre Lage zu erfassen. Die Instrumente platzierte er für sie gut sichtbar. Diese Situation stellte er sich besonders grausam vor. Zu diesem Zeitpunkt war sie bereits gefesselt und vollkommen bewegungslos. Außerdem war ihr Oberkörper höher gelagert, sodass sie sehen konnte, was mit ihr passierte. Sobald er ihren Knebel entfernte, versuchte sie, ihn mit Bitten und Flehen davon zu überzeugen, sie laufen zu lassen. Doch auch ihr Weinen, das in bitterliches Schluchzen überging, hielt ihn nicht ab, ihr mit dem Skalpell die letzte Würde zu nehmen.

Eine Luftblase stieg nach oben. Er kämpfe gegen den Atemreiz an, um den Moment noch etwas länger auskosten zu können. Nach weiteren zehn Sekunden löste er sich langsam aus dem Schneidersitz, stieß sich vom Beckenboden ab und ließ sich in Zeitlupentempo nach oben treiben. Als er die Wasseroberfläche durchbrach, wusste er:

Er war bereit.

56

„Dann lasst mal sehen“, sagte Jens Schröder und nahm den Meldeschein entgegen, der inzwischen in einem Beweismittelbeutel steckte.

Sie saßen in Schröders Büro. Vor der Fahrt zum 5-Sterne-Hotel hatte Hirschfeld den Leiter der Mordkommission bereits von seinem Diensthandy aus über die neuesten Entwicklungen ins Bild gesetzt. Hirschfeld und Kirchhoff hatten die Aufnahmen der Videoüberwachungskameras aus dem Hotel gerade in der KTU vorbeigebracht. Es würde nicht lange dauern, bis die Kollegen anhand von Datum und Time-Code die ermittlungsrelevanten Aufnahmen identifiziert und technisch so weit aufbereitet haben würden, dass sie die Bilder aus der Tatnacht begutachten konnten. In der Zwischenzeit mussten sie sich mit dem Formular begnügen, das der Täter im Hotel ausgefüllt hatte.

„Das ist dieselbe Handschrift wie auf den Briefen“, sagte Kirchhoff, der sich mit Hirschfeld über das Stück Papier auf Schröders Schreibtisch beugte.

„Definitiv“, stimmte Schröder zu. „Wie lief es im Hotel?“

Hirschfeld berichtete von den beiden Befragungen.

„Es ist also sehr unwahrscheinlich, dass sich auf dem Meldeschein brauchbare Spuren befinden“, stellte Schröder fest. „Das wäre auch zu schön gewesen.“

„Gibt es schon Neuigkeiten aus der XY-Redaktion?“, erkundigte sich Kirchhoff.

„Nein, aber die Sendung wird wiederholt“, antwortete Schröder. „Damit sollten wir noch einmal mehrere 100.000 Zuschauer erreichen.“

„Die Hoffnung stirbt zuletzt“, sagte Hirschfeld, legte den Knöchel seines rechten Beins auf den linken Oberschenkel und faltete die Hände um sein Knie.

In diesem Augenblick klopfte es an der Bürotür.

„Herein“, rief Schröder und stand von seinem Stuhl auf.

Die Tür öffnete sich und ein schwarzhaariger Mittdreißiger mit Brille trat ein und reichte ihm eine CD-ROM.

„Danke, Basti. Das ging schnell – gute Arbeit!“

„Keine Ursache“, antwortete der KTUler, nickte in die Runde und verabschiedete sich wieder.

Schröder legte die CD-ROM in das PC-Laufwerk ein. Kurz darauf hatte er die Daten vor sich auf dem Bildschirm und öffnete den ersten Ordner. Er klickte auf eine Datei und drehte den Monitor, damit Hirschfeld und Kirchhoff auch etwas sehen konnten. Die Aufnahme war hochauflösend und hob sich deutlich von den unscharfen Bändern älterer Videoformate ab.

„Das muss die Lobby sein“, sagte Hirschfeld und erkannte die ausladende karmesinrote Rundcouch wieder, die auf einem der floral gemusterten Teppiche stand.

Ein hochgewachsener Mann näherte sich der ersten Rezeptionsinsel, an der Claudia Hiller deutlich erkennbar ihren Dienst verrichtete.

„Ist das die Empfangsdame?“

„Ja“, antwortete Kirchhoff. „Der Verdächtige trägt einen Herrenhut und Handschuhe, wie die Hiller ausgesagt hat.“

„Sein Gesicht ist absolut nicht zu erkennen“, stellte Hirschfeld fest. „Es macht den Anschein, als wüsste er ganz genau, wo die Kamera ist.“

„Ja, auch das Personal hielt ihn nicht für verdächtig“, meinte

Kirchhoff, „sondern nur für einen reichen Typen mit einem extravaganten Modegeschmack."

„Vielleicht geben die nächsten Aufnahmen mehr her", erwiderte Schröder und rief die nächste Datei auf, die verschiedene Ansichten der Tiefgarage zeigte.

Im Gegensatz zu den Bildern aus dem Inneren des Hotels waren diese nicht farbig, sondern schwarz-weiß. Hirschfeld ging davon aus, dass diese Kameras aus Kapazitätsgründen mit einem Bewegungsmelder gekoppelt waren und nur filmten, wenn Fahrzeuge oder Gäste diese passierten.

„Da! Da ist der Kerl!", rief Hirschfeld unvermittelt, nachdem sie zwei weitere Dateien gesichtet hatten. „Spul die Aufnahme bitte noch mal zurück, Jens."

Schröder betätigte den Wiedergaberegler.

„Hier, das muss das Fahrzeug des Täters sein!", stimmte Kirchhoff zu.

„Das ist eine Mercedes S-Klasse", sagte Hirschfeld. „Die genaue Farbe ist leider nicht feststellbar. Auf jeden Fall handelt es sich um einen hellen Wagen. Könnt ihr vielleicht das Kennzeichen erkennen?"

Jens Schröder unterbrach die Aufnahme und vergrößerte das Standbild.

„BN-YA-576", las er langsam vor und notierte die Buchstaben- und Zahlenfolge gleichzeitig auf seiner Schreibtischunterlage. „Mal sehen, auf welchen Halter das Fahrzeug zugelassen ist."

Damit rief Schröder ein paar Mausklicks später ZEVIS auf. Das *Zentrale Verkehrs-Informationssystem des deutschen Kraftfahrt-Bundesamtes* ermöglichte den Zugriff auf Fahrzeug und Halter.

„Das darf nicht wahr sein!", stieß Schröder kurz darauf hervor. „Die Nummernschilder wurden vor vier Wochen als gestohlen gemeldet."

„Wieder eine verdammte Sackgasse", gab Kirchhoff seinem Ärger lautstark Ausdruck. „Jetzt sind wir wieder ganz am Anfang!"

57

Hirschfeld ließ die Wohnungstür ins Schloss fallen, zog seinen Ulster-Mantel aus und warf ihn achtlos über die Garderobe. Auf dem Weg zu seinem Lieblingsplatz im Erker streifte er seine schwarzen Chucks ab. Nach diesem Tag wollte er nur noch eins: schlafen. Aus Erfahrung wusste Hirschfeld allerdings, dass ihn die Gedanken, die ihm durch den Kopf gingen, nicht so schnell einschlafen lassen würden. Er ließ sich auf den dünnen Futon fallen, zog eine zerknitterte Schachtel aus der Hemdtasche und fingerte eine Zigarette heraus. Gerade als er sie anzünden wollte, nahm er im Augenwinkel eine Bewegung wahr. Er wandte den Kopf zur Seite, ließ Sturmfeuerzeug und Zigarette sinken und lächelte: Elvis war auf leisen Pfoten ins Zimmer geschlichen und umrundete gerade seine Stoffturnschuhe. Dabei ließ der rote Kater Hirschfeld nicht aus den Augen. Als er den Erker erreicht hatte, sprang er mit einem Satz hoch und setzte sich, Vorderpfote an Vorderpfote, neben ihn. Hirschfeld hatte sich angewöhnt, jeden Morgen die Tür zum vorderen Balkon offen stehen zu lassen, damit der Kater jederzeit kommen und gehen konnte.

„Na, du alter Haudegen“, sagte Hirschfeld leise und kraulte den Kater hinter den Ohren.

Elvis schloss seine meergrünen Augen halb und begann zu schnurren. Nach einer Weile reckte er sein Kinn, damit Hirschfelds Hand seinen Hals besser erreichte.

Seit Renee Elvis ins Haus gelassen hatte, hatte der Kater sich in unregelmäßigen Abständen blicken lassen. Die meiste Zeit über suchte er nur nach einem ruhigen und warmen Schlafplatz.

„Hast du Hunger? Du siehst ganz schön abgemagert aus“, stellte Hirschfeld fest und betrachtete die Rippenbögen, die sich deutlich unter dem getigerten Fell des Katers abzeichneten.

Elvis spitzte die Ohren und klappte die Augen wieder auf. Hirschfeld hatte das Gefühl, dass der Kater genau verstand, worüber er sprach, denn er stellte seine Hinterläufe auf, reckte sich und drückte seinen Kopf gegen Hirschfelds Oberarm.

„Gut, dann schau ich mal, ob ich was Essbares für dich auftreiben kann."

Hirschfeld erhob sich und ging in die Küche. Elvis folgte ihm und nahm neben dem Kühlschrank Platz. Sein geringelter Schwanz fegte auf dem Boden hin und her. Hirschfeld durchsuchte den Vorratsschrank nach Katzenfutter, doch die letzte Dose musste er schon vor Tagen geöffnet haben.

„Wie wär's mit was anderem?", fragte er, denn die Geschäfte hatten längst geschlossen.

Hirschfeld öffnete den Kühlschrank, in dem gähnende Leere herrschte. Neben ein paar Flaschen Bier und einer Margarine fand er nur eine Packung Käse darin vor. Er nahm ein paar Scheiben heraus und schnitt sie auf einem Unterteller in kleine Stücke. Als Elvis begann, die Käsestücke gierig herunterzuschlingen, füllte Hirschfeld frisches Wasser in eine Schüssel und stellte sie neben den Teller. In diesem Augenblick klingelte sein Handy.

„Ja?", meldete sich Hirschfeld und beobachtete, wie Elvis den Unterteller mit seiner rosafarbenen Zunge ableckte und ihn dann erwartungsvoll anblickte.

„Hey, ich bin's Renee. Wie geht's dir?"

„Ich könnte vor Müdigkeit umfallen."

„Geht mir nicht anders, ich wollte nur mal hören, ob alles in Ordnung ist bei dir."

Hirschfeld dachte an die Rückschläge des Tages.

„Reden wir lieber über etwas anderes", erwiderte er, klemmte das Handy zwischen Ohr und Schulter und schnitt noch etwas von dem Käse klein.

„Okay, hast du in letzter Zeit noch mal mit deinem Vater gesprochen?"

Hirschfeld hatte Renee von der Unterhaltung mit seinem alten Herrn erzählt. Sein Bedarf an Vater-Sohn-Gesprächen war danach fürs Erste gedeckt gewesen.

„Dazu bin ich noch nicht gekommen. Ich rufe ihn die Tage noch mal an."

„Glaubst du, aus Ellen und ihm könnte was Ernstes werden?“

„Vielleicht.“

„Hättest du ein Problem damit?“

Hirschfeld dachte einen Moment darüber nach, dann antwortete er:

„Nein, obwohl Jo ihm die Sache neulich ganz schön übel genommen hat.“

„Ja, aber versetz dich mal in ihre Lage: Die beiden im Bett zu erwischen war eine Katastrophe in Tüten für deine Schwester.“

„Katastrophe in Tüten?“, gab Hirschfeld zurück.

„Lach nicht! Du weißt genau, was ich meine.“

„Sicher“, wurde Hirschfeld wieder ernst. „Ich habe gestern noch mit Professor Düsterhöft telefoniert. Er meinte, dass mein Vater in den letzten Wochen gute Fortschritte gemacht hat. Vielleicht darf er Weihnachten nach Hause und muss nur noch ambulant in der LVR Klinik behandelt werden. Da ist es sicher nicht verkehrt, wenn jemand für ihn da ist.“

„Das sind doch gute Neuigkeiten, oder?“

„Mmh.“

Hirschfeld war nicht sicher, ob das stimmte. Sie schwiegen einen Moment, während Elvis die zweite Portion Käse auffraß.

„Ich vermisse dich“, flüsterte Renee.

„Du fehlst mir auch.“

Elvis hatte den Teller blank geputzt und leckte sich zufrieden die Pfoten.

„Wann sehen wir uns wieder?“

„Bald“, gab Hirschfeld zurück und konnte es kaum erwarten.

58

Hirschfeld ging vor dem Krankenzimmer von Svetlana Dobris nervös auf und ab. Der Uniformierte, der an diesem Tag für ihren Schutz abgestellt war, blickte ein paarmal zu ihm auf, sagte jedoch kein Wort.

Es war Samstagmittag. Vor gut anderthalb Stunden hatte Dr. Stockmann ihnen grünes Licht für die Erstellung eines Phantombilds gegeben. Nach der Pleite mit den Videoüberwachungsbändern am Vortag war die Mordkommission besonders auf Svetlanas Unterstützung angewiesen. Jetzt wartete Hirschfeld auf Kriminalhauptkommissar Josef Holtz, einen der drei Einsatzsachbearbeiter der Visuellen Fahndungshilfe vom Landeskriminalamt Düsseldorf. Gerade als er sich zum x-ten Mal umdrehte, um die Strecke von Neuem abzugehen, bog ein Mittfünfziger um die Ecke des Krankenhausflurs. Er hatte kinnlanges Haar, das fast übergangslos von Blond in Grau wechselte, und war vom Sakko bis zu den Schuhen ganz in Schwarz gekleidet. Über der Schulter trug er einen schwarzen Einsatzrucksack.

„Du musst Lutz sein", begrüßte der LKA-Beamte Hirschfeld und streckte ihm seine Rechte entgegen.

Sein Händedruck war angenehm fest.

„Hallo, Josef", erwiderte Hirschfeld den Gruß, „ich hoffe, du hast nichts dagegen, dass ich dabei bin."

Die Anwesenheit eines Sachbearbeiters von der anfragenden Polizeidienststelle war normalerweise nicht üblich. Aus irgendeinem Grund hatte Svetlana auf Hirschfelds Anwesenheit bestanden. Sie hatte Vertrauen zu ihm gefasst, vielleicht, weil er sie schon während ihres Komas besucht hatte.

„I wo", winkte Josef Holtz ab und blickte Hirschfeld mit seinen stahlblauen Augen an. „Jens hat mich ins Bild gesetzt. Ganz schön schlimme Sache. Ich bin überrascht, dass das Opfer schon in der Lage ist, sich dieser Situation zu stellen."

„Es grenzt an ein Wunder, dass Svetlana den Angriff überhaupt überlebt hat."

Holtz fuhr sich mit der Hand über seinen grauen Stoppelbart und entgegnete:

„Hoffen wir, dass wir den Mistkerl über das Fahndungsbild schnappen!"

Eine Zornesfalte trat senkrecht zwischen seinen Augenbrauen hervor. Hirschfeld nickte, klopfte gegen die Tür und trat ins Krankenzimmer ein. Svetlana hatte das Kopfteil hochgefahren und saß aufrecht im Bett.

„Hallo", sagte sie schwach und schob den Nachttisch mit den Resten vom Mittagessen von sich weg.

„Hallo, Svetlana, das ist mein Kollege Josef Holtz aus Düsseldorf", stellte Hirschfeld den LKA-Beamten vor und vermied bewusst, Rang und Dienststelle zu nennen.

Zeugen standen in solchen Situationen ohnehin schon unter hohem Druck. Bei allem, was Svetlana durchgemacht hatte, sollte sie sich nicht noch von einem Fachmann einer Behörde eingeschüchtert fühlen.

„Wie geht es Ihnen, Svetlana?", erkundigte sich Holtz, nahm auf einem Stuhl Platz und öffnete seinen Rucksack.

„Nicht besonders, wenn ich ehrlich bin", antwortete Svetlana mit brüchiger Stimme und räusperte sich.

„Sie müssen sich keine Sorgen machen. Ich werde Ihnen gleich ein paar Bilder zeigen und Sie sagen mir, wie ähnlich sie dem Mann sehen, der Sie angegriffen hat", erklärte der LKAler und baute seinen Laptop auf.

Svetlana nickte wie ferngesteuert und schien den Sinn seiner Worte nicht erfasst zu haben. Vielleicht war es doch noch zu früh für eine Phantombildsitzung, dachte Hirschfeld. Josef Holtz hatte Svetlanas Zögern ebenfalls bemerkt und fügte hinzu:

„Sie brauchen nichts aktiv zu beschreiben. Orientieren Sie sich einfach an meinen Vorgaben, dann kann nichts schiefgehen."

Svetlana wirkte nicht überzeugt. Ihre Hände wanderten über die Bettdecke auf ihren Beinen.

„Wissen Sie, es gibt Zeugen – besonders ältere Menschen – die zur

Phantombildmontage Versandhauskataloge als Vorlage mitbringen. So einen Katalog verstecken Sie aber nicht unter Ihrer Decke, oder?"

Svetlana brachte ein schiefes Lächeln zustande und entspannte die Schultern. Es hatte den Anschein, dass Holtz das Eis zwischen ihnen gebrochen hatte. Hirschfeld hielt sich im Hintergrund und hatte hinter den beiden auf einem Besucherstuhl Platz genommen. Die ruhige und ausgeglichene Art des Kollegen aus dem LKA Düsseldorf beeindruckte ihn jetzt schon.

„Während die Kiste hier hochfährt, würde ich gerne den Raum etwas abdunkeln, wenn Sie nichts dagegen haben, Svetlana", fuhr Holtz fort und deutete auf sein Notebook.

„Natürlich", gab die junge Frau zurück und beobachtete den LKA-Experten, wie er aufstand, die Gardine zuzog und wieder Platz nahm.

Das Krankenzimmer war jetzt in ein Halbdunkel getaucht, nur der flimmernde Monitor des Laptops spendete noch Licht.

„Haben Sie den Mann zu irgendeinem Zeitpunkt im Hellen gesehen?", wollte Holtz wissen.

Das war eine berechtigte Frage, dachte Hirschfeld, denn oft standen die Täter im Dunkeln.

„Ja, ich glaube schon", antwortete Svetlana nach einigen Augenblicken des Schweigens. „Ich bin zu ihm in den Wagen gestiegen. Er trug Hut und Brille. Ich erinnere mich, dass ich das seltsam fand. Da habe ich ihn also nicht richtig gesehen. Das kam erst später."

Da die Prostituierte wieder innehielt, half Hirschfeld ihr auf die Sprünge:

„Sie sind mit ihm in ein 5-Sterne-Hotel gefahren, Svetlana."

„Ja?", klang die junge Frau ehrlich überrascht. „Das weiß ich nicht mehr."

Der Designkasten am Rhein gehörte mit seinem Neobarock zu den extravagantesten Hotels, die Hirschfeld kannte. Svetlana hatte sich jedoch nur an den leuchtenden Vollmond über dem Doppelbett erinnert. Das bedeutete, dass sie noch große Gedächtnislücken haben musste.

„Hat der Mann denn Hut und Brille zu irgendeinem Zeitpunkt abgelegt?", wollte Holtz wissen.

„Ja. Ja, das hat er."

„Gut, dann beginnen wir im ersten Schritt mit Alter und Erscheinungsbild", erklärte Holtz, nachdem er die aktuellste Photoshop-Version geöffnet und die Datenbank mit mehreren Tausend Grundbildern aufgerufen hatte.

Hirschfeld wusste, dass die erste Eingrenzung dazu diente, die Zahl auf 150 bis 200 Bilder zu reduzieren.

„Ich bin nicht gut darin, das Alter einzuschätzen", entgegnete Svetlana Dobris und schien schon an der ersten entscheidenden Frage zu verzweifeln.

„Ja, das verstehe ich gut", lenkte Holtz ein. „Aber überlegen Sie mal: Ist der Mann eher Anfang 20 oder eher um die 40, 50 Jahre alt?"

Svetlana blickte ins Leere. Als sie sich wieder dem LKA-Mann zuwandte, meinte sie:

„Ich würde sagen, er ist auf jeden Fall über 30, vielleicht auch über 40 Jahre alt. Er wirkt aber jünger."

„Gut, das ist doch schon ein Anfang. Ist er West- oder Osteuropäer oder eher Asiate, Afrikaner ...?", versuchte Holtz den ethnischen Phänotyp abzuklären.

„Er ist definitiv Deutscher, das habe ich schon an seiner Aussprache erkannt."

Svetlana begann, sich ihren Erinnerungen zu stellen, dachte Hirschfeld. Während er sich Notizen machte, klickte Holtz sich durch die Datenbank und wählte die Kategorie „Westeuropäer" aus.

„Alles klar, dann wenden wir uns jetzt der Kopfform zu. Hat der Mann eher ein rundes oder ein eckiges Gesicht?"

„Mehr rundlich."

Interessiert verfolgte Hirschfeld, wie Josef Holtz fünf verschiedene Gesichter auf dem Monitor erscheinen ließ. Die virtuellen Bildvorlagen stammten von Straftätern und waren aus Datenschutzgründen aus unterschiedlichen Fotografien zusammengestellt worden.

„Könnte das ungefähr passen?", erkundigte Holtz sich bei Svetlana.

Sie entschied sich für das mittlere Foto. Der LKA-Beamte schob die anderen vier Bilder zur Seite und vergrößerte das Basisbild.

„Das Gesicht ist nicht ganz so breit, eher etwas schmaler", sagte Svetlana.

Josef Holtz betätigte den Schieberegler, um das Gesicht etwas in die Länge zu ziehen.

„Ja, das kommt schon eher hin", quittierte die junge Frau die Korrektur.

„Wie steht's mit der Haarfarbe?"

„Er ist blond", gab Svetlana zurück und wirkte wieder angespannt. „Mehr fällt mir nicht ein."

„Das macht nichts, Svetlana", entgegnete Josef Holtz mit sanfter Stimme, als sich ihre Augen röteten. „Sie brauchen nicht zu weinen, wir haben alle Zeit der Welt."

Svetlana zog ein Kosmetiktuch aus einer Pappbox und schnäuzte sich die Nase. Mit ihrem Kopfverband und den Hämatomen im Gesicht gab sie ein Bild des Elends ab.

„Geht es wieder etwas besser?", fragte Holtz nach. „Gut, dann machen wir einfach noch ein bisschen weiter, in Ordnung?"

„Ja", hauchte Svetlana und blickte Hilfe suchend zu Hirschfeld.

Er nickte ihr aufmunternd zu.

„Wie würden Sie seine Frisur beschreiben?", fuhr Holtz mit der Befragung fort.

„So ähnlich wie auf dem zweiten Bild von rechts."

„Okay."

Der LKA-Experte schob das Foto neben das Basisbild und stellte die Frisur mit der Lasso-Funktion des Bildbearbeitungsprogramms frei. Er kopierte den Ausschnitt in das Basisbild und zeichnete die Kanten mit dem Radiergummi weich.

„Wie sehen seine Augen aus?"

„Ich … ich weiß nicht."

Dieser Punkt schien Svetlana besonders zu schaffen zu machen.

„Besser bekomme ich es einfach nicht hin", schluchzte sie und brach wieder in Tränen aus.

Diesmal dauerte der Weinkrampf länger. Obwohl sich Hirschfeld und Holtz alle Mühen gaben, die junge Frau wieder zu beruhigen, hörte sie nicht auf zu weinen.

„Vielleicht legen wir eine Pause ein", sagte der LKAler schließlich. „Was meinen Sie, Svetlana?"

Hirschfeld stand auf und schenkte ihr ein Glas Wasser ein. Auf ihrer Bettdecke häuften sich inzwischen die benutzten Kosmetiktücher.

„Danke", brachte Svetlana mühsam hervor und nahm das Glas entgegen.

Während sie ein paar Schlucke Wasser trank, speicherte Holtz die Sitzung, klappte seinen Laptop zu und stand ebenfalls auf.

„Wir sind gleich zurück, Svetlana", sagte er und schaltete das Deckenlicht ein. „Versuchen Sie, sich in der Zwischenzeit ein bisschen zu entspannen."

59

Zufrieden sah er auf das Edelstahltablett auf dem Esstisch vor ihm. Er hatte darauf geachtet, dass die Abstände zwischen den fünf Skalpellen exakt gleich waren. Bei den Griffen aus rostfreiem chirurgischem Carbonstahl hatte er sich für das Modell Nr. 4 in der kurzen Ausführung entschieden. Mit einer Länge von etwa 14 Zentimetern lag der in der Mitte geriffelte Griff sehr gut in der Hand. Auch bei der Wahl der dazugehörigen Klingen war er umsichtig vorgegangen: Neben einer leicht abgerundeten, einer sichelförmigen und einer dreieckigen Klinge hatte er sich zwei spitze Klingen zugelegt, die im Gegensatz zu den anderen über zwei scharfe Seiten verfügten. Er hatte die Skalpelle nach der Nacht mit Candy sorgfältig gereinigt und desinfiziert und die Klingen gegen neue ersetzt. Jetzt waren sie wieder bereit für ihren nächsten Einsatz.

Vorsichtig fuhr er mit dem Zeigefinger über das erste Skalpell, nahm es auf und betrachtete es eine Weile. Wenn er es leicht bewegte, blitzte der Stahl im Sonnenlicht. Bevor er es zurücklegte, wollte er den Machtrausch noch einmal spüren, nach dem es ihn so sehr verlangte. Er ging hoch in sein Schlafzimmer und fühlte, wie eine Welle der Erregung ihn erfasste, als er sich mit dem Skalpell vor den großen Wandspiegel stellte. Er ließ den Blick über seinen nackten Oberkörper wandern und hob langsam den Arm. Seine Kiefermuskeln arbeiteten, bevor er auf Höhe seines Herzens ein paar Probestiche in die Luft machte. Dabei ließ er das Skalpell in der Hand seines Spiegelbilds keine Sekunde aus den Augen.

Die Anspannung war fast unerträglich, aber er zwang sich, weiter zuzustechen. Während er sich weiter nach oben arbeitete, trat Schweiß auf seine Stirn und begann, seine Schläfen herabzurinnen. Als er schwer atmend am Hals angelangt war, stach er ein letztes Mal zu.

Wenn er mit Rebecca fertig war, würde er ihr ebenfalls die Kehle durchschneiden.

60

„Du hast keinen leichten Job, Josef", sagte Hirschfeld.

Sie standen vor dem Haupteingang des St.-Petrus-Krankenhauses und rauchten eine Zigarette.

„Das sagt der Richtige", erwiderte Holtz lächelnd, inhalierte den Rauch tief, um ihn sofort wieder auszustoßen.

„Stimmt, wir arbeiten allerdings meistens mit Fakten, die wir in den richtigen Zusammenhang bringen müssen. Ihr geht eher assoziativ vor."

„Stimmt. Wir versuchen den Zeugen zu helfen, ihre Erinnerungen irgendwie in Worte zu fassen. Reine Fakten helfen bei euren Ermittlungen aber nicht weiter, ihr müsst auch den richtigen Riecher haben."

Hirschfeld nickte und schnippte die Asche weg, um den nächsten Zug zu nehmen.

„Fahndungsbilder müssen immer Raum für Interpretationen des Betrachters lassen. Daher halten wir die Phantombilder nach wie vor in Schwarz-Weiß", fuhr Holtz fort. „Das ist die Kunst. Ein Einsatz am Krankenbett des Opfers gehört natürlich zu den extremen Fällen."

„Ja, das kann ich nachvollziehen."

„Wir bekommen oft zu hören, dass Zeugen sich nicht an spezielle Gesichtsmerkmale erinnern. Das ist ja auch kein Wunder, aber durch die Typvorlagen kehrt die Erinnerung Stück für Stück zurück. Im Versuchs- und Ausschlussverfahren ist es dann möglich, aus den anfangs ungenauen Angaben ein brauchbares Fahndungsbild zu erstellen."

Die Statistik gab dem LKA-Experten recht: Jedes vierte Phantombild führte zum Fahndungserfolg.

Hirschfeld drückte seine Zigarette auf einem Standaschenbecher aus und fragte:

„Kann ich dir noch eine anbieten?"

„Ja, danke. Irgendwie muss man ja auf seinen Nikotinspiegel kommen."

Hirschfeld klopfte zwei Zigaretten aus der Schachtel und gab erst Holtz und dann sich selbst Feuer.

„Die Firma dankt."

„Keine Ursache. Und was war dein bisher heikelster Fall, Josef?"

„Mein eigener."

Holtz ließ ein raues Lachen folgen.

„Wie meinen?"

„Nein, kein Scherz: Vor ein paar Jahren bin ich mal zu einer Phantombildsitzung gefahren. Und das Erste, was die Zeugin mir sagte, war, dass ich haargenau wie der Täter aussähe."

„Und? Wurdest du verhaftet?"

„Fast, aber ich hatte ein Alibi", antwortete Holtz und brachte seine Lachfältchen erneut in Bewegung.

Fünf Minuten später betraten Hirschfeld und Holtz wieder Svetlanas Krankenzimmer.

„Geht es Ihnen besser?", fragte der LKA-Experte und schaltete das Deckenlicht wieder aus.

„Ja, ich denke schon. Mir bleibt ja eh keine Wahl", antwortete die junge Frau.

Während ihrer Zigarettenpause hatte die Schwester das Mittagessen abgeräumt und die benutzten Taschentücher entsorgt.

„Sie schaffen das", entgegnete Holtz und nahm wie Hirschfeld seinen alten Platz ein.

Kurz darauf hatte er wieder die letzte gespeicherte Version vor sich.

„Wir sind bei der Augenpartie stehengeblieben. Wenn Ihnen das zu schwerfällt, können wir uns auch erst mal der Nase oder dem Mund widmen."

„Er hat ein rundes Kinn", sagte Svetlana spontan.

Holtz fügte hintereinander verschiedene Kinnpartien in das Basisbild ein, bis die Prostituierte zustimmend nickte.

„Hat der Mann schmale oder volle Lippen?", arbeitete er sich im Gesicht weiter nach oben vor.

„Volle."

„Sind Ober- und Unterlippe gleich voll wie auf diesem Bild?"

„Ja, ich denke schon."

Holtz fügte den passenden Mund ein und retuschierte die Übergänge.

„Was ist mit der Nase?"

„Ich meine, sie war kräftig."

„So wie eine Boxernase?"

„Ein bisschen vielleicht, ja. Aber nicht so platt."

„Ist der Nasenrücken eher einen oder zwei Finger breit?"

„Eher zwei."

„Können Nasenspitze und -flügel so bleiben?“

„Mmh, ja.“

„Gut, jetzt konzentrieren Sie sich bitte nicht auf die ausgetauschte Nase, sondern auf die Augen, Svetlana. Dann können Sie die Veränderung besser wahrnehmen.“

Die junge Frau starrte auf das Gesicht auf dem Monitor. Nach einer Weile versetzte sie:

„Ja, die Nase stimmt. Aber die Augen sind noch nicht richtig.“

„Nehmen Sie sich Zeit“, wiederholte Holtz. „Manchmal ist es wichtiger, zu wissen, was Sie nicht gesehen haben.“

Svetlana dachte nach.

„Die Augen müssen tiefer in den Augenhöhlen liegen.“

Der LKAler probierte entsprechende Versatzstücke aus. Nach dem siebten Versuch hatte er die richtige Augenpartie eingefügt.

„Okay. Wenn Blick und Frisur stimmen, haben wir schon viel gewonnen. Ich verändere jetzt noch etwas die Proportionen. Sie sagen mir dann einfach, wann die Übereinstimmung am größten ist.“

Der LKA-Experte fügte Licht und Schatten hinzu und ließ die Wangenknochen deutlicher hervortreten.

Svetlana verfiel erneut in Unruhe. Das war ein sicheres Zeichen, dass das Phantombild dem Täter sehr ähnlich sah.

„Hat der Mann noch andere Auffälligkeiten: Narben, schlechte Zähne oder Körperschmuck wie Tattoos und Piercings?“

„Nein, da bin ich mir ziemlich sicher. Er war sehr gepflegt und eher konservativ gekleidet, das wäre mir aufgefallen.“

„Gut, dann suchen wir noch nach dem Hut und der Sonnenbrille, von denen Sie eingangs gesprochen haben.“

Da alle Einsatzsysteme über UMTS verfügten, konnte Holtz sich sofort ins Internet einloggen und die beiden Begriffe in eine Suchmaschine eingeben. Es dauerte nicht lang, bis der LKAler die richtigen Täteraccessoires gefunden hatte.

„Das … das ist das Schwein!“, brach es aus Svetlana hervor.

61

Als Rebecca das Uni-Hauptgebäude durch den östlichen Seiteneingang verließ, ahnte er bereits, wohin sie wollte. Das *Blau* war nur wenige Schritte entfernt und zu jeder Tages- und Nachtzeit mehr als gut besucht. Früher hatte er auf seinen Streifzügen durch die Stadt öfter einen Abstecher in das Studentencafé gemacht. In den Morgen- und Mittagsstunden frühstückten die Studenten oder tranken zwischen zwei Vorlesungen einen Milchkaffee. Abends wummerten Electrobeats durch das Café, das in der Eingangshalle eines geschlossenen Schwimmbads aus dem vorigen Jahrhundert untergebracht war. Das *Blau* hatte trotz seiner modernen puristischen Möblierung immer noch den Charme einer Badeanstalt. Man roch förmlich das Chlor und das Gummi der genoppten Badehauben.

Er kaufte sich an einem Kiosk eine Zeitung und wartete, bis Rebecca im *Blau* verschwand. Stimmengewirr, das sich mit Geschirrklappern und dem Klirren rührender Löffel gegen Porzellan vermischte, schlug ihm entgegen, als er das Café eine Minute später betrat. Er suchte sich einen Platz auf der weißen Polsterbank neben der Theke. Vor dort aus hatte er einen guten Blick auf sie.

„Was darf ich dir bringen?", blieb die Kellnerin mit einem Tablett leerer Gläser und Tassen an seinem Tisch stehen und lächelte.

Er bestellte einen Espresso.

„Alles klar", erwiderte die Bedienung und ging in ihrem Ringelpulli zurück zur Theke, um die Gläser abzustellen und neue Bestellungen aufzunehmen.

Sein Puls erhöhte sich. Er nahm die Zeitung auf und tat so, als würde er darin lesen, damit er sie nicht weiter anstarrte. Rebecca hatte inzwischen Mantel und Schal abgelegt und hörte den Gesprächen ihrer Kommilitoninnen zu, mit denen sie verabredet war. Hier und da lächelte sie still in sich hinein und nippte an ihrem Tee.

Plötzlich sah sie in seine Richtung. Fast glaubte er, sie erkenne ihn aus dem Hörsaal wieder. Aber ihr Blick war stumpf und leer, als sei sie nur eine leblose Hülle. Irgendetwas schien ihr auf der Seele zu liegen. Vielleicht ahnte sie bereits, was sie erwartete.

Als der Espresso kam, legte er das Tagesblatt beiseite. Seit dem Fahndungsaufruf im Fernsehen hatte er alle Medien verfolgt, die den Fall behandelten. Die Bonner Kripo tappte nach wie vor im Dunkeln. Alle bisher eingegangenen Hinweise aus der Bevölkerung waren ins Leere gelaufen. Die Ermittler waren Lichtjahre davon entfernt, ihm auf die Spur zu kommen.

Er bestellte noch einen Kaffee und entschied sich wenig später für ein Pastagericht von der Tageskarte, um seinen Aufenthalt weiter hinauszuzögern. Nach einer Dreiviertelstunde verabschiedeten sich ein paar Erstsemester aus Rebeccas Gruppe und verließen das *Blau.* Er schob den leeren Teller von sich und legte die Papierserviette, in die das Besteck eingewickelt war, unbenutzt darauf. Rebecca blieb sitzen und begann, in einem winzigen Terminplaner zu lesen. Wahrscheinlich schaute sie sich ihren Stundenplan an. Er wusste, dass sie kein Seminar und keine Vorlesung ausließ und zu jeder Veranstaltung vorbereitet kam.

Das Partyleben der Stadt interessierte sie nicht.

Noch nicht.

Während er zusah, wie sie bezahlte, faltete er die Zeitung wieder zusammen. Dabei streifte sein Blick flüchtig ein Bild. Er brauchte einen Moment, bis er erkannte:

Das war sein Gesicht!

Hastig legte er einen 20-Euro-Schein auf den Tisch, griff nach seinem Mantel und verließ das Café. Diese verdammte Hure musste aus dem Koma aufgewacht sein und ihn verraten haben. Er hatte nicht mehr viel Zeit!

62

„Ich wünschte, ich hätte erfreulichere Neuigkeiten für euch“, eröffnete Jens Schröder die Frühbesprechung am Montagmorgen und blickte ernst in die Runde.

Die Mitglieder der Mordkommission waren vollzählig erschienen. Die meisten hatten ein Wochenende voller Überstunden hinter sich und erwarteten gespannt Schröders Bericht über den aktuellen Stand der Ermittlungen.

„Die Veröffentlichung der Fahndungsbildmontage des LKA-Kollegen Holtz ist auf richterliche Anordnung über die Staatsanwaltschaft Bonn erwirkt worden. Gestern ist das Phantombild online gegangen und darüber hinaus heute in den regionalen Printmedien erschienen.“

Die Frage war, ob das Phantombild auch von der richtigen Person wahrgenommen wurde, die wiederum ihr Wissen mit der Polizei teilte. Dazu war nicht nur Glück notwendig, sondern auch ein ausgeprägtes Pflichtbewusstsein auf der Zeugenseite.

„Bisher hat sich daraus noch keine heiße Spur ergeben“, fuhr Schröder fort. „So viel Zeit ist natürlich noch nicht verstrichen, vielleicht erreichen uns heute im Verlauf des Tages erfolgversprechendere Hinweise aus der Bevölkerung.“

Der Leiter der Mordkommission wandte sich an Kirchhoff, der neben Hirschfeld saß:

„Könntest du bitte denjenigen, die keine Überstunden geschoben haben, kurz schildern, was sich am Wochenende ergeben hat, Peter?“

„Natürlich“, sagte Kirchhoff gedehnt. „Anhand der Videoüberwachungsbänder aus der Tiefgarage des Hotels wissen wir, dass der Täter in der Tatnacht eine Mercedes S-Klasse gefahren hat. Die Farbe der Lackierung war auf den Aufnahmen leider nicht zu erkennen, wir haben jedoch alle hellen – sprich weißen, beigefarbenen, silbernen und so weiter und so fort – Fahrzeuge berücksichtigt. Der Abgleich mit den Zentralregistern von Kraftfahrt-Bundesamt und

Einwohnermeldeamt für Bonn und den gesamten Rhein-Sieg-Kreis hat keinen Treffer ergeben."

Hirschfeld und Kirchhoff hatten mit weiteren Kollegen von der Mordkommission nicht nur die Fahrzeughalter, sondern auch alle männlichen Verwandten auf Ähnlichkeiten mit dem Fahndungsbild hin überprüft, die ebenfalls Zugang zum angemeldeten Pkw hatten. Das Ergebnis war mehr als frustrierend gewesen.

„Die Recherche bei den Mietwagenfirmen, die im besagten Zeitraum Fahrzeuge dieses Typs verliehen haben, ist noch nicht ganz abgeschlossen. Wir bleiben aber am Ball."

„Danke, Peter", sagte Schröder. „Kommen wir nun zur nächsten schlechten Nachricht: Wir haben heute ein weiteres Schreiben von unserem anonymen Verfasser erhalten."

Der Brief musste erst vor wenigen Minuten im KK 11 eingetroffen sein, denn allen Anwesenden schien die Information neu zu sein. Auf den Gesichtern war äußerste Besorgnis abzulesen. Niemand war so naiv zu hoffen, dass der Anonymus sich zurückzog und keine weiteren Straftaten mehr beging. Aber jeder neue Brief offenbarte die kranke Seelenwelt des Täters und jagte jedem einzelnen von ihnen einen Schauder über den Rücken.

„Laut Poststempel ist der Brief am Freitag aufgegeben worden. Ich brauche nicht zu betonen, dass die Lage ernst ist."

Damit nahm Schröder einen Stapel Kopien auf, der vor ihm auf dem Tisch lag, und ließ die Seiten herumgehen. Sobald Hirschfeld die Kopie in Händen hielt, begann er zu lesen:

Sie haben sich vielleicht gefragt, warum ich so lange geschwiegen habe. Ich bitte vielmals um Entschuldigung! Ich wollte nicht unhöflich sein, ich war in den letzten Tagen einfach viel beschäftigt. Aber die Mühen haben sich gelohnt:

Sie heißt Rebecca. Ich bin ihr heute ganz nah gekommen, habe sie sogar berührt. Sie ist ein Engel. So jung. So unschuldig. So wunderschön. Und sie hat keine Ahnung, welche dunklen Gefühle sie in mir hervorruft. Es gibt Momente, da glaube ich selbst nicht, dass ich ihr etwas antun könnte. Aber das ist nicht wahr. Ich will sie! Sie hat vom ersten Augenblick an mir gehört. Ihre Geburt stand unter keinem guten Stern. Bald wird sich ihr Schicksal erfüllen, das spüre ich tief in meinem Inneren.

Die Welt hat sie noch nicht verdorben, sie hat noch keinen Blick für die menschlichen Abgründe.

Ich fühle mich wie im freien Fall. Alles ist auf einmal so klar und deutlich, als würde ein Film vor meinem geistigen Auge ablaufen. Niemand kann mich jetzt noch aufhalten. Ich fliege unter dem Radar!

Vielleicht brauche ich Hilfe. Nein, ganz sicher. Denn wenn Sie mich nicht stoppen, kann ich meinen Drang nicht mehr lange unterdrücken!

„Wir müssen damit rechnen, dass der Täter im Begriff ist, seine nächste Tat zu begehen", sagte Schröder, als sich alle Blicke wieder auf ihn richteten. „Er hat bereits ein neues Opfer ausgespäht – eine Rebecca. Wenn wir seinen Worten Glauben schenken dürfen. Wie er in seinem vorletzten Brief angekündigt hat, wird es keine Zeugen geben. Wir müssen also mit dem Schlimmsten rechnen."

„Vielleicht hat der Täter begriffen, dass sich die Schlinge um seinen Hals immer weiter zuzieht", bemerkte Kirchhoff.

„Gut, das Phantombild dürfte er noch nicht zu Gesicht bekommen haben, als er den Brief verfasst hat", erwiderte Jens Schröder. „Inzwischen gehe ich jedoch sicher davon aus, dass er Wind davon bekommen hat."

„Auch wenn er sehr von sich selbst überzeugt ist", schaltete Hirschfeld sich ein, „könnte ihn das aus dem Konzept bringen."

Mit der Veröffentlichung des Phantombilds hatten sie eine Nachrichtensperre über den Gesundheitszustand von Svetlana Dobris verhängt. Die Medienvertreter hatten natürlich sofort den Schluss gezogen, dass das Opfer aus dem Koma erwacht war und eine Aussage gemacht hatte. Um Svetlana weiterhin zu schützen, durfte die Presse diese Information nicht verwenden.

„Der Fahndungsdruck auf ihn erhöht sich mit jeder Minute",

stimmte Kirchhoff zu. „Wenn ihr mich fragt, ist zu befürchten, dass der Kerl unvorsichtiger und damit Fehler begehen wird."

Hirschfeld nickte: Der Täter war eine tickende Zeitbombe. Es war nur eine Frage von Stunden, bis sie hochging.

63

Rebecca schloss die Tür zu ihrem Apartment auf und zog fröstelnd ihren Mantel aus. Den Schal, den ihre Mutter ihr gestrickt hatte, behielt sie an. Die Heizung funktionierte nicht, dafür waren die Außentemperaturen noch zu hoch. Doch es wurde langsam Zeit, dass es hier drinnen wärmer wurde, dachte sie und ging in die Küche, um sich einen Tee aufzusetzen. Während das Wasser zu kochen anfing, nahm Rebecca ihre Tasche auf und stellte sie auf dem Schreibtischstuhl ab. Dann schaltete sie die Stereoanlage ein. Sie entschied sich für die CD, die Malte ihr vor ein paar Monaten geschenkt hatte. Eigentlich wollte sie nicht mehr an ihn denken, doch in diesem Moment war ihr einfach danach zumute.

Der erste Song war eine Liebeschnulze, die ihr eigentlich noch nie sonderlich gefallen hatte. Trotzdem summte Rebecca die Melodie mit und setzte sich mit einer dampfenden Tasse Tee an den Schreibtisch. Als es an der Wohnungstür klingelte, schreckte sie hoch und drehte den Song hastig leiser. Hoffentlich war die Musik nicht zu laut gewesen, dachte sie auf dem Weg zur Wohnungstür und schaute durch den Spion. Ein Mittvierziger stand im Hausflur und trat nervös von einem Bein aufs andere. Sein Gesicht kam Rebecca bekannt vor, doch sie erinnerte sich nicht mehr, wo sie ihm begegnet war.

„Wer ist da?", fragte sie nach kurzem Zögern durch die geschlossene Tür.

„Ich bin gestern nebenan eingezogen und muss dringend den Vermieter erreichen."

Rebecca holte tief Luft und öffnete die Tür einen Spaltbreit.

„Es ist mir wirklich unangenehm, dich abends noch zu stören", sagte der Mann freundlich, „aber ich glaube, ich habe einen Wasserschaden in meiner Wohnung."

„Oh, das hört sich nicht gut an", entgegnete Rebecca.

„Bevor ich die Handwerker kommen lasse, will ich lieber den Vermieter anrufen."

„Herrn Lenz?"

„Ja, genau. Hast du zufällig seine Telefonnummer? Sonst bleib ich nachher auf den Kosten sitzen. Und das könnte teuer werden."

Rebecca nickte.

„Eine Sekunde, ich schau mal nach."

Damit drehte sie sich um, ging zurück zu ihrem Schreibtisch und griff in ihre Tasche, um nach ihrem Terminkalender zu suchen. Rebecca war sich sicher, dass sie darin irgendwo die Nummer notiert hatte.

„In welcher Etage wohnen Sie?", fragte Rebecca über ihre Schulter, während sie weitersuchte.

„Gleich nebenan", war seine Stimme plötzlich dicht hinter ihr.

Bevor Rebecca etwas entgegnen konnte, explodierte ein stechender Schmerz in ihrem Kopf.

Dann senkte sich Dunkelheit über sie.

64

Günther Kalmbach schloss die Tür zu seinem 30-Quadratmeter-Apartment auf, stieß sie mit dem Fuß zu und ließ den Schlüssel auf das Telefonschränkchen im Flur fallen. Das Brummen des Diesels dröhnte noch in seinem Kopf, als er sich aus dem dunkelblauen Overall schälte, die Schuhe abstreifte und in Unterhemd und Unterhose in das türkis gekachelte Badezimmer ging. Für einen Moment betrachtete er sein graues Gesicht im Spiegel, bevor er die Brille abnahm, die er aus den Siebzigerjahren hinüber ins nächste Jahrtausend gerettet hatte. Etwas anderes war ihm auch nicht übrig geblieben. Er hatte keine Zeit für Eitelkeiten. Außerdem fehlte ihm bei 1900 Euro brutto im Monat, die ihm die Spedition zahlte, das nötige Kleingeld für ein neues Gestell.

Kalmbach drehte den Hahn auf und warf sich eine Handvoll Wasser ins Gesicht. Er war so müde, dass er fast im Stehen einschlief. Schlurfend ging er ins Wohnzimmer und schaltete den Fernseher an. Auf der braunen Kordcouch fand er die Decke, die seine Mutter ihm vor Jahren gehäkelt hatte, genau so vor, wie er sie vor dreieinhalb Wochen zurückgelassen hatte. Er setzte sich und blies den Staub von der Fernbedienung, bevor er sich durch das Programm schaltete.

Obwohl die Müdigkeit fast schmerzte, wünschte er sich in sein schaukelndes Führerhaus zurück. Vier Quadratmeter. Über seinem Kopf ein Wunderbäumchen mit Tannenduft. So stellte er sich die kanadischen Wälder vor. Unter ihm der luftgefederte Sitz, auf dem er über den Straßen Europas thronte.

Das war seine Welt.

Mehr brauchte er nicht zum Leben.

Manchmal musste er durch seinen Kalender blättern, um zu wissen, wo er vor einer Woche, vor einem Monat gewesen war. Deutschland. Holland. Belgien. Frankreich. Spanien. Dazwischen Staus, ewige Baustellen, Polizeikontrollen. Auf dem Rückweg der letzten Tour hatte er literweise Milch von Bayern nach Bonn gefahren. Damit umging er sogar das lästige Fahrverbot, das in den meisten Ländern an Sonntagen für Lastkraftwagen herrschte. Die Disponenten sorgten schon dafür, dass er den Zeitplan einhielt. Er war ein Sklave des Kapitalismus. Daran hatte auch die Wirtschaftskrise nichts geändert.

An die Prostituierten und die Schwulen auf den Rastplätzen hatte er sich längst gewöhnt. Und auch an die verrauchten Nächte an den Fernfahrertischen, an denen die Männer unter lautem Gelächter und mit viel Alkohol im Blut ihre Heldentaten bis zum Morgengrauen feierten.

Er legte sich hin und spürte die vibrierenden Bewegungen seines Mercedes-Benz Actros, Baujahr 1996, noch in den Knochen. Wenn der Lkw voll beladen war, drückten die 41 Tonnen ganz schön nach hinten. Ehe ihm die Augen zufielen, sah er die unendliche Reihe weißer Mittelstreifen in der Nacht vor sich leuchten.

Als er wieder aufwachte, war es bereits dunkel. Aus dem Fernseher dudelte *Highway to Hell.* Günther Kalmbach rieb sich die Augen und gähnte. Noch im Liegen tastete er nach seiner Brille, bis ihm einfiel, dass er sie im Bad liegen gelassen hatte. Obwohl er die Lider zusammenkniff, verschwamm die eingeblendete Schrift am linken oberen Bildschirmrand. Nach einer Weile entzifferte er, dass es sich um eine Wiederholung von *Aktenzeichen XY … ungelöst* handelte.

… gegen 2.30 Uhr taucht Svetlana wieder auf und wird mit schweren Verletzungen von einem Taxifahrer auf dem Seitenstreifen am Autobahnkreuz Bonn-Nord entdeckt.

Er schloss die Augen. Nach wenigen Minuten dämmerte er wieder weg.

65

Hirschfeld nahm einen Schluck Kaffee und verzog augenblicklich das Gesicht. Die Brühe war auch schon mal heißer gewesen, dachte er und würgte sie herunter. Seit der Morgenbesprechung arbeitete er mit Kirchhoff weiter die Hinweise ab, die nach der Veröffentlichung des Phantombilds im KK 11 eingegangen waren. Bisher waren keine ermittlungsrelevanten Aussagen dabei gewesen, trotzdem mussten die Spuren durchnummeriert, dokumentiert und abgelegt werden. Der einzige Trost war, dass sie bisher keine Vermisstenmeldung erreicht hatte, die zu ihrem Fall passte.

„Wie sieht's aus? Kommst du mit in die Kantine?", fragte Kirchhoff in das Klacken der Tastatur hinein, auf der Hirschfeld wieder zu tippen begonnen hatte.

„Danke", antwortete er. „Ich hab keinen Hunger."

„Geht mir nicht anders", entgegnete Kirchhoff und stand auf, „aber von irgendetwas muss der Mensch ja leben."

„Also gut", gab Hirschfeld nach. „Ungenießbarer als der Kaffee kann das Mittagessen nicht werden."

Bevor er aufstehen konnte, klingelte sein Telefon.

„Hirschfeld", meldete er sich knapp.

„Hallo, Lutz", begrüßte ihn ein tiefer Bass.

Hirschfeld erkannte sofort die Stimme von Polizeihauptkommissar Klaus-Jürgen Breitenbach aus der Leitstelle.

„Hallo, Charly", erwiderte Hirschfeld den Gruß und sah den Mittfünfziger förmlich vor sich, den Blick starr auf einen der vier Monitore mit der Maske des CEBIUS-Einsatzleitsystems gerichtet. „Was liegt an?"

„Ich habe hier einen gewissen Günther Kalmbach in der Leitung, der eine Aussage zu eurem Prostituierten-Fall machen möchte. Ich stelle durch."

Hirschfeld bedankte sich und spürte eine gewisse Unruhe in sich aufsteigen.

„Hallo? Hören Sie mich?", knackte es im Hörer.

„Guten Tag, Herr Kalmbach", sagte Hirschfeld etwas lauter. „Ich bin Kriminalhauptkommissar Lutz Hirschfeld. Der Kollege hat mich schon informiert, dass Sie einen Hinweis für uns haben."

„Ja, ist richtig. Ich hatte den Vorfall schon vergessen, bis ich gestern Abend diese Sendung im Fernsehen gesehen habe."

„Sie meinen *Aktenzeichen XY … ungelöst?*"

„Genau, genau. Ich bin Fernfahrer von Beruf, müssen Sie wissen. Da begegnet einem öfters mal was Ungewöhnliches auf den Straßen."

Hirschfeld blickte auf die Uhr.

„Herr Kalmbach, wo wohnen Sie?"

„In Pützchen.“

„Würde es Ihnen etwas ausmachen, zu uns ins Präsidium zu kommen? Dann können wir Ihre Aussage direkt aufnehmen.“

Kalmbach schwieg für einen Moment.

„Es ist wirklich wichtig“, sagte Hirschfeld eindringlich. „Falls Sie nicht motorisiert sind, kann ich Ihnen auch einen Streifenwagen schicken, der Sie abholt.“

„Nein, nein, das ist nicht nötig. Ich mach mich auf den Weg. Ich hab eh nichts Besseres zu tun, bin auf Urlaub.“

„Gut, das wissen wir sehr zu schätzen. Wenn Sie hier sind, melden Sie sich kurz an der Info, dann hole ich Sie ab.“

„Gut.“

Damit beendete Kalmbach das Telefonat. Kirchhoff hatte sich unterdessen wieder auf seinen Schreibtischstuhl gesetzt und blickte Hirschfeld erwartungsvoll an:

„Und?“

„Ein Fernfahrer“, gab Hirschfeld angespannt zurück, „der etwas zur Tatnacht sagen kann.“

Keine Viertelstunde später nahm Hirschfeld den Zeugen am Haupteingang des Polizeipräsidiums in Empfang.

„Nochmals vielen Dank, dass Sie so kurzfristig vorbeigekommen sind“, begrüßte Hirschfeld Kalmbach und reichte ihm die Hand.

In Hirschfelds Vorstellung hatte der Mann, der jetzt vor ihm stand, eindeutig anders ausgesehen. Kalmbach war klein und drahtig, fast schon dürr. Seine braunen Haare waren schütter, dafür aber noch nicht ergraut. Er trug Vollbart, den er über den Mundwinkeln gezwirbelt hatte, und ein aus der Mode gekommenes Brillengestell. Dem Klischee eines beleibten Brummifahrers entsprach Kalmbach ganz und gar nicht.

„Keine Ursache.“

„Bitte folgen Sie mir, Herr Kalmbach“, sagte Hirschfeld und wies ihm mit der Hand die Richtung.

Sie passierten die erste Sicherheitstür und bestiegen die frei stehende Treppe in den ersten Stock, auf dem sich die Flure des KK 11 befanden. Kurz darauf öffnete Hirschfeld die Tür zu seinem Büro, in dem Kirchhoff sie bereits erwartete, und bot Kalmbach einen Platz an.

„Das ist mein Partner, Kriminalhauptkommissar Kirchhoff", stellte er seinen Kollegen vor.

Kirchhoff schüttelte dem Zeugen ebenfalls die Hand und setzte sich wieder.

„Können wir Ihnen etwas zu trinken anbieten?", wollte Hirschfeld wissen. „Vielleicht einen Kaffee? Wir haben eben erst frischen aufgesetzt."

„Nein, danke", lehnte Kalmbach ab. „Ich brauche nichts."

„Gut", meinte Hirschfeld, zog die Tür hinter sich zu und ließ sich auf seinem Schreibtischstuhl nieder. „Vielleicht beginnen Sie einfach von Anfang an."

„Ja", nickte Kalmbach. „Ich bin gestern von meiner Tour zurückgekommen. Das waren harte dreieinhalb Wochen, das können Sie mir glauben."

„Sie sagten, dass Ihnen etwas in der besagten Nacht aufgefallen ist", sagte Kirchhoff und faltete die Hände.

„Ja, ein Fahrzeug, das am Seitenstreifen parkte. Die Warnblinker waren an. Vielleicht war das der Kerl, den Sie suchen. Ich hab mich noch zur Seite gebeugt, um zu sehen, ob er Hilfe braucht. Aber er hat mich weitergewunken. Deshalb hab ich mir nichts weiter dabei gedacht."

„Würden Sie den Mann wiedererkennen?"

Kalmbach schüttelte den Kopf:

„Ne, ich glaub nicht. Ich kann mir ganz schlecht Gesichter merken. Außerdem hab ich nur halb von hinten gesehen."

Kirchhoffs Blick war die Enttäuschung anzusehen. Dennoch zeigte er Kalmbach das Phantombild des LKA-Experten.

„Beim besten Willen nicht", bestätigte Kalmbach ihre Befürchtungen. „Da will ich nix Falsches sagen."

„Um wie viel Uhr haben Sie die Beobachtung gemacht?", setzte Hirschfeld die Befragung fort.

„So gegen 2.15 Uhr, schätze ich.“

Das entsprach zumindest ihrer Rekonstruktion der Ereignisse, dachte Hirschfeld.

„Was können Sie uns noch sagen?“

„Ja, also vielleicht hilft Ihnen ja das Kennzeichen“, sagte Günther Kalmbach beiläufig. „Das konnte ich mir nämlich gut merken. Wegen der Zahlenkombination. Das ist nämlich der Monat und das Jahr unserer Hochzeit. Inzwischen bin ich aber von meiner Frau geschieden.“

„Ja, das könnte helfen“, antwortete Hirschfeld, obwohl sie das Kennzeichen längst über die Videoüberwachungsbänder des Hotels ermittelt hatten.

„BN-YA-576.“

Hirschfeld warf Kirchhoff einen vielsagenden Blick zu: Immerhin stimmte die Angabe des Fernfahrers mit ihrem Ergebnis überein.

„Das war so ein neumodischer schwarzer SUV“, fuhr Günther Kalmbach mit seinem Bericht fort.

„Sind Sie absolut sicher?“, hakte Hirschfeld sofort nach und spürte, wie ein Kribbeln seinen Hinterkopf überzog. „Haben Sie tatsächlich einen *schwarzen* Geländewagen gesehen?“

„Ja, da bin ich 100 Prozent sicher“, erwiderte Kalmbach. „Das war ein Toyota RAV4 in Schwarz-Metallic. Das Baujahr, schätze ich, könnte 2010 sein, höchstens 2009. Ich hab ein Auge für so was.“

Günther Kalmbach hatte sich in Fahrt geredet und war sichtlich stolz auf seine Beobachtungsgabe.

„Moment mal!“, brach es aus Kirchhoff heraus. „Wenn das stimmt, ...“

„... haben wir die ganze Zeit nach dem falschen Fahrzeugtyp gesucht!“, vollendete Hirschfeld den Satz.

66

Das Herz schlug ihr bis zum Hals und schnürte ihr die Kehle zu.

Rebecca rang nach Luft, als sei sie gerade aus der Meerestiefe aufgetaucht, und atmete nach einer quälenden Ewigkeit zum ersten Mal wieder Sauerstoff.

Sie wusste nicht, wo sie war.

Aber noch mehr fürchtete sie sich davor, die Augen zu öffnen und die Welt in ihr Bewusstsein dringen zu lassen. Stattdessen fuhr sie mit der Zunge über ihre aufgesprungenen Lippen. Sie schmeckten bitter.

Nach Salz und Eisen.

Rebecca hatte jegliches Zeitgefühl verloren. Sie erinnerte sich, dass es mindestens einmal dunkel geworden war. Jetzt spürte sie die blassen Strahlen der Herbstsonne, die langsam ihre nackten Beine hochwanderten. Trotzdem zitterte sie am ganzen Körper.

Vor Kälte.

Und vor Angst.

Sie konnte immer noch nicht fassen, was geschehen war. Vielleicht war das nur ein schlechter Traum, aus dem sie jeden Moment aufwachte. Aber tief in ihrem Inneren wusste sie, dass das nicht die Wahrheit war. Bei diesem Gedanken trat kalter Schweiß auf ihre Stirn.

Rebecca drehte den Kopf und spürte wieder den pochenden Schmerz unter ihrer Schädeldecke. Er pulsierte durch ihre rechte Kopfhälfte und ließ sie aufstöhnen. Als sie versuchte sich zu bewegen, begannen ihre Hand- und Fußgelenke sofort zu schmerzen. Metall schnitt ihr ins Fleisch. Sie biss sich auf die Unterlippe, damit sie nicht aufschrie. Sie wollte unsichtbar bleiben. Einfach verschwinden.

Plötzlich drang von irgendwoher klassische Musik hoch in das Zimmer, in dem sie gefangen gehalten wurde. Sie lag auf einem Bett. Unter sich spürte sie die weiche Bettwäsche.

Ein Traum aus Wattewolken.

Sie erinnerte sich, dass sie blütenweiß gewesen war, bevor er sie daraufgelegt hatte.

Als Rebecca Schritte auf der Treppe hörte, konnte sie ihre Angst nicht länger unterdrücken. Sie riss die Augen auf und schrie aus Leibeskräften:

„Hilfe! Hilfe!"

Ihre Stimme klang kratzig und fremd. Ihr fiel wieder ein, dass sie stundenlang geweint hatte. Rotz lief ihr aus den blutverkrusteten Nasenlöchern. Er hatte sie deswegen schon angebrüllt. Für ihn musste alles perfekt sein. Auf eine kranke, aber logische Art und Weise. Das hatte sie jetzt verstanden.

Wie naiv sie gewesen war. Sie hatte sich so sicher gefühlt. Niemals wäre sie auf die Idee gekommen, dass sie das personifizierte Böse in ihre Wohnung gelassen hatte.

Jetzt stand er über ihr. Sein Gesicht war seltsam verzerrt. Ohne Vorwarnung beugte er sich blitzartig zu ihr hinab und hielt ihr den Mund zu. Wieder dachte sie, dass sie jeden Augenblick ersticken würde.

„Rebecca, Rebecca", schüttelte er den Kopf und schnalzte mit der Zunge. „Du willst doch ein braves Mädchen sein, oder nicht?"

67

Tim Rosskamp knibbelte am Nagelbett seines rechten Daumens. Die Haut war an dieser Stelle schon blutig und brannte. Er hatte zum x-ten Mal versucht, seine Schwester zu erreichen. Aber sie ging seit gestern Abend nicht an ihr Handy. Nur ihr Anrufbeantworter nervte ihn jedes Mal mit dem Anfang des De-la-Soul-Songs *Ring Ring Ring*:

Hey how ya doin?
Sorry ya can't get through.

Why don't you leave your name
And your number?
And I'll get back to you.

Dabei telefonierten sie fast jeden Tag miteinander. Seitdem Rebecca von zu Hause ausgezogen war, fühlte er sich doppelt verantwortlich für sie. Rebecca war seine kleine Schwester und längst nicht so stark und selbstständig, wie sie ihn und ihre Mutter glauben machen wollte. Im Grunde genommen erschien sie ihm schutzbedürftiger zu sein als jemals zuvor. Sie war leicht zu beeinflussen.

Tim trat aufs Gas. Eine halbe Stunde später bog er in die Dorotheenstraße ein. Er fluchte, als er keinen freien Parkplatz fand. Die Bonner Altstadt war wie immer zugeparkt bis ans äußerste Ende.

„Scheiße", sagte er noch einmal und schlug mit der Faust aufs Lenkrad.

Tim warf einen schnellen Blick in den Rückspiegel, dann parkte er in der zweiten Reihe. Er sprang aus dem Wagen und dachte nicht einmal daran, den Warnblinker einzuschalten. Als er vor Rebeccas Haus stand, klingelte er Sturm. Nach dem dritten Versuch zog er mit zittrigen Fingern ihren Ersatzschlüssel aus der Hosentasche. Kurz darauf nahm er mit ein paar Sätzen die Treppe in den zweiten Stock. Keuchend blieb er vor ihrer Wohnungstür stehen und stützte den linken Oberarm dagegen. Als er wieder sprechen konnte, hämmerte er mit der Faust dagegen.

„Rebecca, verdammt!", keuchte er. „Mach schon auf, das ist nicht mehr lustig!"

Tim hörte, wie im Erdgeschoss eine Tür aufgerissen wurde. Eine wütende weibliche Stimme brüllte etwas zu ihm hoch, aber er kümmerte sich nicht darum. Zwei Sekunden später stand er in Rebeccas Flur. Tim steckte seinen Kopf kurz durch die Küchentür.

Nichts.

Nur eine Packung ihrer Lieblingskekse stand auf der Anrichte der Küchenzeile. Er rannte weiter und blieb plötzlich irritiert stehen: Auf Rebeccas Schreibtisch war eine Tasse umgekippt. Der Tee hatte sich in die Seiten ihres Terminkalenders gesogen, der Rest war auf den Teppich getropft und hatte dort eine hässliche Lache hinterlassen. Tim ging in die Hocke und tastete mit den Fingerspitzen danach. Der Boden war fast getrocknet.

Als er wieder aufstehen wollte, setzte sein Herzschlag für einen Moment aus: An der Schreibtischkante klebte ein Haarbüschel. Es waren lange rotblonde Haare.

Blutgetränkt.

68

„Warum zum Henker fuhr der Täter am Autobahnkreuz Bonn-Nord plötzlich einen anderen Fahrzeugtyp?", fragte Hirschfeld zurück im Büro als Erstes, nachdem er Günther Kalmbach zu Christian Hellmann gebracht hatte, damit der Kriminalkommissar die Aussage noch einmal schriftlich aufnahm.

Nach den neuesten Entwicklungen hatten sie jetzt keine Zeit für Papierkram.

„Gut, wir haben festgestellt, dass das Kennzeichen gestohlen worden ist", dachte Kirchhoff laut und bedachte ihn mit seinem traurigen Hundeblick.

„Ja, das ist ja an sich keine neue Methode", nickte Hirschfeld.

Er ging im Zimmer auf und ab.

„Okay, er hat die Kennzeichen geklaut und an die Mercedes S-Klasse geschraubt", fuhr Kirchhoff mit seinen Überlegungen fort. „Damit ist er auf den Straßenstrich und ins Hotel gefahren. So weit richtig?"

„Ja, so weit richtig."

„Gut, dann bleibt ja nur eine Möglichkeit", überlegte Hirschfeld. „Er hat auf dem Weg zum Autobahnkreuz Bonn-Nord das Fahrzeug gewechselt."

„Korrekt. Beziehungsweise: Fahrzeug und Kennzeichen."

„Du meinst, der Typ hatte in der Nähe den schwarzen SUV geparkt, hat Svetlana von einem Kofferraum in den anderen verfrachtet und das Fahrzeugkennzeichen ausgetauscht?"

„Das ist wohl die einzige logische Erklärung", meinte Kirchhoff. „Zumindest auch angesichts der Kürze der Zeit."

„Ich frage mich, warum er einen solchen Aufwand betrieben hat."

„Der Kerl ist clever, Lutz, er wollte einfach auf Nummer sicher gehen."

„Stimmt. Und das würde auch bedeuten, dass die Mercedes S-Klasse aller Wahrscheinlichkeit nach gar nicht auf ihn zugelassen ist."

„Ja", entgegnete Kirchhoff. „Ich tippe auf einen Leihwagen."

„Und daraus folgt wiederum, dass der SUV ihm gehören könnte!"

„Das sehe ich genauso."

Hirschfeld ließ sich auf seinen Bürostuhl fallen und bearbeitete seine Tastatur.

Sekunden später hatte er das Zentralregister des Kraftfahrt-Bundesamtes vor sich.

„So viele SUVs dürften in Bonn und im Rhein-Sieg-Kreis hoffentlich nicht angemeldet sein", meinte er, um kurz darauf zu fluchen: „Mist! Das sind immer noch über 650 Fahrzeuge."

„Die Geländewagen sind in den letzten Jahren schwer in Mode gekommen", erwiderte Kirchhoff. „Wir müssen die Suche irgendwie eingrenzen."

Hirschfeld schloss für einen Moment die Augen und dachte angestrengt nach.

„Was wissen wir über den Täter?", sagte er mehr zu sich selbst und rief sich die beiden Gutachten des BKA ins Gedächtnis, die der Mordkommission die ersten Hinweise auf die Identität des anonymen Briefeschreibers gegeben hatten.

Und plötzlich fiel ihm ein, was sie die ganze Zeit über nicht berücksichtigt hatten.

69

Kirchhoff trat aufs Gaspedal, nachdem er sich auf der Königswinterer Straße in den Verkehr eingefädelt hatte.

„Hans-Christer Dörner", murmelte Hirschfeld auf dem Beifahrersitz des silbernen BMW M3 und betrachtete die Unterlagen auf seinem Schoß.

Endlich hatten sie einen Namen!

„Eine gewisse Ähnlichkeit mit dem Phantombild ist nicht zu leugnen", meinte Kirchhoff und warf einen Blick in den Rückspiegel.

„Ich bin gespannt, was Dörner zu den Vorwürfen zu sagen hat", entgegnete Hirschfeld. „Eine ganze Menge Indizien sprechen gegen ihn, wenn du mich fragst."

Wenn Günther Kalmbach den Tatverdächtigen schon nicht wiedererkannte, würde Svetlana Dobris ihn als ihren Angreifer identifizieren.

Vorausgesetzt Dörner war ihr Mann.

„Ich wäre nicht so schnell auf die Idee gekommen, die Fahrzeughalter mit den Daten der BaFin abzugleichen", sagte Kirchhoff anerkennend.

Die *Bundesanstalt für Finanzdienstleistungsaufsicht* verwaltete die Kontostammdaten aller deutschen Bankkunden. Hirschfeld hatte sofort einen Kontenabruf in die Wege geleitet. Hirschfeld und Kirchhoff hatten die Daten nach Geschäftskonten durchforstet, die im Zusammenhang mit dem Baugewerbe standen. Nur ein inhabergeführtes Unternehmen war übrig geblieben: das *Architekturbüro Hans-Christer Dörner e. K.*

„Früher oder später wärst du auch darauf gekommen", erwiderte Hirschfeld. „Ohne das Gutachten der forensischen Linguisten wäre das allerdings nicht möglich gewesen."

In diesem Moment klingelte Hirschfelds Handy.

„Ja?"

„Ich bin's, Jens", hörte Hirschfeld entfernt die Stimme von Schröder.

Sie hatten den Leiter der Mordkommission vor ihrer Abfahrt bereits über die neuesten Entwicklungen in Kenntnis gesetzt. Jetzt klang Schröder mehr als besorgt.

„Gibt es was Neues?“, erkundigte sich Hirschfeld.

„Ja, allerdings“, gab Schröder ernst zurück. „Wir haben gerade eine Vermisstenmeldung reinbekommen. Eine gewisse Rebecca Rosskamp, 21 Jahre alt, Studentin, wird seit gestern Nachmittag vermisst. Ihr Bruder Tim hat vorhin ihre Wohnung in Bonn aufgesucht und dort Kampfspuren entdeckt. Ich habe bereits ein paar Männer zu der Adresse geschickt. Wie sieht es bei euch aus?“

„Sekunde“, erwiderte Hirschfeld und hielt die Sprechmuschel zu. Und in Kirchhoffs Richtung: „Wann sind wir da?“

„In fünf Minuten, schätze ich.“

Hirschfeld wiederholte die Angabe.

„Gut, seid vorsichtig“, sagte Schröder. „Wenn Dörner der Täter ist, hat er vielleicht auch die junge Frau in seiner Gewalt. Ich schicke euch sofort Verstärkung.“

„Verstanden“, gab Hirschfeld zurück und drückte die Trenntaste.

Kirchhoff betrat die Treppe aus Edelstahl und Glas und ging lautlos hoch ins erste Obergeschoss. Wenig später fand er sich in einem hell erleuchteten Arbeitszimmer wieder, das Dörner mit einem ausladenden modernen Schreibtisch, auf dem ein großer Apple-Computer stand, mit mehreren Zeichentischen mit Bleichstiften, Linealen und Zirkeln und mit einem Konferenztisch bestückt hatte, an dem bis zu fünf Geschäftskunden Platz fanden. An der gegenüberliegenden Wand hingen vier weiße Sideboards, in denen Kirchhoff eine ganze Reihe Aktenordner vermutete. Vor der Fensterfront waren auf einem weiteren Tisch zwei maßstabsgetreue Arbeitsmodelle aus Pappe aufgestellt.

Bevor sich Kirchhoff weiter umsehen konnte, hörte er plötzlich Stimmen aus dem Untergeschoss. Ohne zu zögern verließ er das Arbeitszimmer.

„Weg mit dem Messer!“, hörte Kirchhoff seinen Partner rufen, als er das Erdgeschoss fast wieder erreicht hatte.

Sein Herz begann zu rasen.

Er musste Hirschfeld schnellstens aus dieser Situation herausholen!

Im Laufschritt verließ Kirchhoff das viergeschossige Haus durch die Eingangstür, durch die sie vorhin hereingekommen waren. Draußen schaltete er die MagLite ein und leuchtete in die Dunkelheit. Sekunden später erfasste der Kegel der Taschenlampe zu seiner Rechten einen schmalen Steinpfad, der hinters Haus führen musste. Keuchend folgte er dem Weg und betrat kurz darauf den Garten, der von einem Pool dominiert wurde. Das Schwimmbecken maß mindestens 10 mal 15 Meter. Das bläulich schimmernde Wasser, das von mehreren Lichtstrahlen durchschnitten wurde, war spiegelglatt.

Sofort schaltete Kirchhoff seine Taschenlampe wieder aus. Geduckt lief er bis zur Glasfront des Untergeschosses. Im Inneren des Hauses erkannte er deutlich Hirschfeld, der mit seiner gezogenen Dienstwaffe auf einen Mann am Boden zielte. Kirchhoff trat näher heran und erblasste:

Der Mann war blutüberströmt.

In diesem Moment sah Hirschfeld in seine Richtung. Für den Bruchteil einer Sekunde kreuzten sich ihre Blicke. Hirschfeld schüttelte kaum merklich den Kopf und bedeutete ihm damit, dass er sich im Hintergrund halten sollte. Kirchhoff hatte bereits registriert, dass die geschlossene Terrassentür den einzigen Zugang zum Untergeschoss darstellte.

Ein paar Augenblicke beobachtete er die gespenstische Szenerie weiter. Dann rannte er denselben Weg zurück und verständigte über sein Handy erst einen Krankenwagen und dann Schröder.

„Wo bleibt die verdammte Verstärkung?“, fluchte er leise, nachdem er wieder aufgelegt hatte.

Als er das Haus erneut betrat, durchbrach plötzlich ein Schuss die unheimliche Stille. Kirchhoff hastete auf der Treppe nach unten und schrie:

„Was ist passiert?"

Hirschfeld drehte sich um und blickte ihn an, als sehe er einen Geist. Dann ließ er seine Waffe sinken und stürzte auf Dörner zu, der auf dem Boden zusammengesackt war und leise stöhnte.

„Wir brauchen sofort einen Krankenwagen", brüllte Hirschfeld.

Er presste beide Hände auf Dörners Brustkorb, der sich kaum noch hob und senkte. Warmes Blut quoll zwischen seinen Fingern hervor.

„Der Notarzt ist schon auf dem Weg", erwiderte Kirchhoff und sah, dass Dörner das Bewusstsein verloren hatte.

„Wo ist Rebecca?"

„Ich habe sie noch nicht gefunden, Lutz, im ersten Stock ist sie nicht", antwortete Kirchhoff gepresst. „Ich übernehme hier, geh du und such das Mädchen!"

Hirschfeld zögerte, dann riss er sich von Dörner los und nahm die Treppe mit wenigen Sätzen. Kurz danach passierte er das Arbeitszimmer und folgte der Treppe weiter in den zweiten Stock. Auf dem obersten Absatz angelangt, gefror ihm das Blut in den Adern:

Eine junge Frau lag regungslos auf dem Bett. Sie war nackt und an Hand- und Fußgelenken mit Handschellen an das Gestell gefesselt. Das Kissen, auf dem ihr Kopf lag, war blutverschmiert. Ihre langen rotblonden Haare verdeckten ihr Gesicht. Hirschfeld stürzte auf sie zu, strich die Strähnen zur Seite und fühlte nach ihrem Puls.

„Nein!", schrie er und rüttelte sie an den Schultern.

Doch sie sah ihn nicht mehr.

Ihre Augen waren bereits gebrochen.

Epilog

„Mir ist kalt, Lutz. Es wird langsam Zeit", sagte Renee, nahm ihm die dritte Zigarettenkippe ab, die er vor der Haustür geraucht hatte, und warf sie auf den gefrorenen Boden.

Hirschfeld trat die Glut aus und sah Renee im Schein der Außenlampe an. Sie fuhr ihm mit der behandschuhten Hand durch den Pony und küsste ihn. Als sich ihre Lippen wieder voneinander lösten, schwebten kleine Atemwolken zwischen ihren Mündern.

„Irgendwann müssen wir da reingehen."

Renee hatte recht. Ewig konnten sie nicht hier draußen stehen bleiben.

„Gib mir noch eine Minute", erwiderte Hirschfeld.

Renee schenkte ihm einen langen Blick aus ihren dunklen Augen. Schließlich drückte sie auf die Klingel. Hirschfeld protestierte nicht. Er wollte an diesem Abend keinen Streit vom Zaun brechen. Außerdem meinte Renee es gut mit ihm. Ohne sie hätte er die letzten beiden Monate noch öfter abends nach der Arbeit stumpfsinnig an die Decke gestarrt und das Leben verflucht. Renee hatte es geschafft, ihn etwas abzulenken und ihm trotzdem seinen Freiraum zu lassen.

Sie verstand ihn.

Ohne ein einziges Wort.

„Da bist du ja endlich, mein Sohn!", begrüßte ihn sein Vater überschwänglich.

Heinrich Hirschfeld stand im Türrahmen des Bungalows und breitete die Arme aus, als wäre er der Weihnachtsmann höchstpersönlich. Er war bester Laune. Zumindest gab er sich den Anschein. Hirschfeld war dankbar gewesen, dass er in diesem Jahr von niemandem genötigt worden war, Weihnachten zu begehen.

Ihm war nicht nach Feiern zumute.

Nicht nach allem, was passiert war.

Johanna war in Berlin mit Freunden verabredet gewesen und sein Vater hatte Heiligabend mit Ellen Winter verbracht. Aber heute war Silvester. Eine gute Gelegenheit, wie sein alter Herr fand, die Familie an einen Tisch zu bringen.

„Kommt doch rein!“

Der Duft von gebackenen Plätzchen und Essen wehte zu ihnen nach draußen.

„Und Sie müssen die geheimnisvolle Renee sein. Ich habe schon viel von Ihnen gehört.“

„Dito“, antwortete sie, zog den rechten Fäustling aus und streckte ihm die Hand entgegen.

Heinrich Hirschfeld sah sie für einen Moment irritiert an, entschied sich aber, den Kommentar zu übergehen, und ließ sie beide eintreten.

„Wo habt ihr denn gesteckt?“, fragte Heinrich Hirschfeld, als er sie ins Innere des Hauses führte und ihnen die Mäntel abnahm.

„Schön haben Sie's hier“, erwiderte Renee und steckte den Kopf ins Wohnzimmer hinein, da Hirschfeld schwieg.

„Sie haben Geschmack, junge Dame“, lachte sein Vater.

Hirschfeld war nicht sicher, ob er damit das Haus oder seinen Sohn meinte.

In diesem Moment stürmte Johanna aus der Küche zu ihnen in den Flur und fiel Hirschfeld um den Hals:

„Du glaubst gar nicht, wie sehr ich dich vermisst habe, Bruderherz!“

Sie trug die alte Schürze ihrer Mutter und hatte Mehl in den Haaren. Bevor sie sich wieder von ihm löste, klingelte es an der Haustür.

„Erwartest du noch weitere Gäste?“, wollte Hirschfeld wissen.

Er begann bereits, sich unwohl zu fühlen. Mit so viel Gesellschaft hatte er nicht gerechnet. Heinrich Hirschfeld lächelte erneut und setzte eine vielsagende Miene auf.

„Du wirst schon sehen“, erwiderte er, während Jo Renee begrüßte und wieder in der Küche verschwand. „Aber nehmt doch erst mal am Esstisch Platz.“

Die Tafel war festlich gedeckt. Sein Vater hatte sogar das gute

Geschirr hervorgeholt und ein paar Kerzen aufgestellt. Selbst an Stoffservietten hatte er gedacht.

Ein paar Augenblicke später kam Heinrich Hirschfeld zurück und bat Kirchhoff ins Wohnzimmer, der eine Flasche Rotwein in der Hand hielt.

„Renee, Lutz“, nickte Kirchhoff den beiden zu und stellte die Flasche etwas unschlüssig auf dem Esstisch ab. „Ich hoffe, ich störe nicht.“

„Nein, nein, ganz und gar nicht“, antwortete Hirschfeld erleichtert.

Jeden anderen Gast hätte er in diesem Moment zum Teufel gewünscht.

„Dann sind wir jetzt wohl vollzählig“, begrüßte Ellen Winter die Runde. „Wir brauchen noch eine gute halbe Stunde, bis die Vorspeise auf dem Tisch steht. Ich hoffe, ihr habt genug Hunger mitgebracht.“

An diesem Abend trug sie ein schlichtes mauvefarbenes Wollkostüm, in der Hand hielt sie ein kariertes Küchenhandtuch.

„Jo wird euch gleich mit Getränken versorgen.“

Damit verließ Ellen Winter das Wohnzimmer wieder und nahm seinen Vater mit, der wie ein Schneekönig über beide Wangen strahlte.

„Wie geht es dir, Lutz?“, fragte Kirchhoff ernst.

Hirschfeld zuckte mit den Achseln.

„Lust, vor dem Essen noch ein bisschen frische Luft zu schnappen?“

„Geht ruhig“, sagte Renee.

Hirschfeld stand wortlos auf und trat mit Kirchhoff hinaus in den Garten. Der Bewegungsmelder reagierte und ließ die Außenbeleuchtung aufflammen.

„Kannst du wieder besser schlafen?“, erkundigte sich Kirchhoff.

„Das ist von Nacht zu Nacht verschieden“, gab Hirschfeld zurück und fingerte eine Schachtel Zigaretten aus der Hosentasche. „Mal träume ich gar nicht, mal habe ich wieder Rebecca vor Augen, wie sie auf diesem Bett liegt. Dann schüttel ich sie, aber sie rührt sich nicht mehr."

„Verstehe. Das hat uns alle umgehauen."

Hirschfeld ließ sein Sturmfeuerzeug aufschnappen und drehte mit dem Daumen am Zündrad. Für einen Augenblick roch es nach Benzin. Mit der Flamme zündete er die Zigarette an und inhalierte tief, um den Rauch gleich wieder auszustoßen.

„Sie war noch warm", sagte Hirschfeld nach dem dritten Zug.

Kirchhoff schwieg. In den vergangenen Wochen hatten sie diesen Dialog schon häufiger geführt. Auch er würde dieses Bild niemals vergessen. Schließlich sagte er:

„Das Leben ist nicht gerecht. Hat der Mensch überhaupt die freie Wahl?"

„Ich weiß es nicht", antwortete Hirschfeld schlicht.

Darüber hatte er sich seit Rebeccas Tod oft genug den Kopf zerbrochen. Die gesamte Mordkommission war zu Rebeccas Beerdigung erschienen und hatte versucht, ihren Eltern und ihrem Bruder Tim Trost zu spenden.

Es war ihnen nicht gelungen.

„Aber eines ist sicher: Rebecca hatte keine Wahl. Sie musste einen qualvollen Tod sterben."

„Warum hat er uns diese Briefe geschrieben?", fragte Kirchhoff.

„Wer weiß das schon so genau?", antwortete Hirschfeld und dachte an das psychiatrische Gutachten, das über Hans-Christer Dörner erstellt worden war. „Ich denke, in den meisten Punkten haben wir bei unseren Ermittlungen richtig gelegen: Dörner ist als Kind misshandelt und später auch sexuell missbraucht worden. Irgendwann konnte er das nicht mehr verarbeiten und bekam keinerlei Hilfe. Er hatte niemanden, mit dem er über seine schlimme Situation reden konnte. Die Eltern – und später die Mutter und sein Stiefvater – sahen einfach weg. Mit der Zeit hat er sich in seine Fantasien geflüchtet, andere Menschen zu demütigen, zu schlagen und zu vernichten, um sich selbst besser zu fühlen."

Hirschfeld wusste, dass sich Gewaltfantasien bei Tätern von Dörners Kaliber durch jede Altersstufe zogen wie ein roter Faden.

„In der Pubertät sind diese Fantasien untrennbar mit normalen sexuellen Gefühlen verschmolzen und haben sich immer weiter perfektioniert", fuhr er fort und schnippte die Asche von der Zigarette. „Und letztlich ging es Dörner nicht mehr um Sex, sondern um Macht, Dominanz und Kontrolle. Die Vergewaltigung und Misshandlung von Svetlana hat eigentlich gar kein sexuelles Bedürfnis erfüllt."

Svetlana Dobris war inzwischen aus dem St.-Petrus-Krankenhaus entlassen worden. Hirschfeld hatte sie noch einmal zu Hause besucht, als sie gerade ihre Sachen packte, um zurück nach Litauen zu gehen und ein neues Leben zu beginnen. Zumindest für eine Weile.

„Trotzdem hat Dörner seine Taten bereut", warf Kirchhoff ein.

„Ja, mag sein. Der Versuch, sich selbst zu entmannen, lässt durchaus darauf schließen. Seine Briefe waren vielleicht eine Art Hilfeschrei. Er wollte gestoppt werden. Andererseits schätze ich Dörner aber als einen Täter ein, der nur diejenigen Taten gesteht, die man ihm auch nachweisen kann. Ich will nicht wissen, wie viele Opfer vielleicht noch auf sein Konto gehen."

Ein Rest Ungewissheit blieb immer. Auch wenn Dörner für lange Zeit hinter Gittern bleiben würde, hatte diese Frage Hirschfeld seit dieser schicksalhaften Oktobernacht fast den Verstand gekostet.

„Ich begreife immer noch nicht, weshalb er Rebecca so schnell getötet hat."

„Sie hat sich gewehrt", gab Hirschfeld zurück, warf die Kippe auf den Boden und trat sie aus, „ihre Situation nicht akzeptiert. Das hat ihn vollkommen aus dem Konzept gebracht. Die perfekte Fantasie, die er endlich in die Tat umsetzen wollte, bekam Risse. Und da ist er ausgerastet und hat sie erstickt."

Hirschfeld rauchte eine zweite Zigarette.

„Wir haben übrigens letzte Woche eine Postkarte von Günther Kalmbach bekommen", sagte Kirchhoff, der zwischen den Jahren keinen Urlaub genommen hatte.

„Aha."

„Der sitzt von seinen 5000 Euro Belohnung jetzt gerade irgendwo in der Karibik unter Palmen und lässt sich die Sonne auf den Pelz scheinen."

Ohne die Aussage des Fernfahrers hätte die Mordkommission Dörner sicher nicht so schnell in den Kreis der Verdächtigen aufgenommen. Rebecca wurde dadurch nicht wieder lebendig, aber Kalmbach hatte maßgeblich dazu beigetragen, dass weitere Taten verhindert werden konnten.

Später in der Nacht stand Hirschfeld wieder an derselben Stelle. Alle hatten gut gegessen und es zu seiner Überraschung geschafft, bei Tisch keine unangenehmen Themen anzuschneiden. Wenn man es nicht besser wusste, hätte man sie für eine ganz normale Familie halten können.

Renee hatte sich bei ihm untergehakt und blickte in den schwarzen Himmel. Als die bunten Kaskaden der ersten Feuerwerksraketen die Nacht erhellten, wünschte sie ihm ein frohes neues Jahr. Hirschfeld nahm sie in den Arm und küsste sie lange.

„Es wird alles wieder gut", flüsterte sie.

Ihre Augen leuchteten.

Und Hirschfeld glaubte ihr.

ENDE

Danksagung

Ganz besonderen Dank schulde ich allen voran meinem Mann Ingo, der mir seit Jahren den Rücken frei hält und jede freie Minute opfert, damit ich mich ganz dem Schreiben widmen kann, und meiner Lektorin Sara Jakob für ihre exzellente, hochproduktive und einfühlsame Textarbeit – in der Distanz zwischen Bonn und Berlin verstanden wir uns, nein, nicht ohne Worte, aber fast blind – sowie ihrem Mann, der mir als Architekt erhellende Einblicke in Sprache und Schrift seines Berufsstands gegeben hat. Außerdem danke ich sehr herzlich dem Polizeipräsidium Bonn, namentlich Jörg Pfefferkorn, dem persönlichen Referenten der Polizeipräsidentin, für Rat und Tat in allen kriminalistischen Angelegenheiten; Buchhändler Thomas Koch sowie Familie Peters vom 3-Sterne-Hotel Friesenhof, die mich 2011 während meines Aufenthalts auf der Nordseeinsel Juist im Rahmen des Krimistipendiums „Tatort Töwerland" mehr als gastfreundlich in ihrem Haus aufgenommen und mich mit hervorragender veganer Küche verköstigt hat – ihnen widme ich die ersten Kapitel des Romans, vor allem die Hotel-Szenen, die dort in aller Abgeschiedenheit und Ruhe der schönsten Sandbank der Welt mit ihren knapp 1800 Einwohnern und ihren Pferdekutschen entstanden sind; Kriminalhauptkommissar Joachim „Jo" Holz aus der Abteilung „Visuelle Fahndungshilfen" des Landeskriminalamtes NRW für seine äußerst anschauliche und sensible Schilderung einer Sitzung zur Fahndungsbilderstellung und Kriminalhauptkommissar Dirk Scheerle, dem „Phantom", Leiter der „Bundesarbeitsgruppe Phantombild" des Landeskriminalamtes Niedersachsen, für seinen informativen Vortrag zum Thema „Phantombild" anlässlich des Frauenkrimifestivals der Mörderischen Schwestern 2011 in Hannover; der CCB GmbH in Bonn für die kreativen Freiräume und all jenen, die mich bisher auf meinem Weg als Schriftstellerin begleitet haben, darunter lieben (Syndikats-)Kolleginnen und Kollegen und besonders meiner besten Freundin Gitte Diener, die mit den Schafen tanzt.